«PANDORA»

Della stessa autrice
(anche in ebook)

Bossman
The Player
Beautiful Mistake
Sex, not love
The Naked Truth
Egomaniac
Love Challeng
The boy next door
Inappropriate
The rivals since 1962
The invitation

VI KEELAND

THE INVITATION

Traduzione di Elisabetta Giamporcaro

Sperling & Kupfer

Questo romanzo è un'opera di fantasia. Nomi, personaggi, luoghi ed eventi sono frutto dell'immaginazione dell'autrice. Qualsiasi rassomiglianza con fatti, luoghi o cose reali o con persone, realmente esistenti o esistite, è puramente casuale.

Pubblicato per

Sperling & Kupfer

da Mondadori Libri S.p.A.

ISBN 978-88-200-7372-5

I Edizione giugno 2022

Anno 2022-2023-2024 - Edizione 1 2 3 4 5 6 7 8 9 10

1

Stella

«NON posso farlo...» Mi fermai a metà sulla scalinata di marmo.

Fisher si bloccò qualche gradino avanti a me. Tornò indietro per raggiungermi. «Certo che puoi. Ricordi quella volta in prima media quando hai dovuto preparare la presentazione sul tuo presidente preferito? Eri un fascio di nervi. Temevi di dimenticare quello che avevi memorizzato e di restare lì impalata mentre tutti ti fissavano.»

«Me lo ricordo.»

«Be', questa situazione non è diversa. E quella l'hai superata, no?»

«Le mie paure si sono realizzate tutte quel giorno. Sono andata alla lavagna e ho cominciato a sudare. Non riuscivo a ricordare neanche una parola di quanto avevo preparato. Tutti in classe mi fissavano, e poi tu hai iniziato a prendermi in giro.»

«Esattamente. La tua paura più grande si è realizzata, eppure sei sopravvissuta. Anzi, quello si è rivelato il più bel giorno della tua vita.»

Scossi la testa, perplessa. «In che senso?»

«È stata la prima volta che ci trovavamo nella stessa classe. Credevo che tu fossi solo un'altra ragazzina irritante come le altre. Ma quel giorno, dopo la scuola, mi hai fatto a pezzi per averti presa in giro mentre stavi cercando di fare la tua presentazione. E così, proprio allora, ho deciso che saremmo diventati migliori amici.»

«Non ti ho parlato per il resto dell'anno scolastico.»

Fisher sollevò le spalle. «Sì, ma ti ho conquistata l'anno successivo, no? E adesso sei più tranquilla di un paio di minuti fa, non è così?»

Sospirai. «Credo di sì.»

Mi porse il braccio infilato nello smoking. «Che ne dici di entrare?»

Deglutii. Per quanto fossi terrorizzata da quello che stavamo per fare, non vedevo l'ora di vedere che aspetto avesse l'interno della biblioteca addobbato per un matrimonio. Avevo trascorso infinite ore seduta su quella scalinata, fantasticando sulle persone che passavano di lì.

Fisher aspettò pazientemente con la mano tesa, e nel frattempo io mi attardavo ancora un minuto a riflettere. Alla fine, con un altro forte sospiro, lo presi a braccetto. «Se finiamo in galera, dovrai trovare i soldi per la cauzione di entrambi. Sono troppo al verde per farlo.»

Mi rivolse il suo sorriso da stella del cinema. «Affare fatto.»

Mentre salivamo gli ultimi gradini che conducevano alle porte della New York Public Library, ripassai mentalmente tutti i dettagli di cui avevamo parlato in taxi. I nostri nomi per la serata erano Evelyn Whitley e Maximilian Reynard. Max lavorava nel settore immobiliare – la sua famiglia possedeva la Reynard Properties –, io avevo preso l'MBA alla Wharton e mi ero da poco ritrasferita a New York. Entrambi vivevamo nell'Upper East Side, e almeno quella parte era vera.

Due ignari camerieri in guanti bianchi erano in piedi davanti all'imponente portone d'ingresso. Uno teneva un vassoio di calici da champagne, e l'altro una cartellina. Anche se in qualche modo le mie gambe continuavano a muoversi, mi sentivo come se il cuore stesse cercando di scapparmi via dal petto per fuggire nella direzione opposta.

«Buonasera.» Il cameriere con la cartellina ci rivolse un cenno del capo. «Potreste gentilmente darmi i vostri nomi?»

Fisher non fece una piega mentre pronunciava la prima di quella che sarebbe stata una lunga serie di bugie della serata.

L'uomo, il cui auricolare aveva attirato la mia attenzione, diede una scorsa alla lista e annuì. Ci fece cenno di entrare, e il suo partner porse a entrambi delle bollicine. «Benvenuti. La cerimonia si terrà nella rotonda. Gli invitati della sposa siedono alla vostra sinistra.»

«Grazie», disse Fisher. Appena ci fummo allontanati abbastanza perché non ci sentisse, si chinò verso di me. «Visto? Facilissimo.» Sorseggiò il suo champagne. «Oooh, è davvero buono.»

Non avevo idea di come facesse a restare così calmo. D'altro canto, non avevo neppure idea di come fosse riuscito a convincermi a fare quella follia. Due mesi prima, ero tornata a casa dal lavoro e avevo trovato Fisher – che era anche mio vicino di casa – a saccheggiare il mio frigo in cerca di avanzi, come spesso accadeva. Mentre mangiava una cotoletta alla milanese di due giorni prima, mi ero seduta al tavolo della cucina per smistare la posta e bere un bicchiere di vino. Intanto che parlavamo, avevo aperto una grossa busta senza controllarne l'indirizzo. Dentro c'era la partecipazione di nozze più bella che avessi mai visto: bianca e nera con foglie d'oro in rilievo. Era come un'opera d'arte dorata. E, dei tanti posti in cui potevano essere, le nozze erano nella New York Public Library, proprio vicino al mio vecchio ufficio, nell'edificio sulla cui iconica scalinata mi sedevo spesso in pausa pranzo. Non ci andavo da almeno un anno, perciò ero davvero eccitata all'idea di andare a un matrimonio lì.

Anche se non avevo idea di chi fossero le nozze – forse un lontano parente di cui mi ero dimenticata? I nomi non mi dicevano nulla, neppure vagamente. Quando girai la busta, mi resi subito conto del perché. Era indirizzata alla mia ex coinquilina. Figuriamoci. Non ero io l'invitata al matrimonio da favola in uno dei miei posti preferiti al mondo.

Ma, dopo un paio di bicchieri di vino, Fisher mi aveva convinta che ci sarei dovuta andare io, e non Evelyn. Era il minimo che la mia ex coinquilina parassita avrebbe potuto fare per me, mi aveva detto. Dopotutto, era sgattaiolata via nel cuore della notte, portando con sé alcune delle mie scarpe preferite e l'assegno, che mi aveva lasciato per i due mesi di affitto arretrato, che era stato respinto. Come minimo, mi meritavo di partecipare a un matrimonio di lusso, da mille dollari a invitato, al posto suo. Dio solo sapeva che nessuno dei miei amici si sarebbe mai sposato in una location del genere. Alla fine della seconda bottiglia di merlot, Fisher aveva deciso che saremmo andati al matrimonio al posto di Evelyn, imbucandoci per divertirci un po', con i complimenti della mia ex coinquilina buona a nulla. Fisher aveva persino scritto una risposta all'invito, specificando che avrebbero partecipato due ospiti, e aveva messo la busta nello zaino per spedirla l'indomani.

Sinceramente mi ero dimenticata dei nostri progetti dettati dall'alcol finché, due settimane prima, Fisher era tornato a casa con uno smoking prestato da un amico per le nozze imminenti. Mi ero rifiutata, dicendogli che non mi sarei imbucata al matrimonio costoso di una coppia che neanche conoscevo, e lui aveva fatto quello che faceva sempre: mi aveva convinta che la sua cattiva idea non era poi così cattiva.

Fino a ora. In piedi nel bel mezzo dell'enorme atrio di quello che probabilmente era un matrimonio da duecentomila dollari, mi sentii come se stessi letteralmente per farmela sotto.

«Bevi il tuo champagne», disse Fisher. «Ti aiuterà a rilassarti e ridarà un po' di colore alle tue guance. Sembra che tu stia cercando di dire alla classe perché ti piace tanto John Quincy Adams.»

Guardai Fisher di sottecchi, ma lui mi sorrise, impassibile. Ero certa che niente mi avrebbe aiutata a rilassarmi. Ciononostante, scolai il contenuto del mio bicchiere.

Fisher si mise una mano nella tasca dei pantaloni con aria disinvolta e si guardò intorno a testa alta, come se non avesse alcuna preoccupazione nella vita. «È da molto che non vedo la mia vecchia amica Stella festaiola», disse. «Può uscire a giocare stasera?»

Gli porsi il mio calice vuoto. «Sta' zitto e trovami un altro bicchiere, prima che me la dia a gambe.»

Ridacchiò. «Nessun problema, *Evelyn*. Tu mettiti comoda e cerca di non far saltare la nostra copertura prima ancora di vedere la bellissima sposa.»

«Bellissima? Ma se non sai neppure che aspetto abbia.»

«Tutte le spose sono bellissime. È per questo che indossano il velo: così non vedi quelle brutte, e il loro grande giorno resta avvolto nella magia.»

«Com'è romantico.»

Fisher strizzò l'occhio. «Non tutti possono essere belli quanto me.»

Tre bicchieri di champagne mi aiutarono a calmarmi abbastanza da assistere alla cerimonia. E la sposa non aveva bisogno di un velo. Olivia Rothschild – o meglio Olivia Royce, da quel momento in poi – era stupenda. Mi commossi un po' sentendo lo sposo recitare i suoi voti. Era un peccato che quella coppia felice non fosse davvero una coppia di amici per me, perché uno dei testimoni dello sposo era attraente da morire. Avrei potuto fantasticare sul fatto che Livi – la chiamavo così nella mia testa – mi combinasse un appuntamento con l'amico del suo neomarito. Purtroppo, quella serata era una messinscena e la mia non era una favola.

L'aperitivo fu servito in una bellissima sala dove non ero mai stata. Osservai gli affreschi sul soffitto mentre aspettavo il mio drink al bar. Fisher mi aveva detto che andava in bagno, ma avevo la sensazione che in realtà fosse sgattaiolato via per parlare con l'affascinante cameriere che lo aveva osservato da quando eravamo entrati.

«Ecco a lei, signorina.» Il barista fece scivolare un drink verso di me.

«Grazie.» Diedi una rapida occhiata in giro per vedere se qualcuno mi stesse osservando prima di infilare il naso nel bicchiere e annusare per bene. *Decisamente non è quello che ho ordinato.*

«Mmm, mi scusi. È possibile che lo abbia preparato con il gin Beefeater anziché con l'Hendricks?»

Il barista mi guardò perplesso. «Non credo.»

Annusai di nuovo, sicura che non lo avesse preparato in maniera corretta.

Una voce maschile alla mia sinistra mi colse alla sprovvista. «Non lo hai neanche assaggiato, e credi che ti abbia versato il gin sbagliato?»

Sorrisi educatamente. «Il Beefeater contiene ginepro, scorza d'arancia, mandorla amara e una miscela di tè, il che produce un sapore di liquirizia. L'Hendricks contiene ginepro, rosa e cetriolo. Ciascuno ha un odore diverso.»

«Lo bevi liscio o con ghiaccio?»

«Nessuno dei due. È un gin Martini, quindi contiene vermut.»

«Ma pensi di poter sentire l'odore del gin sbagliato, anche senza assaggiarlo?» Dal suo tono, era chiaro che non credeva potessi farlo.

«Ho un senso dell'olfatto molto sviluppato.»

Il ragazzo si voltò. «Ehi, Hudson. Scommetto cento dollari che non è in grado di sentire la differenza tra i due gin, se glieli facciamo assaggiare.»

Sentii la voce di un altro uomo provenire dalla mia destra, alle mie spalle. Era un suono profondo, eppure vellutato e dolce – un po' come il gin che il barista avrebbe dovuto usare per preparare il mio drink.

«Facciamo duecento, e ci sto.»

Mi voltai per guardare chi era disposto a scommettere sulle mie capacità, e rimasi di sasso.

Oh. Wow. Il tipo stupendo della cerimonia. Avevo trascorso la maggior parte della funzione a fissarlo. Da lontano era attraente, ma da vicino era di una tale bellezza che mi fece sentire le farfalle nello stomaco: capelli scuri, pelle baciata dal sole, mascella volitiva e deliziose labbra carnose. La sua pettinatura – con i capelli tirati indietro e la riga di lato – mi ricordava una stella del cinema d'altri tempi. Quello che non ero riuscita a vedere dalle ultime file durante la cerimonia era l'intensità degli occhi blu oceano, che attualmente mi stavano osservando il volto come fossi un libro.

Mi schiarii la voce. «Scommetterai duecento dollari che so riconoscere il gin?»

L'uomo bellissimo si fece avanti, e il mio senso dell'olfatto si risvegliò. *Questo sì che ha un odore migliore di qualunque gin.* Non ero sicura se fosse la sua acqua di colonia o qualche tipo di bagnoschiuma, e mi ci volle tutto ciò che era in mio potere per non chinarmi verso di lui e annusarlo per bene. Quell'uomo dannatamente sexy profumava quasi quanto era bello. Un'accoppiata che era la mia kryptonite.

Mi rispose con tono divertito. «Mi stai dicendo che è una pessima scommessa?»

Scossi la testa e mi voltai verso il suo amico. «Accetto la tua piccola scommessa, ma punto anch'io duecento dollari.»

Quando il mio sguardo si posò di nuovo sull'uomo avvenente alla mia destra, l'angolo della bocca gli si contrasse leggermente. «Forte.» Fece un cenno del capo al suo amico. «Di' al barista di versare un bicchierino di Beefeater e uno di Hendricks e mettiglieli davanti.»

Un minuto dopo, sollevai il primo bicchiere e lo annusai. Onestamente non era neppure necessario per me annusare l'altro, ma lo feci comunque, per sicurezza. Dannazione… avrei dovuto scommettere di più. Era troppo facile, come rubare le caramelle a un bambino. Feci scivolare in avanti un bicchiere e mi rivolsi al barista: «Questo è l'Hendricks».

Il barista aveva un'aria colpita. «Ha ragione.»

«Dannazione», il ragazzo che aveva iniziato quel gioco sbuffò. Si infilò una mano in tasca, tirò fuori un notevole portafogli e prese quattro banconote da cento dollari. Gettandole nella nostra direzione sul bancone del bar, scosse la testa. «Li rivincerò lunedì.»

L'uomo bellissimo mi sorrise mentre ritirava i suoi soldi. Una volta presi i miei, abbassò la testa per sussurrarmi all'orecchio. «Bel lavoro.»

Oh, mamma. Il suo fiato mi fece scorrere un brivido lungo la schiena. Era passato troppo tempo dall'ultimo contatto con un uomo. Sentii le ginocchia cedere un po', ma feci del mio meglio per ignorare quella sensazione. «Grazie.»

Allungò una mano vicino a me per prendere un bicchiere sul bancone. Portandoselo al naso, annusò per poi metterlo giù e annusare l'altro.

«Non sento nessuna differenza.»

«Significa solo che hai un normale senso dell'olfatto.»

«Ah, capisco. E il tuo è… straordinario?»

Sorrisi. «Be', sì.»

Mi guardò con aria divertita, mi porse uno dei bicchierini e sollevò l'altro per brindare. «All'essere straordinari», disse.

Generalmente non bevevo shot, ma al diavolo. Feci tintinnare il bicchiere con il suo per poi scolarmelo. Forse l'alcol mi avrebbe aiutato a rilassare i nervi che quest'uomo sembrava avermi risvegliato all'improvviso.

Posai il bicchierino vuoto sul bancone accanto al suo. «A quanto pare è una cosa che voi due fate regolarmente, dal momento che il tuo amico ha intenzione di prendersi la rivincita lunedì.»

«La famiglia di Jack e la mia sono amiche da quando eravamo

bambini. Ma le scommesse sono iniziate ai tempi del college. Io sono un fan del Notre Dame, lui dell'USC. In quel periodo eravamo al verde, quindi scommettevamo una scarica di taser sulle partite.»

«Una scarica di taser?»

«Suo padre era un poliziotto. Gli aveva dato un taser da tenere sotto il sedile dell'auto per ogni evenienza. Ma non credo immaginasse che suo figlio avrebbe ricevuto scariche da cinquemila volt quando un'intercettazione dell'ultimo minuto faceva perdere la sua squadra.»

Scossi la testa. «È un po' folle.»

«Decisamente non la nostra decisione più saggia. Almeno vincevo più di lui. Qualche danno cerebrale potrebbe aiutare a spiegare alcune delle sue scelte al college.»

Risi. «Quindi oggi è stata una continuazione di quello schema?»

«Sostanzialmente.» Sorrise e mi porse la mano. «Sono Hudson, comunque.»

«Piacere. St…» Mi interruppi appena in tempo. «Evelyn.»

«Quindi sei un'amante del gin, Evelyn? È per questo che non ho sentito alcuna differenza tra i due?»

Sorrisi. «Non mi considero un'amante del gin, no. A essere onesta, bevo principalmente vino. Ma ti ho detto del mio lavoro? Sono una chimica delle fragranze, creo profumi.»

«Crei profumi?»

Annuii. «Tra le altre cose. Ho sviluppato fragranze per un'azienda di cosmetici e profumi per sei anni. A volte era un nuovo profumo, altre volte la fragranza per una salvietta struccante o magari un odore più gradevole per un cosmetico.»

«Sono abbastanza sicuro di non aver mai conosciuto nessuno che faccia il tuo lavoro prima d'ora.»

Sorrisi. «È eccitante come speravi?»

Ridacchiò. «Cosa si studia esattamente per un lavoro simile?»

«Be', ho una laurea in Chimica. Ma puoi studiare quanto vuoi e continuerai comunque a non poter fare questo lavoro, a meno che tu non abbia anche l'iperosmia.»

«Cioè…»

«Una capacità accentuata di percepire gli odori, un'acuità olfattiva maggiore.»

«Insomma, sei brava a sentire gli odori?»
«Esattamente.»
Molti pensano di avere un buon olfatto, ma non capiscono davvero quanto il senso sia acuito nelle persone con iperosmia. La cosa migliore era sempre dimostrarlo. E poi, volevo davvero sapere quale acqua di colonia stesse usando. Perciò mi avvicinai e inspirai profondamente Hudson.
Espirando, dissi: «Sapone Dove».
Non sembrava del tutto convinto. «Sì, ma è una scelta di sapone piuttosto comune.»
«Non mi hai lasciata finire. Dove Cool Moisture. Contiene cetriolo e tè verde, un ingrediente comune anche del gin. E usi lo shampoo L'Oréal Elvive, come me. Riesco a sentire l'odore di estratto di fiori di gardenia tahitensis, estratto di fiori di rosa canina e una leggera nota di olio di cocco. Oh, e usi il deodorante Irish Spring. Credo che al momento non indossi alcuna acqua di colonia.»
Hudson mi guardò incuriosito. «Questo sì che è notevole. Noi invitati più stretti abbiamo dormito in albergo ieri sera, e ho dimenticato di portare l'acqua di colonia.»
«Quale usi di solito?»
«Oh… questo non posso dirtelo. Cosa faremo al nostro secondo appuntamento per divertirci se non giochiamo al test dell'annusata?»
«Il nostro secondo appuntamento? Non mi ero resa conto che ci sarebbe stato il primo.»
Hudson sorrise e mi porse la mano. «La notte è giovane, Evelyn. Balla con me.»
Un nodo alla bocca dello stomaco mi avvertì che non era una buona idea. Io e Fisher avremmo dovuto restare uniti e limitare i contatti con gli altri invitati per minimizzare le opportunità di essere scoperti. Ma guardandomi intorno, del mio accompagnatore neanche l'ombra. E poi, quest'uomo era davvero magnetico. In qualche modo, prima che il mio cervello potesse finire di valutare i pro e contro, mi ritrovai a mettere una mano nella sua. Mi portò sulla pista da ballo e mi avvolse un braccio intorno alla vita, conducendo con l'altra. Come prevedibile, sapeva ballare.

«Allora, Evelyn dall'olfatto straordinario, non ti ho mai vista prima. Sei un'invitata o un più uno?» Si guardò intorno. «C'è qualche ragazzo che mi scruta in cagnesco alle spalle in questo momento? Avrò bisogno di prendere il taser di Jack dalla macchina per allontanare un fidanzato geloso?»

«Sono qui con un ragazzo, ma è solo un amico.»

«Poveretto...»

Sorrisi. Il modo di flirtare di Hudson era esagerato, eppure lo accoglievo di buon grado. «Fisher è più interessato al ragazzo che serviva lo champagne che a me.»

Hudson mi strinse un po' di più a sé. «Il tuo accompagnatore mi piace molto di più di trenta secondi fa.»

Mi venne la pelle d'oca sulle braccia quando abbassò la testa e il suo naso mi accarezzò il collo per qualche istante.

«Hai un profumo incredibile. È creato da te?»

«Sì. Ma non può essere ordinato. Mi piace avere un vero profumo personale che ricordi soltanto me.»

«Non credo ti serva un profumo per essere ricordata.»

Mi condusse lungo la pista con una tale grazia che mi chiesi se avesse preso lezioni di ballo. La maggior parte degli uomini della sua età credeva che danzare un lento significasse dondolare avanti e indietro e strusciare un'erezione contro di te.

«Sei un bravo ballerino», dissi.

Hudson rispose facendoci volteggiare. «Mia madre era una ballerina di ballo da sala professionista. Imparare non era un'opzione, era un requisito se volevo essere nutrito.»

Risi. «Che forza. Hai mai considerato di seguire le sue orme?»

«Assolutamente no. Sono cresciuto vedendola soffrire di borsite all'anca, fratture da stress, legamenti lesionati... Non è affatto la professione trendy che vogliono far sembrare in tutti quei programmi TV sulle gare di ballo. Devi amare un lavoro del genere, per farlo.»

«Credo si debba amare qualunque lavoro si faccia.»

«Ottima osservazione.»

La canzone finì, e il cerimoniere invitò tutti a prendere posto.

«Dove sei seduta?»

Indicai dove io e Fisher eravamo stati fatti accomodare. «Lì da qualche parte. Tavolo sedici.»

Annuì. «Ti accompagno.»

Ci avvicinammo al tavolo nello stesso momento di Fisher, che proveniva dalla direzione opposta. Guardò Hudson e me, e la sua espressione mi fece una domanda che non formulò ad alta voce.

«Ehm... questo è il mio amico Fisher. Fisher, lui è Hudson.»

Hudson gli porse la mano. «Piacere.»

Dopo aver stretto la mano a un silenzioso Fisher, che sembrava aver dimenticato come si parlava, si voltò verso di me e mi prese di nuovo la mano. «Dovrei tornare al mio tavolo.»

«Okay.»

«Mi concedi un altro ballo più tardi?»

Sorrisi. «Mi piacerebbe molto.»

Hudson si voltò per andarsene e poi tornò indietro. Mentre si avvicinava, mi chiese: «Nel caso tu facessi come Cenerentola e sparissi, come fai di cognome, Evelyn?»

Per fortuna, il fatto che avesse usato il mio nome falso mi ricordò di non dargli il mio cognome vero, come avevo quasi fatto poco prima al bar. «Whitley.»

«Whitley?»

Oh, Dio. Conosceva Evelyn?

Mi osservò il viso. «Che bel nome. Ci vediamo dopo.»

«Oh... okay, certo.»

Appena Hudson fu lontano abbastanza perché non ci sentisse, Fisher mi si avvicinò. «Il mio nome dovrebbe essere Maximilian, tesoro.»

«Oh, mio Dio, Fisher. Dobbiamo andarcene.»

«Nah.» Alzò le spalle. «Non è un problema. Maximilian lo abbiamo inventato, in ogni caso. Sono il tuo più uno. Nessuno conosce il nome della persona che Evelyn ha portato qui. E poi voglio ancora giocare al magnate del mercato immobiliare.»

«No, non è questo.»

«E allora cosa?»

«Dobbiamo andare perché lo sa.»

2
Stella

FISHER bevve un sorso di birra. «Sei solo paranoica. Non ne ha idea. L'ho osservato quando hai detto il cognome di Evelyn, e l'unica cosa che ha notato è stata quanto sei bella.»

Scossi la testa. «No, ha fatto una faccia strana. L'ho visto.»

«Per quanto ci hai parlato?»

«Non lo so. Forse un quarto d'ora? L'ho conosciuto al bar e poi mi ha chiesto di ballare.»

«Sembrava il tipo che si farebbe problemi a fare una domanda se avesse un dubbio?»

Ci pensai. In effetti, non lo sembrava. Hudson aveva più un'aria audace che timida. «No, ma…»

Posò le mani sulle mie spalle. «Fai un respiro profondo.»

«Fisher, dovremmo andare.»

Il cerimoniere chiese di nuovo agli invitati di prendere posto, dal momento che la cena stava per essere servita.

Fisher mi spostò la sedia. «Mangiamo, almeno. Se vuoi ancora andare via una volta finito, possiamo farlo. Ma fidati, è solo la paranoia. Non ne ha idea.»

Il mio istinto mi disse di andarcene subito, ma guardandomi intorno mi resi conto che eravamo tra i pochissimi ritardatari in piedi, e la gente ci stava fissando.

Sospirai. «D'accordo. Ceniamo e poi ce ne andiamo.»

Fisher sorrise.

Parlai sottovoce, consapevole degli altri ospiti al nostro tavolo, che avevamo ignorato in modo scortese. «Dove sei stato finora?»

«A parlare con Noah.»

«Chi è Noah?»

«Un cameriere carino. Diventerà un attore.»

Alzai gli occhi al cielo. «Di sicuro. Dovevamo restare uniti, ti ricordo.»

«Non mi sembrava ti sentissi troppo sola. Chi era quell'adone, comunque? Non mi piace che gli uomini nella tua vita siano più attraenti di me.»

Sospirai. «Era bellissimo, vero?»

Fisher bevve un altro sorso di birra. «Io me lo farei.»

Ridemmo entrambi. «Sei sicuro che non abbia notato niente? Non lo dici solo perché vuoi restare, vero?»

«No, la nostra copertura è salva.»

In qualche modo, durante la cena mi rilassai un po'. Anche se forse aveva più a che fare con il cameriere che continuava a riempire il mio bicchiere senza che glielo chiedessi, piuttosto che con il fatto che Fisher mi avesse convinta.

Dopo aver mangiato, Fisher mi chiese di ballare, e io accettai. Avrei potuto passare serate peggiori di una trascorsa a ballare con due uomini affascinanti. Perciò scendemmo in pista durante un brano pop dal ritmo coinvolgente, e appena la musica si fece lenta, Fisher mi prese tra le braccia.

A metà canzone, stavamo ridendo nella nostra bolla personale quando un uomo diede un colpetto sulla spalla del mio partner.

«Ti dispiace?»

Hudson.

Il cuore iniziò a battermi all'impazzata nel petto. Non ero sicura se fosse la prospettiva di tornare tra le braccia di quell'uomo stupendo, o quella di essere scoperta.

Fisher sorrise e fece un passo indietro. «Abbi cura della mia ragazza.»

«Oh, ne ho tutta l'intenzione.»

Qualcosa nel modo in cui lo disse mi fece sentire a disagio. Anche se Hudson mi prese tra le braccia e iniziò a condurre a tempo di musica, proprio come aveva fatto prima.

«Ti stai divertendo?» chiese.

«Mmm... Sì. È un bel posto per sposarsi. Non c'ero mai stata.»

«Di chi hai detto di essere un'invitata? Della sposa o dello sposo?»

Non l'avevo detto. «Della sposa.»

«E come vi conoscete?»

Merda. Alzai lo sguardo, e le labbra di Hudson si incurvarono in quello che sembrava un sorriso, ma di sicuro non era un sorriso divertito. Pareva più cinico che gioviale.

«Noi... lavoravamo insieme.»

«Ah, sì? Alla Rothschild Investments?»

Volevo scappare. Forse lui percepì che avrei potuto farlo, perché – a meno che non lo avessi solo immaginato – la sua presa su di me si fece più stretta. Deglutii. «Sì. Lavoravo alla Rothschild Investments.»

L'unica cosa che sapevo del breve impiego di Evelyn era che aveva lavorato come receptionist e non sopportava il suo capo. Lo chiamava Stronzo di lusso.

«E con che mansione?»

Stava iniziando a sembrare un interrogatorio. «Come receptionist.»

«Receptionist? Ma credevo creassi profumi.»

Merda. Giusto. Non avevo riflettuto prima, quando ero stata onesta sulla mia professione. «Mi... mi sto mettendo in proprio, e c'è stato qualche ritardo, perciò avevo bisogno di uno stipendio.»

«E che tipo di attività farai in proprio?»

Almeno quella parte non era una bugia. «Una linea di profumi personalizzati per corrispondenza, la Signature Scent.»

«E come funziona?»

«Vendiamo venti piccoli campioni di fragranza, il cliente li valuta su una scala da uno a dieci, insieme a un questionario dettagliato. Sulla base dei tipi di profumi che gli piacciono e delle risposte al questionario, creiamo un profumo fatto apposta per lui. Ho ideato un algoritmo che sviluppa la formula sulla base dei dati raccolti.»

Hudson mi osservò il viso. Sembrava che stesse cercando di

risolvere una specie di rompicapo. Quando parlò di nuovo, il suo tono era più dolce. «È davvero una buona idea.»

Forse era l'alcol ad alimentare i miei nervi, ma improvvisamente mi sentii offesa che sembrasse sorpreso. «Credevi che siccome sono bionda non ne avrei avute?»

Lui mi rivolse quello che sospettai essere un sorriso autentico, ma che si spense rapidamente per tornare alla sua espressione stoica. Abbassò lo sguardo per osservarmi a lungo mentre trattenevo il fiato, aspettando che mi smascherasse come impostora.

Finalmente disse: «Puoi venire con me un momento?»

«Dove?»

«Devo fare un discorso, e speravo potessi restare nelle vicinanze. Il tuo bel viso mi darà proprio l'incoraggiamento di cui ho bisogno.»

«Ehm… certo.»

Hudson sorrise, ma ancora una volta qualcosa non mi quadrò. Tuttavia, la sua richiesta mi era parsa abbastanza innocua, quindi, quando mi prese la mano per condurmi verso il centro della sala, cercai di convincermi che tutta quella stranezza fosse solo nella mia testa, originata dalla mia coscienza sporca.

Si rivolse al cerimoniere, poi andammo al lato della pista da ballo ad aspettare. Restammo in piedi uno accanto all'altra finché la canzone terminò e gli ospiti tornarono a sedersi.

«Signore e signori, vorrei presentarvi una persona davvero importante per i novelli sposi. Si tratta del fratello della nostra bellissima sposa nonché buon amico del nostro affascinante sposo. Un bell'applauso per il nostro testimone, Hudson!»

Oh, cazzo! Lo Stronzo di lusso è il fratello della sposa!

Hudson si chinò verso di me. «Resta dove posso vedere il tuo bellissimo viso, Evelyn.»

Annuii e sorrisi, anche se mi veniva da vomitare.

Nei successivi dieci minuti, parlò eloquentemente di come sua sorella fosse stata una rompiscatole, e di quanto fosse fiero della donna che era diventata. Quando spiegò che i loro genitori erano morti, mi commossi un po'. La sua ammirazione per la sorella era evidente, e le sue parole erano serie e divertenti in egual misura. Mentre parlava, emisi un forte sospiro di sollievo perché non aveva usato nessuno strano asso nella manica. Era un peccato averlo conosciuto in quelle circostanze e che mi fossi presentata con un nome falso, perché Hudson sembrava un ottimo partito.

Al termine del suo discorso, alzò il calice. «A Mason e Olivia. Vi auguro amore, salute e ricchezza, ma, cosa più importante, una lunga vita insieme per goderveli.»

La sala si riempì del mormorio «salute» prima che tutti bevessero, e pensai che l'intervento fosse concluso. Ma non lo era. Invece di restituire il microfono al cerimoniere, Hudson si voltò e mi guardò. Il sorriso malizioso che si allargò sul suo viso mi fece scorrere un brivido lungo la schiena, e non in senso positivo.

«Adesso», disse, «ho una sorpresa speciale per tutti voi. La carissima amica di mia sorella, Evelyn, vorrebbe dire qualche parola.»

Lo fissai sconvolta.

Continuò. «Ha una storia fantastica su come si sono conosciute. È davvero divertente, e non vede l'ora di condividerla con voi stasera.»

Hudson camminò verso di me con il microfono in mano. Aveva gli occhi che brillavano divertiti, ma temevo di stargli per vomitare sulle scarpe.

Gli feci cenno di no con la mano e scossi la testa, ma non fece che istigarlo.

Parlò al microfono mentre mi prendeva la mano. «Evelyn sembra avere fifa. È un po' timida.» Mi tirò a sé, e feci due passi con riluttanza verso il centro della sala, per poi piantare i piedi e rifiutarmi di muovermi ulteriormente.

Hudson rise e alzò un'altra volta il microfono. «A quanto pare ha bisogno di un po' di incoraggiamento. Che ne dite, signore e signori? Possiamo fare un applauso per aiutare Evelyn a salire sul palco a dire qualcosa?»

Il pubblico iniziò ad applaudire. Volevo che il pavimento si aprisse e che il mio corpo irrigidito cadesse in un pozzo senza fondo. Ma stava diventando sempre più chiaro che l'unica via d'uscita era affrontare la situazione di petto. Avevo tutti gli occhi su di me, e non c'era modo di uscirne indenne. Mi chiesi se scappare, ma decisi che era meglio che mi seguissero in pochi, piuttosto che l'intera sala.

Perciò tirai un respiro profondo, avanzai verso il tavolo più vicino, e chiesi a un uomo a caso se il suo drink contenesse alcol. Quando disse che era vodka con ghiaccio, presi il bicchiere e mi scolai l'intero contenuto. Poi mi sistemai il vestito, raddrizzai le spalle, alzai il mento e mi diressi verso Hudson, prendendo il microfono con mano tremante.

Lui fece un sorrisetto e si chinò per sussurrarmi all'orecchio: «Buona fortuna, Evelyn».

La sala si fece silenziosa, e riuscivo a sentire le gocce di sudore che mi si formavano sulla fronte e sopra il labbro superiore. Avevo un nodo alla gola grosso come una palla da golf, le dita delle mani e dei piedi mi formicolavano. Con tutti gli occhi su di me, mi scervellai per inventarmi una storia, qualunque storia. Alla fine me ne venne in mente una, anche se avrei dovuto improvvisare un po'. Ma faceva parte del pacchetto della serata, no?

Mi schiarii la voce. «Buonasera...»

Stringevo il microfono con la mano destra. Notando che tremava, alzai la sinistra e la strinsi sull'altra per tenerla ferma. Poi feci un respiro profondo. «Buonasera. Sono Evelyn. Io e Olivia ci siamo conosciute alla scuola materna.»

Feci l'errore di guardare il tavolo degli sposi. L'espressione di Olivia era corrugata per la confusione, e mi fissava sussurrando al marito.

Farò meglio a sbrigarmi... «Come ha detto Hudson, volevo condividere come io e Livi ci siamo conosciute. Mi ero appena trasferita a New York a metà dell'anno scolastico e non avevo molti amici. All'epoca ero molto timida. La mia pelle chiara diventava rossa come un peperone ogni volta che troppa attenzione si concentrava su di me, perciò evitavo a tutti i costi di parlare in classe. Un giorno, ho bevuto un'intera bottiglia d'acqua durante la ricreazione in cortile. Rientrati in aula, avevo davvero bisogno di usare il bagno, ma Mr. Neu, il nostro insegnante, aveva già iniziato una lezione, e non volevo interromperlo. Era alto tipo più di due metri e già abbastanza spaventoso, e il pensiero di alzare la mano e che per questo tutti i bambini si sarebbero voltati a fissarmi quando mi avesse chiamata mi ha fatto andare in paranoia. Perciò l'ho trattenuta per tutta la lezione e, mamma mia, quanto parlava quell'uomo.»

Guardai la sposa. «Ricordi come Mr. Neu continuava a blaterare e a fare tutte quelle battute orrende e sciocche? E che era l'unico a riderne?»

La sposa mi guardò come se fossi completamente pazza. Ero abbastanza sicura che avesse ragione.

Per i successivi cinque minuti non feci che straparlare di fronte a una sala piena di persone, raccontando di come ero corsa in bagno appena l'insegnante aveva finalmente smesso di parlare. Ma tutti i gabinetti erano occupati, e non riuscivo più a trattenerla. Descrissi nel dettaglio di essere tornata in classe con i pantaloni bagnati, cercando di nasconderlo, ma un bambino lo aveva notato e si era messo a urlare: «Guardate! La bambina nuova se l'è fatta addosso». Mi ero sentita mortificata, gli occhi colmi di lacrime, finché la mia amica non è venuta ad aiutarmi. In un atto di coraggio che sarebbe diventato un legame indissolubile tra noi, Olivia si era fatta la pipì addosso e poi si era alzata, dicendo a tutti che durante la ricreazione l'erba era bagnata in cortile, e che ci eravamo sedute insieme.

Conclusi la storia dicendo a una sala piena di facce sorridenti che il mio desiderio più grande per la coppia era che potessero condividere lo stesso amore e le stesse risate che avevo condiviso con la sposa per tanti anni. Alzando una mano, portai in alto un immaginario calice. «Un brindisi agli sposi.»

La gente iniziò ad applaudire, e sapevo che avrei dovuto approfittare del momento per svignarmela. Hudson era ancora in piedi di lato e, se non mi sbagliavo, credetti che potesse essere un po' fiero di me per non essere crollata. I suoi occhi brillavano, e mi guardò intensamente quando gli passai accanto e gli premetti il microfono sul petto.

Coprì la parte superiore del microfono e sorrise. «Divertente.»

Gli rivolsi un sorriso smagliante esagerato e gli feci segno con l'indice di avvicinarsi.

Quando lo fece, gli sussurrai all'orecchio: «Sei uno stronzo».

Lui fece una risata profonda mentre me ne andavo in tutta fretta, senza voltarmi a controllare se mi stesse seguendo. Fortunatamente, Fisher mi stava già venendo incontro, perciò non dovetti cercarlo prima di filarcela.

Aveva gli occhi spalancati. «Sei ubriaca? Cosa diavolo è successo?»

Lo presi per un braccio e continuai a camminare. «Dobbiamo svignarcela in fretta. Hai tu la mia borsa?»

«No.»

Merda. Considerai di lasciarla lì, ma c'erano dentro la mia patente e la mia carta di credito. Perciò virai a sinistra e mi precipitai dritta al nostro tavolo. Con la coda dell'occhio, vidi Hudson e lo sposo parlare al maître e indicare nella nostra direzione.

«Merda! Dobbiamo sbrigarci.» Corsi fino al nostro tavolo, afferrai la borsa e mi voltai di nuovo. Dopo due passi feci dietro front.

«Che stai facendo?» chiese Fisher.

Presi una bottiglia chiusa di Dom Pérignon dal nostro tavolo. «Questa la porto con me.»

Fisher scosse la testa e rise mentre ci dirigevamo verso la porta. Nel frattempo, arraffammo bottiglie di champagne da ogni tavolo che superavamo. Gli invitati erano confusi, senza alcuna idea di come interpretare la scena, ma ci stavamo muovendo troppo in fretta perché potessero commentare. Una volta raggiunta l'uscita avevamo tra le braccia almeno mille dollari di champagne.

Davanti all'ingresso, fortunatamente alcuni taxi erano fermi al semaforo. Saltando sul primo vuoto, Fisher chiuse con forza lo sportello, e ci mettemmo entrambi in ginocchio per guardare fuori dal lunotto. Il maître e i due uomini della security che prima controllavano la lista degli invitati erano a metà della scalinata di marmo. Hudson era in cima: appoggiato con disinvoltura a un pilastro di marmo beveva champagne mentre osservava la nostra folle fuga. Sentii il sangue alle orecchie guardando alternativamente il semaforo e gli uomini che ci stavano per raggiungere. Eravamo arrivati al ciglio della strada, e scattò il verde.

«Via! Via!» urlai al tassista.

Accelerò, e io e Fisher restammo in ginocchio a fissare quegli uomini che si facevano sempre più lontani. Una volta giunti all'angolo, mi voltai e mi accasciai sul sedile. Non riuscivo a riprendere fiato.

«Che diavolo è successo, Stella? Un attimo prima ti ho vista ballare con un uomo stupendo a cui sembrava piacessi un sacco, e quello dopo stavi raccontando una storia folle a una sala piena di gente. Sei ubriaca?»

«Anche se lo fossi stata, sarei tornata sobria tanta è la paura che ho in questo momento.»

«Che ti è preso?»

«La domanda è *chi* mi ha preso.»

«Non ti seguo.»

«Sai l'uomo stupendo con cui stavo parlando?»

«Sì.»

«Be', mi ha beccata. Ha capito tutto...» Mi bloccai. Una sensazione di panico mi travolse nell'attimo in cui mi resi conto che non sapevo dove fosse il mio cellulare. Agitata, aprii la borsa e iniziai a tirarne fuori il contenuto. Era evidente che non fosse lì, ma doveva esserci. Rifiutandomi di accettare ciò che avevo fatto, rivoltai la borsetta e la svuotai completamente sulle mie gambe.

Niente cellulare.

Niente cellulare, cazzo!

«Che stai cercando?» chiese Fisher.

«Per favore, dimmi che hai il mio cellulare.»

Scosse la testa. «Perché dovrei averlo io?»

«Perché se non ce l'hai tu, significa che l'ho lasciato sul tavolo al matrimonio.»

3
Hudson

«Mr. Rothschild, c'è una chiamata per lei.»
Sbuffai e premetti il pulsante dell'interfono. «Chi è?»
«Evelyn Whitley.»
Gettando la penna sulla scrivania, alzai la cornetta e mi appoggiai allo schienale della sedia. «Evelyn, grazie per avermi richiamato.»
«Di nulla. Come stai, Hudson?»
Frustrato quanto basta da chiamare l'amica fastidiosa della mia sorellina, alla quale non avevo voluto offrire un lavoro – ma l'avevo fatto comunque –, solo per ritrovarmi con la suddetta amica che aveva smesso di presentarsi in ufficio due mesi prima e si era licenziata senza preavviso.
«Tutto bene. Tu?»
«Abbastanza bene. Anche se in Louisiana c'è molta umidità rispetto a New York.»
È lì che era andata? Non mi importava, e le chiacchiere di circostanza con Evelyn non facevano parte del mio programma già abbastanza fitto per la giornata.
«Ti spiego il motivo per cui la mia assistente ti ha cercata: una donna è venuta al matrimonio di Olivia fingendosi te.»
«Me? Davvero? Chi farebbe una cosa del genere?»
«Speravo che potessi dirmelo tu.»
«Cavolo, non ne ho idea. Non pensavo neppure che Liv mi

avesse invitata al matrimonio. Di sicuro non ho ricevuto la partecipazione.»

«Mia sorella ha detto di avertela spedita più o meno quando hai lasciato la città. La tua posta era reindirizzata, o qualcuno la prendeva per te?»

«Ricevo la maggior parte della posta in formato digitale – bolletta del telefono, carte di credito e cose del genere. Perciò non reindirizzo la posta. La mia vecchia coinquilina vive ancora in quell'appartamento, quindi potrebbe averla ricevuta lei.»

«Avevi una coinquilina?»

«Sì, Stella.»

«Magari era Stella?»

Evelyn rise. «Non credo proprio. Di certo non è il tipo da imbucarsi a un matrimonio.»

«Dimmi, che aspetto ha la tua vecchia coinquilina?»

«Non so, capelli biondi, alta più o meno un metro e sessantacinque, carnagione chiara, belle curve... occhiali. Trentanove di piede.»

La descrizione del colore dei capelli, delle belle curve e della carnagione chiara corrispondevano, e immaginai che potesse portare le lenti a contatto. Ma che razza di persona dà il numero di scarpe in una descrizione fisica? «Per caso, la tua ex coinquilina ha l'abitudine di annusare le cose?»

«Sì! Stella sviluppa profumi per Estée Lauder. O almeno lo faceva, prima di licenziarsi. Siamo state coinquiline per un annetto, ma non faceva che annusare in giro. Un po' strano, secondo me. Aveva anche l'abitudine di raccontare storie lunghe se le facevo una semplice domanda, e di offrire barrette di cioccolato alla gente. Ma come fai a sapere che annusa... Oh, mio Dio! È stata Stella ad andare al matrimonio fingendosi me?»

«Sembra che potesse essere lei, sì.»

«Non credevo ne fosse capace», rispose divertita.

Per quel poco tempo che avevo trascorso con Stella, ero riuscito a capire che era in grado di sorprendere molta gente. La maggior parte delle persone sarebbe schizzata fuori dalla porta quando l'avevo chiamata al microfono. Ma non Stella. Era un fascio di nervi, ma si era ricomposta ed era stata al gioco. Non sapevo cosa fosse più sexy: il suo aspetto, il modo in cui non si tirava indietro davanti a una sfida, o come mi aveva provocatoriamente dato dello stronzo prima di andarsene.

Erano passati otto giorni dal matrimonio di mia sorella, e non riuscivo ancora a togliermi quella maledetta donna dalla testa.

«Stella come fa di cognome?» chiesi.

«Bardot. Come la stella del cinema.»

«Per caso hai il suo numero?»

«Sì. L'ho salvato sul cellulare. Posso inoltrarti il contatto, se vuoi.»

«Sì. Mi sarebbe utile.»

«Okay.»

«Grazie per le informazioni, Evelyn.»

«Vuoi che la chiami? Che le dica che deve pagare i costi per aver partecipato al matrimonio o qualcosa del genere?»

«No, non è necessario. Anzi, preferirei che non le dicessi di questa conversazione, se dovessi parlarle.»

«Okay… certo. Come vuoi tu.»

«Ciao, Evelyn.»

Dopo aver riattaccato, riflettei guardando la città dalla finestra.

Stella Bardot… cosa devo fare con te?

Aprii il cassetto della mia scrivania per estrarre l'iPhone che la ditta di catering aveva mandato qualche giorno prima. Avevano detto di averlo trovato al tavolo sedici. Avevo chiesto alla mia assistente di contattare tutti gli invitati a quel tavolo, eccetto la donna misteriosa. Nessuno aveva perso il telefono. Perciò, ero abbastanza sicuro di sapere chi fosse la proprietaria. L'unica domanda era: cosa ne avrei fatto?

Helena, la mia assistente, fece capolino nella sala conferenze.

«Mr. Rothschild, mi scusi per l'interruzione, ma qualcuno desidera vederla. Non ha appuntamenti sul calendario, però sostiene che l'ha invitata lei.»

Indicai i presenti seduti al tavolo con un gesto della mano. «Sono in riunione. Non ho altri appuntamenti a quest'ora.»

«È quello che pensavo. Le dirò che è impegnato.»

«Di chi si tratta?»
«Si chiama Stella Bardot.»
Bene, bene, bene... Cenerentola finalmente è venuta a riprendersi la scarpetta di cristallo. Erano trascorsi sei giorni da quando le avevo fatto arrivare un biglietto, perciò avevo immaginato che Ms. Bardot non avesse le palle di presentarsi. Il vecchio indirizzo di Evelyn era nei nostri registri aziendali, perciò avrei potuto essere gentile e restituirle semplicemente il telefono. Ma non sarebbe stato abbastanza divertente. Invece, le avevo inviato il mio biglietto da visita, con un messaggio scritto sul retro.
SE VUOI QUELLO CHE HAI DIMENTICATO, VIENI A PRENDERTELO.
«Potrebbe per favore dire a Ms. Bardot che sono impegnato, ma che se può aspettare andrò da lei appena finito?»
«Certo, assolutamente. Glielo riferirò.» Helena chiuse la porta della sala conferenze.
La mia riunione durò altri quaranta minuti, ma forse avrei dovuto concluderla dopo due, dal momento che sapere cosa mi aspettava all'ingresso mi aveva completamente distratto. Finalmente tornai in ufficio, con in mano i documenti di quell'incontro.
«Vuole che accompagni Ms. Bardot?»
«Mi dia cinque minuti e poi la faccia entrare, per favore.»
Non avevo idea di cosa avrei detto quando Miss Imbucata sarebbe entrata. D'altra parte, non ero io quello che doveva dare spiegazioni. Decisi quindi di improvvisare e vedere come sarebbe andata la conversazione.
Il che era un bene, perché, nell'istante in cui entrò nel mio ufficio, riuscii a malapena a ricordarmi come mi chiamavo.
Evelyn – o, per meglio dire, Stella – era ancora più bella di quanto ricordassi. Al matrimonio aveva i capelli raccolti, ma adesso erano sciolti, e ciocche bionde e ondulate le incorniciavano il viso dalla pelle di porcellana. Portava occhiali oversize dalla montatura spessa, che le davano un aspetto da bibliotecaria sexy, e il semplice prendisole blu e le ballerine che indossava la facevano sembrare più minuta di quanto non mi fosse apparsa al ricevimento.
Cercando di mantenere l'espressione più impassibile che potevo, mi alzai e le indicai con un gesto della mano le sedie per gli ospiti dall'altro lato della scrivania.

«Prego, siediti.»

Si morse il labbro inferiore, ma entrò nel mio ufficio.

«Potrebbe per favore chiudere la porta, Helena?» chiesi alla mia assistente.

Annuì. «Certamente.»

Io e Stella facemmo un po' a gara di sguardi prima che si sedesse.

«Non pensavo saresti venuta a riprenderti la scarpetta di cristallo, Cenerentola.»

Incrociò le gambe e si mise le mani sul ginocchio. «Fidati: se avessi un'altra scelta, non sarei qui.»

La guardai perplesso. «Dovrei offendermi? In realtà, non vedevo l'ora che passassi a trovarmi.»

Strinse le labbra. «Ci scommetto. Che tipo di umiliazione dovrei aspettarmi oggi? Chiamerai tutti i tuoi dipendenti per indicarmi e ridere?»

Le mie labbra si contrassero. «Non ne avevo intenzione. Ma se ami questo genere di cose...»

Sospirò. «Senti, mi dispiace per quello che ho fatto. Ho già scritto una lettera di scuse alla sposa e ho inviato un piccolo regalo all'indirizzo sulla partecipazione. Non volevo fare nulla di male. Quando è arrivato l'invito, l'ho aperto per sbaglio, e qualche bicchiere di vino più tardi, io e il mio amico Fisher avevamo escogitato di imbucarci. Ero incazzata con la mia coinquilina, il vero destinatario della partecipazione. Aveva abbandonato l'appartamento nel cuore della notte, prendendosi un mucchio di scarpe e vestiti miei. E proprio quel giorno, l'assegno che mi aveva lasciato per i due mesi di affitto arretrato era stato respinto. Come se non bastasse, era il mio ultimo giorno di lavoro, perciò mi serviva davvero il suo contributo.» Fece una pausa, apparentemente per prendere fiato. «So che niente di tutto questo giustifica ciò che ho fatto. Un matrimonio dovrebbe essere un evento sacro e intimo da condividere con famiglie e amici, e voglio che tu sappia che è la prima volta che faccio qualcosa del genere. E poi, probabilmente non l'avrei neanche fatto se la location fosse stata un'altra, ma adoro quella biblioteca. Ho lavorato a un isolato da lì negli ultimi sei anni, e ho pranzato su quella scalinata innumerevoli volte. Morivo dalla voglia di partecipare a un evento alla New York Public Library.»

Mi sfregai il mento e le osservai il viso. Sembrava sincera. «Perché ci hai messo tanto a recuperare il telefono?»

«La verità?»

«No, preferisco che inventi una storia come hai fatto al matrimonio. Perché è andata a finire così bene...»

Alzò gli occhi al cielo e sospirò. «Non avevo affatto intenzione di venire. Ho persino comprato un nuovo iPhone. Ma tra pochi giorni devo pagare l'affitto e sono al verde perché ho investito fino all'ultimo centesimo nel lancio della mia attività, che è stato posticipato. Oggi è l'ultimo giorno che ho per restituire il cellulare, che è troppo caro. Non posso permettermi di spendere mille dollari per un telefono nuovo, specialmente adesso che non ho una coinquilina. Ho bisogno di restituirlo o dovrò telefonare a mio padre per chiedergli di prestarmi dei soldi. Dovendo scegliere tra venire qui e assumermi le mie responsabilità per la sciocchezza che ho fatto e chiamare mio padre... Be', eccomi qui.»

Mia sorella non era nemmeno arrabbiata per quello che era successo al suo matrimonio. Certo, era confusa su chi fosse la donna che aveva raccontato una storia sulla loro infanzia, ma quando le avevo spiegato di averla beccata a fingere di essere un'invitata, Olivia me ne aveva dette quattro per averla messa in difficoltà, invece di accompagnarla con discrezione all'uscita. A essere onesti, persino a me era dispiaciuto un po' vedere Stella sudare e impallidire con il microfono in mano. Ma ero incazzato che mi avesse mentito. Nel profondo, sapevo che in parte era perché il fatto che una donna mi mentisse spudoratamente mi aveva fatto tornare in mente dei brutti ricordi. Non aiutava neanche che la mia sorellina avesse deciso di sposarsi dove mi ero sposato io appena sette anni prima. Perciò, forse la mia rabbia verso Stella poteva essere un po' malriposta.

Aprii il cassetto della scrivania, tirai fuori il cellulare e lo feci scorrere fino all'altra parte del tavolo.

«Grazie», disse Stella. Lo prese e sbloccò lo schermo. Il telefono si illuminò, e vidi un'espressione perplessa formarsi sul suo volto. «È ancora completamente carico. Lo hai caricato tu?»

«Era morto quando il tizio del catering me l'ha consegnato, il giorno dopo il matrimonio.»

Annuì, ma capii che non avevo risposto a qualunque fosse la domanda che aveva in mente.

«Hai… cercato di indovinare il codice?»

Riuscii a mantenere un'espressione impassibile, anche se era esattamente quello che avevo fatto. Non c'era bisogno che sapesse che avevo trascorso un'ora a provare combinazioni diverse per sbloccare quel dannato aggeggio, perché ero curioso di saperne di più sulla donna che era scappata via dalla festa. Perciò evitai la sua domanda e congiunsi le dita, parlandole con tono severo. «Dovevo accenderlo per vedere se avevi un codice, no?»

Stella scosse la testa e si infilò il cellulare in borsa. «Oh. Sì. Giusto. Certo.»

Ci fissammo per qualche secondo, finché il silenzio non si fece imbarazzante.

«Okay, be'…» Si alzò in piedi. «Dovrei andare.»

Per quanto fosse assurdo, non ero pronto a vederla andare via. Avevo un centinaio di domande da porle: cosa aveva fatto suo padre per far sì che non volesse chiamarlo, o perché il lancio della sua attività era stato posticipato. Invece, mi alzai a mia volta.

Mi porse la mano sopra la scrivania. «Grazie per aver tenuto al sicuro il mio cellulare e, ancora una volta, mi scuso per quello che ho fatto.»

Presi la sua manina nella mia e la strinsi un po' troppo a lungo. Ma, ammesso che se ne fosse accorta, non disse nulla.

Quando la lasciai andare, Stella si voltò per uscire, poi tornò indietro. Aprì la cerniera della borsa e ci frugò dentro. Tirando fuori qualcosa, me la porse.

«Ti piace il cioccolato?»

Ero dannatamente confuso, tuttavia annuii. «Sì.»

«Tengo sempre una barretta di cioccolato al latte in borsa per le emergenze. Contiene anandamide, un neurotrasmettitore che aiuta a sentirsi più felici.» Alzò le spalle. «Mi capita di darle a chi sembra averne bisogno, ma la maggior parte delle volte finisco per mangiarle io. Adoro il cioccolato. Ho inviato a tua sorella un regalo di scuse, però non ho dato niente a te. Non ho altro da offrire in segno di pace.»

Quella donna mi stava dando una barretta di cioccolato per

andare in pari per essersi imbucata a un evento da settecento dollari a piatto? Dovevo concederglielo: era unica.

Alzai le mani. «Va bene così. Siamo a posto. Tienila tu.»

Continuò a porgermela. «Mi farebbe stare meglio se la prendessi.»

Riuscii a trattenere una risata. «Okay. Grazie.»

Stella si rimise la borsa in spalla e si diresse verso la porta. La seguii per aprirla, ma si bloccò di nuovo. Invece di offrirmi una barretta di cioccolato, si chinò verso di me e inspirò profondamente.

«Retrouvailles», disse.

Masticavo un po' di francese, e sapevo che significava *ritrovo* o qualcosa del genere.

Notando la mia confusione, sorrise. «È l'acqua di colonia che indossi, non è così? Si chiama Retrouvailles.»

«Oh... sì, credo di sì.»

«Hai buon gusto. Costoso. Ma buono. L'ho creata io.»

«Davvero?»

Annuì, e il suo sorriso si fece più ampio. «Ti sta bene. Le acque di colonia hanno un odore diverso su ciascuno.»

Dannazione, che sorriso. Osservandolo, il mio sguardo cadde sulle sue labbra.

Cazzo. Mi venne voglia di morderle.

«Spruzzi la colonia sul collo?» Si indicò l'incavo alla base della gola. «Più o meno qui?»

Per poco non mi misi a sbavare fissando il suo collo delicato. «Credo di sì.»

«È per questo che dura tanto. I profumi e le colonie si riattivano con il calore corporeo. Molti uomini le spruzzano ai lati del collo, ma la base della gola è uno dei punti più tiepidi, perché il sangue pompa vicino alla superficie della pelle. Ecco il motivo per cui molte donne lo spruzzano anche sui polsi e dietro le orecchie.»

«Tu lo indossi?» chiesi.

Mi guardò perplessa. «Il profumo?»

Annuii.

«Sì, anche questo l'ho sviluppato io.»

Continuai a fissarla chinandomi lentamente verso di lei. Non si spostò mentre mi avvicinavo a un centimetro dal toccarle il naso con il mio, e poi piegai la testa di lato, mettendo il naso vicino al suo orecchio e inspirando profondamente.

Aveva un odore incredibile.

Riluttante, tirai indietro la testa. «Anche a te stanno bene le tue creazioni.»

Sorrise di nuovo, ma la leggera velatura del suo sguardo mi disse che anche lei si sentiva un po' stordita. «Grazie di tutto, Hudson.»

Si voltò ancora per uscire dal mio ufficio, e mentre superava la soglia una strana sensazione di panico mi invase.

«Stella, aspetta...»

Si fermò di nuovo e si girò a guardarmi.

Prima che potessi fermarmi, mi uscì di bocca una cosa assurda: «Vieni a cena con me».

4
Stella

«IL principe azzurro si è già fatto sentire?»

Fisher aprì il mio frigorifero e ne estrasse il contenitore della cena del giorno prima, anche se erano solo le sette del mattino.

Scossi la testa e cercai di nascondere la mia delusione. «Probabilmente è la cosa migliore.»

«Quant'è passato, circa una settimana?»

«Otto giorni. Non che stia tenendo il conto.» *Lo sto assolutamente tenendo.*

Mi squadrò dalla testa ai piedi. «Perché sei vestita così presto?»

«Sono appena tornata dopo aver guardato l'alba.»

«Sai, puoi impostare come sfondo del tuo portatile dei bei tramonti e albe, e alzarti un po' più tardi.» Fisher aprì il coperchio del contenitore e infilzò una cotoletta intera come se fosse un lecca lecca. Prese un morso.

«Non è proprio la stessa cosa, ma grazie. Ehm... vuoi che te la riscaldi? Che ti dia un piatto e un coltello per tagliarla? O meglio ancora, che ti faccia delle uova per colazione?»

«Non ce n'è bisogno.» Alzò le spalle e prese un altro morso. «Perché non lo chiami tu?»

Guardai il mio migliore amico con aria assente. «Non posso chiamarlo.»

«Perché no?»

«Perché probabilmente ha cambiato idea. Hai dimenticato come ci siamo conosciuti? Sono già sconvolta che mi abbia chiesto il numero. Penso che in quel momento avesse perso momentaneamente il senno, e che in seguito abbia cambiato idea. E poi, domani ho un appuntamento, in ogni caso.»

«Con chi?»

«Ben.»

«Il tizio che hai conosciuto online? È successo qualche settimana fa, no?»

«Sì. Dovevo uscire di nuovo con lui giorni fa, ma ho disdetto.»

«Come mai hai disdetto?»

«Non lo so.» Alzai le spalle. «Avevo solo molto da fare.»

Fisher mi lanciò un'occhiataccia. «Bel tentativo. Ma non me la bevo. Speravi che il principe azzurro chiamasse e volevi lasciare libera l'agenda.»

«Non stavo aspettando che Hudson mi chiamasse.»

«Hai controllato il cellulare per notifiche di messaggi più di una volta questa settimana?»

«No», dissi, davvero troppo velocemente e con un tono assolutamente sulla difensiva.

L'avevo fatto, più volte al giorno, in realtà. Ma sapevo come agiva Fisher. Era implacabile. Era questo che lo rendeva un avvocato così bravo. Se avesse scoperto anche un solo dettaglio che non quadrava, ci si sarebbe appigliato finché non avessi detto la verità. Perciò, non avevo intenzione di servirglielo su un piatto d'argento.

Mi osservò. «Credo tu mi stia dicendo solo stronzate.»

Alzai gli occhi al cielo.

«Sai, si può uscire con più di una persona contemporaneamente...»

Per fortuna, la nostra conversazione fu interrotta dallo squillo del mio telefono fisso, quello della mia attività.

«Mi chiedo chi stia chiamando Signature Scent di sabato. Potrebbe essere un fornitore di Singapore, immagino. È ancora venerdì lì, giusto?»

Fisher ridacchiò. «È il contrario. Lì è domenica.»

«Oh.»

Trovai il telefono in salotto, su una scatola di campioni. Poggiai il ricevitore sulla spalla mentre prendevo in mano anche la scatola. «Pronto?»

«Salve, parlo con Stella Bardot?»

Tornando in cucina, aprii la scatola e tirai fuori uno dei contenitori di vetro che c'erano dentro. «Sì. Chi parla?»

«Mi chiamo Olivia Royce.»

Il vasetto mi scivolò di mano. Colpì le piastrelle della cucina con un rumore sordo, ma fortunatamente non si ruppe. Armeggiai per prendere il telefono, ancora in equilibrio sulla mia spalla. «Ha detto Olivia Royce?»

«Sì. Spero non ti dispiaccia se ti chiamo. Non riuscivo a trovare un sito web, ma cercando su Google il nome della tua azienda è venuto fuori questo numero, perciò ho fatto un tentativo.»

«Mmm... no, affatto. Certo che no.»

«Ho ricevuto il tuo biglietto con il regalo. Quando ho detto cosa mi avevi mandato a mio fratello, mi ha raccontato che stavi lanciando una nuova azienda di fragranze che crea profumi personalizzati. Mi piacerebbe molto ordinarne alcuni per le mie damigelle, ma non sono riuscita a trovarti su internet.»

«Ehm... il sito web non è ancora attivo.»

«Cavoli. Potrei ordinarli direttamente a te, allora?»

«Ma certo. Assolutamente.»

«Evviva! È fantastico. Ho avuto difficoltà a decidere cosa comprare alle ragazze. Voglio qualcosa di personalizzato e speciale. Questo è davvero perfetto. Adoro il mio, comunque. Grazie.»

Non riuscivo a credere a quella conversazione. Olivia mi stava chiamando per piazzare un ordine, non per rimproverarmi per essermi imbucata al suo matrimonio? Forse non aveva capito che si trattava di me? Non lo credevo possibile, dal momento che le avevo inviato il regalo e il biglietto di scuse nella stessa scatola, e che evidentemente aveva parlato di me con Hudson.

«Grazie a te. Posso... posso inviare loro dei kit e mettere i loro ordini in cima alla lista quando mi diranno cosa gradiscono.»

«Oh, no. Voglio che sia una sorpresa. So molto di loro, forse potrei dirti cosa indossano di solito e qualcos'altro, e tu puoi inventarti qualcosa?»

Non ero sicura che sarebbe stato efficace quanto il modo che usavo di solito, ma non avrei mai potuto dirle di no. «Certo, va bene.»

«Che ne dici di lunedì alle dodici e mezzo?»

Risposi perplessa. «Le dodici e mezzo vanno bene.»

«Okay. Il *Café Luce* sulla Cinquantatreesima andrebbe bene? È troppo distante per te? Vivi a Manhattan?»

Ero sconvolta. Voleva incontrarmi di persona? Immaginavo che mi avrebbe inserita a matita sulla sua agenda per una e-mail o una chiamata.

«Sì, vivo a Manhattan. E il *Café Luce* va bene.»

«Perfetto! Siamo d'accordo, allora. Grazie, Stella! Non vedo l'ora di incontrarti.»

Dieci secondi dopo aveva riattaccato. Fissai il telefono. Fisher aveva osservato l'intera conversazione svolgersi sul mio viso.

«Chi era?» chiese.

«Olivia Royce.»

«E sarebbe?»

«La sposa del matrimonio a cui ci siamo imbucati.»

Il giorno seguente arrivai con venti minuti di anticipo in caffetteria. Ben avrebbe voluto venirmi a prendere per il nostro appuntamento, ma preferivo incontrare in pubblico le persone che non conoscevo bene, in modo da essere in grado di potermene andare quando volevo. Ordinai un caffellatte decaffeinato e mi sedetti su un divano al lato del bancone. Nella caffetteria della mia zona c'erano sempre giornali e riviste da sfogliare mentre si beveva il proprio caffè troppo caro, perciò presi il *New York Times* e iniziai a sfogliare la sezione «Sunday Styles». Arrivata a metà, rimasi di sasso appena vidi una foto. Dopo aver battuto più volte le palpebre per assicurarmi di non avere le traveggole, avvicinai il giornale per leggere l'annuncio.

> Le nozze di Olivia Paisley Rothschild e Mason Brighton Royce si sono svolte il 13 luglio presso la New York Public Library a Manhattan, celebrate dal Reverendo Arthur Finch, sacerdote episcopale.

Mrs. Royce, 28 anni, che lo sposo chiama Livi, è vicepresidente del settore marketing. Si è laureata all'Università della Pennsylvania e ha ottenuto l'MBA alla Columbia.

È la figlia di Charlotte Bianchi Rothschild e Cooper E. Rothschild, entrambi deceduti, di New York. Il matrimonio è stato organizzato dal fratello, Hudson Rothschild.

Mr. Royce, anche lui di 28 anni, ha fondato la sua azienda informatica ed è specializzato in sicurezza e compliance. Si è laureato all'Università di Boston e ha ottenuto il Master in Informatica alla NYU.

Non riuscivo a credere di essermi imbattuta nel loro annuncio di matrimonio. Quante probabilità c'erano? Non leggevo il *New York Times* della domenica da anni, perciò mi sembrò una coincidenza assurda. Fisher mi aveva sempre detto che, se fai pensieri positivi, la positività tornerà indietro in un altro modo. Quella circostanza avrebbe potuto spiegarlo. Di sicuro nell'ultima settimana e mezza avevo pensato a sufficienza a un uomo che mi aveva chiesto il numero, ma che poi non aveva mai chiamato.

All'inizio della settimana, facendo zapping avevo per caso visto *Ballando con le stelle*. Anche se non l'avevo mai guardato prima, per qualche ragione non avevo cambiato canale. Osservando le coppie ballare i lenti, mi ero ricordata di come mi ero sentita tra le braccia di Hudson alle nozze della sorella. Il che mi aveva portata a ricordare quanto senso del ritmo avesse, il che a sua volta aveva fatto vagare la mia mente verso altre attività per cui il suo senso del ritmo sarebbe potuto tornare utile. Poi, venerdì sera, quando era venuto da me dopo il lavoro, Fisher mi aveva portato una bottiglia di gin Hendricks. Mi aveva ricordato il modo in cui le mie braccia erano state in preda alla pelle d'oca nel momento in cui Hudson mi aveva sussurrato all'orecchio: «La notte è giovane, Evelyn. Balla con me».

Non avrei mai pensato che mi chiedesse di uscire quando mi ero presentata con la coda tra le gambe nel suo ufficio per riprendermi il cellulare. Poi però avevo lasciato la mia immaginazione galoppare. Avevo persino rimandato il mio secondo appuntamento con Ben. Ma dopo aver trascorso più di una settimana ad aspettare che mi suonasse il telefono, finalmente mi ero resa conto di come fosse sciocco evitare un ragazzo perfettamente carino – uno che in effetti mi aveva chiamato varie volte – solo perché un altro ragazzo avrebbe potuto comporre il mio numero.

Ben entrò pochi minuti prima dell'orario stabilito. Diedi un'ultima occhiata alla fotografia del matrimonio sul giornale prima di chiuderlo. Ero determinata a non rovinare il mio appuntamento lasciando che i pensieri su un altro uomo si intrufolassero nella mia mente.

«Ehi.» Ben mi baciò sulle labbra.

Era solo il nostro secondo bacio, visto che il primo ce l'eravamo scambiato alla fine dell'ultimo incontro, ed era stato abbastanza piacevole. Non provai alcun brivido, non mi venne la pelle d'oca sulle braccia né niente del genere, ma eravamo nel bel mezzo di una caffetteria, perciò, che mi aspettavo? Poi Ben mi porse una scatola di cioccolatini che non avevo notato avesse in mano. «Ti avrei portato dei fiori, ma ho pensato che avresti dovuto portarli con te per tutta la serata. Questi probabilmente ti entreranno in borsa.»

Sorrisi. «È davvero un bel pensiero. Ti ringrazio.»

«Ho prenotato in una steakhouse. Più tardi, se ti va, c'è un comedy club proprio lì accanto, e questa è la serata *open mic*.»

«Va benissimo.»

«Sei pronta?»

«Sì.»

Presi il mio bicchiere vuoto di caffè e lo gettai nel cestino uscendo. Quando feci per aprire la porta, Ben mi batté sul tempo. «Lascia fare a me.»

«Grazie.»

Fuori guardai prima a destra e poi a sinistra. «Da che parte andiamo?»

«Il ristorante è a pochi isolati da qui. È sulla Hudson.»

«Hudson Street?»

«Sì, è troppo lontano per arrivarci a piedi con i tacchi? Possiamo prendere un taxi.»

«No, no. Non è un problema.» *Ma sul serio... Hudson Street?*

C'incamminammo. «Non ho ancora provato questo ristorante»,

disse Ben. «Ma ha delle recensioni incredibili, perciò spero sia buono.»

«Come si chiama?»

«*Hudson's.*»

Dovetti trattenere una risata. Hudson's *su Hudson Street?* Alla faccia del non far insinuare nella mia mente pensieri su un altro uomo stasera...

5
Stella

Lunedì arrivai al ristorante con qualche minuto di ritardo, anche se avevo lasciato il mio appartamento con largo anticipo. Il treno locale per i quartieri residenziali che avevo preso aveva deciso di diventare un espresso, e aveva saltato la mia fermata.

Quando entrai, Olivia era già seduta a un tavolo. Sembrava così diversa senza il suo abito da sposa che quasi non la riconoscevo. Mi fece un cenno di saluto con la mano e mi sorrise come se fossimo state vecchie amiche.

Avevo a bizzarra idea che non volesse davvero ordinare del profumo, ma mi avesse attirata lì per potermene dire quattro di persona o, peggio ancora, farmi arrestare. Il suo sorriso amabile mi aiutò molto a dissolvere quella mia paranoia.

«Ciao.» Posai la scatola che avevo in mano su una sedia vuota e spostai la sedia di fronte a lei. «Scusami per il ritardo. Il treno ha saltato la mia fermata.»

«Nessun problema.» Allungò una mano e inclinò il cestino del pane nella mia direzione, facendomi vedere che era vuoto. «Come vedi, mi sono tenuta impegnata. Non mangiavo carboidrati da sei mesi, in vista del matrimonio. Perciò ho trascorso le ultime settimane a recuperare il tempo perduto.» Posando il cestino, mi porse la mano. «Sono Olivia Rothschild, comunque. Dannazione, no, non lo sono. Sono Olivia Royce adesso. Non riesco ancora ad abituarmici.»

Sorrisi, anche se ero un fascio di nervi. «Stella Bardot.» Immaginando che la cosa migliore da fare fosse chiarirci, feci un respiro profondo. «Ascolta, Olivia, mi dispiace davvero per quello che ho fatto. Di solito non sono il tipo di persona che si imbucherebbe a un matrimonio.»

Mi guardò incuriosita. «Non lo sei? Peccato. Credevo che saremmo andate d'accordo. Io una volta mi sono imbucata a un ballo della scuola.»

La guardai stupefatta. «Ah, sì?»

Olivia ridacchiò. «Sì. E ho pomiciato con il ragazzo di una tizia che mi ha presa a schiaffi.»

Mi rilassai. «Oh, mio Dio. Non hai idea di quanto sia sollevata di sapere che non sei arrabbiata.»

Minimizzò. «Macché. Non pensarci più. Sono rimasta piuttosto colpita dalla storia che hai raccontato. Qualcuno si è davvero fatto la pipì addosso per te?»

Sorrisi triste. Il ricordo della verità ormai era agrodolce, considerando che io e mia sorella non ci parlavamo più. «In realtà, l'ho fatto io, ed è successo alla scuola materna. Mia sorella, più piccola di me di un anno, aveva avuto un piccolo incidente durante le prove per la recita di Natale. Un bambino aveva indicato il suo sedere bagnato e l'aveva presa in giro. Non potevo lasciarla da sola.»

«Che dolce. Mio fratello è il maggiore. È sempre stato assurdamente protettivo nei miei confronti. Ma non sono sicura che sarebbe arrivato a farsi la pipì addosso per salvarmi la faccia.» Bevve un sorso del suo drink. «Ora che ci penso, probabilmente lo avrebbe fatto. Ma non avrebbe mai ammesso di averlo fatto per proteggermi. Probabilmente avrebbe detto di essersela fatta sotto e che io lo avevo copiato.»

Ridemmo.

«Hudson mi ha raccontato di come sei arrivata al matrimonio. Non mi ha sorpreso sentire cosa ti ha fatto Evelyn – andarsene nel cuore della notte lasciandoti l'affitto da pagare. È sempre stata inaffidabile. Al primo anno di college, siamo partite insieme per le vacanze di primavera. Ha conosciuto un tizio dieci anni più vecchio che parlava soltanto francese. Dopo due giorni, mi svegliai con un biglietto: mi spiegava che era andata in Francia per conoscere la famiglia del tizio perché era innamorata. Mi ha lasciata da sola a Cancun. Quella stronza si era portata via le mie scarpe preferite.»

«Oh, mio Dio. Ha preso anche le mie scarpe preferite quando se n'è andata!»

Ridemmo ancora, e Olivia continuò: «Ha rubato qualcosa anche a Lexi, l'ex moglie di mio marito. Hanno litigato e hanno smesso di parlarsi. Poi ho convinto quell'impossibile di mio fratello a darle un lavoro, e dopo qualche mese ha smesso di presentarsi in ufficio. Non finirà più di ricordarmi questa storia. È il tipo che porta rancore a vita».

«Hudson non sembra affatto incline a perdonare come te.»

«Per usare un eufemismo. È incredibilmente protettivo, fin troppo. A sedici anni ho avuto il mio primo ragazzo, e Hudson si sedeva fuori sulle scale aspettando che rincasassi. Ovviamente, questo significava che lui mi dava un bacetto sulla guancia invece di una bella pomiciata della buonanotte. Mi dispiace per Charlie. Probabilmente non le permetterà di avere un ragazzo fino ai quarant'anni.»

«Charlie?»

«La figlia di Hudson.»

Annuii. Non ho idea del perché, ma non mi aspettavo che avesse figli. Anche se, naturalmente, non sapevo molto di lui, a parte il fatto che era bellissimo, profumava divinamente, sapeva ballare, e non mi aveva chiamato per dieci giorni da quando gli avevo dato il mio numero.

«Quanti anni ha sua figlia?»

«Sei, ma sembrano almeno sedici.» Rise. «È completamente fottuto.»

Il cameriere venne a prendere l'ordinazione, e non avevo ancora guardato il menu. Olivia ordinò un'insalata di pere, pollo e aceto balsamico. Sembrava buona, quindi la imitai.

«Allora...» Si annusò il polso. «Dimmi come hai fatto a creare il profumo migliore che abbia mai sentito nella mia vita. Me ne sono completamente innamorata.»

Sorrisi. «Grazie. Mi sono concentrata su alcuni indizi che ho notato al matrimonio. Avevi le gardenie come centrotavola e nel bouquet, quindi le ho usate come base. Ho sentito una donna al tavolo dov'ero seduta dire che saresti andata a Bora Bora per la luna di miele. Perciò ho immaginato che ti piacesse la spiaggia e ho aggiunto del calone, che dà una nota di brezza marina. E poi il tuo vestito era tradizionale, ma con una cintura di seta rosso acceso, perciò ho pensato che potessi avere anche una parte grintosa.»

«È incredibile. Anche la boccetta è perfetta.»

«Era un design che ho amato subito, ma che non venderemo. È importato dall'Italia, e non sono riuscita a ottenerlo con il mio budget striminzito da start up.»

«È un peccato. È così bella.»

«Spero di poterla aggiungere più avanti.»

Nell'ora successiva, spiegai come funzionava Signature Scent. Diedi a Olivia la dimostrazione completa – annusò tutti i venti campioni e li classificò – e poi le posi tutti i quesiti che sarebbero stati pubblicati sul sito come parte del processo d'ordine. Mi fece un sacco di domande, con aria molto interessata alla componente commerciale. Presi appunti su ciascuna delle sue damigelle, e lei scelse una boccetta per ognuna.

«Allora, quand'è previsto il lancio ufficiale di Signature Scent?» chiese quando finimmo.

La guardai accigliata. «Non lo so.»

«Come mai? Sembra che sia tutto pronto.»

«È così. Dal punto di vista della pianificazione, quantomeno. Ma ho avuto qualche problema finanziario. È una storia lunga, ma, per farla breve, avevo un socio e ho dovuto rilevare la sua quota usando buona parte dei fondi risparmiati per acquistare la merce; questo ha prosciugato ogni centesimo che mi restava. Anche se non è stato un problema, perché avevo una linea di credito per l'attività abbastanza consistente da consentirmi il lancio. Avevo fatto domanda per il prestito circa un anno prima, nel caso mi fossi ritrovata a corto di fondi. Ma quando, per la prima volta, sono andata per attingere a quel prestito, la banca mi ha detto che avrei dovuto fare un aggiornamento annuale per mantenere la linea di credito aperta. Io non ne avevo idea. Avevo appena lasciato il lavoro da Estée Lauder, e sapendo che la mia situazione lavorativa era cambiata mi avevano tolto la linea di credito. Se avessi fatto l'aggiornamento qualche giorno prima, sarebbe andato tutto a posto.»

«Oh, è terribile.»

«Sì. E nessuna banca ti fa un prestito se sei disoccupato. Ho fatto richiesta all'Agenzia per le piccole imprese. Sono sostanzialmente la mia ultima speranza.»

Il cameriere ci portò il conto. Feci per prenderlo, anche se odiavo spendere in quel periodo. Era davvero il minimo che potessi fare per quella donna così gentile al cui matrimonio mi ero imbucata.

Ma Olivia mi batté sul tempo. «Offro io. Sono io ad averti invitata a pranzo.»

«Non posso permetterlo. Ti devo già una cena.»

Minimizzò con un cenno della mano e prese il portafogli dalla borsetta. Infilando la carta di credito nel portaconto in pelle, lo richiuse. «Assolutamente no. Insisto.»

Prima che potessi ribattere oltre, alzò la mano e il cameriere arrivò subito e prese il conto.

Sospirai, sentendomi una perdente. «Grazie. Lo apprezzo molto.»

«Figurati.»

Uscimmo insieme. Dovevo andare nei quartieri residenziali a sbrigare delle commissioni, mentre lei doveva recarsi in centro, in ufficio, perciò ci salutammo. Olivia mi abbracciò come se fossimo state le vecchie amiche che avevo descritto alle sue nozze.

«Le tue fragranze saranno pronte la prossima settimana», le dissi. «Posso spedirle a te oppure a ciascuna delle tue damigelle, se preferisci.»

Sorrise. «Chiamami appena sono pronte, e decideremo il da farsi.»

«Okay. Lo farò.»

Una settimana più tardi, ero sommersa dagli scatoloni. «Questa è l'ultima.» Fisher impilò la scatola in cima a una montagna di altre già alta almeno un metro e mezzo. Si sollevò la maglietta e usò la parte inferiore per asciugarsi il sudore dalla fronte. «Farai meglio a farmi presto i cannelloni ripieni per tutti i pesi che mi stai facendo sollevare oggi.»

«Lo farò, te lo prometto. Non mi ero resa conto di quanto avessi accumulato in quel deposito. Non riesco a credere che ci siano duecento scatole qui.» Nel mio sforzo costante di risparmiare sui costi, avevo arruolato Fisher per farmi aiutare a spostare nel mio appartamento tutto quello che avevo nel mio costosissimo deposito. Dal momento che non avevo più una coinquilina, c'era abbastanza spazio.

Fisher si mise una mano sulla cintura dei pantaloncini. «Quasi me ne dimenticavo. Ho ritirato la tua posta l'ultima volta che sono salito. Questo pacco che hai ricevuto sta cadendo a pezzi. Sembra che il postino lo abbia strappato per farlo entrare nella tua cassetta.»

Era tutto umido di sudore. Lo guardai disgustata. «Che schifo. Mettilo qui, per favore.»

Fisher gettò la pila di posta sul tavolo della cucina, e le buste si disposero a ventaglio. Il logo sull'angolino di una attirò la mia attenzione: AGENZIA PER LE PICCOLE IMPRESE. La presi e la osservai.

«Oh, mio Dio. È una busta piccola. Non è un buon segno.»

«Da parte di chi è?»

«L'Agenzia per le piccole imprese. Mi avrebbero dovuto dare una risposta per il prestito che ho chiesto in un paio di settimane. E sono appena trascorse.»

«È fantastico. Probabilmente gli è piaciuta così tanto la tua attività che non vedevano l'ora di approvartela.»

«Quando fai domanda e ti rispondono con una busta sottile, non è mai un buon segno. È come trovare nella cassetta della posta una busta bianca di dimensioni normali dal college cui hai fatto domanda, invece di quella grossa marrone con tutte le informazioni di benvenuto. Se avessero approvato la mia richiesta, sarebbe grossa.»

Fisher alzò gli occhi al cielo. «La maggior parte delle cose si fanno online di questi tempi. Smettila di essere così negativa e apri quella dannata busta. Sono certo che conterrà login e password per accedere a internet e firmare qualunque cosa tu debba firmare.»

Feci un lungo sospiro. «Non ho un buon presentimento, Fisher. Cosa farò se me lo rifiutano? Ho già presentato richiesta in tre banche. Nessuno concede prestiti ai disoccupati. Sono stata un'idiota a licenziarmi e a credere che avrei potuto farcela con quest'attività. Mi hanno già sostituita da Estée Lauder, e la maggior parte dei lavori decenti per chimici delle fragranze ormai sono all'estero. Cosa diavolo farò? Come diavolo potrò pagare l'affitto?»

Lui mi posò le mani sulle spalle. «Fai un respiro profondo. Non sai nemmeno cosa c'è in quella busta. Per quanto ne sappiamo, potrebbe essere una lettera prestampata con i ringraziamenti per la domanda o per dirti che l'elaborazione del prodotto è in ritardo.»

Ero troppo nervosa per aprirla, perciò la porsi al mio amico. «Fallo tu. Non ci riesco.»

Fisher scosse la testa, ma strappò la busta per aprirla. Lo guardai, trattenendo il respiro mentre i suoi occhi si spostavano leggendo le prime righe. L'espressione che gli si iniziò a formare agli angoli della bocca mi disse tutto ciò che avevo bisogno di sapere.

Chiusi gli occhi. «Oh, Dio...»

«Mi dispiace, Stella. Dicono che non sei in affari da abbastanza tempo o che non hai un flusso di cassa abbastanza consistente e positivo. Ma come diavolo dovresti fare ad avere una delle due caratteristiche se non ti danno il prestito per aiutarti a rendere operativa l'attività?»

Sospirai. «Lo so. È sostanzialmente quello che hanno detto anche tutte le altre banche.»

«Non puoi iniziare davvero in piccolo, fare un po' di esperienza e ripresentare la domanda?»

Mi sarebbe piaciuto fosse così semplice. «Non ho il packaging, né abbastanza campioni da mettere nelle confezioni che i clienti userebbero per effettuare gli ordini.»

Il mio amico si passò una mano tra i capelli. «Merda. Ho circa novemila dollari in banca che conservavo per i tempi duri. Sono tuoi. Non devi neppure ripagarmi.»

«Ti adoro perché me li hai offerti, Fisher. Davvero. Ma non posso accettare i tuoi soldi.»

«Non essere ridicola. Sei la mia famiglia, ed è questo che fanno le famiglie.»

Non volevo insultarlo, ma novemila dollari non sarebbero stati neppure vicini alla cifra che mi serviva per il lancio. «Mi inventerò qualcosa. Ma grazie per la tua offerta generosa. Significa davvero molto per me anche che tu prenda solo in considerazione di farlo.»

«Sai cosa ci vuole?»

«Cosa?»

«Dom. Vado a prendere una di quelle bottiglie costose di champagne che ci sono rimaste dal matrimonio.»

«Vuoi festeggiare? Festeggiamo che mi hanno rifiutato il prestito o che il mio appartamento è diventato un magazzino?»

Fisher mi diede un bacio sulla fronte. «Festeggiamo che andrà tutto bene. Ricorda: se non pensi positivo, non ti succederà niente di positivo. Torno subito.»

Mentre andava nel suo appartamento, di fianco al mio, mi guardai intorno. Il salotto era un disastro completo, il che sembrava appropriato in quel momento, considerato che anche la mia vita lo era. Un anno prima stavo per sposarmi, avevo un lavoro fantastico con un reddito a sei cifre, risparmi che la maggior parte dei ventiseienni non accumulava fino ai quarant'anni, e il sogno di una nuova entusiasmante impresa commerciale. Adesso il mio ex fidanzato stava per sposare un'altra, ero disoccupata e al verde, e la nuova impresa mi sembrava più che altro un cappio intorno al collo.

Fissai la lettera di rifiuto del prestito per un minuto, poi la accartocciai e la lanciai verso il cestino della cucina. Naturalmente, lo mancai. Stordita, scorsi la mia posta, costituita principalmente di pubblicità, poi decisi di aprire il pacco che era arrivato strappato. Immaginai che fossero altri campioni ordinati prima che la banca chiudesse la mia linea di credito: tutti prodotti che adesso non mi sarei più potuta permettere. Ma quando aprii la scatola, non erano campioni di ingredienti per profumi. Era invece un diario che avevo ordinato su eBay. Me n'ero completamente dimenticata dal giorno in cui avevo vinto l'asta, quasi tre mesi prima. Per la spedizione dall'estero potevano volerci secoli, e quella busta arrivava dall'Italia.

Di norma, quando arrivava un diario nuovo, non vedevo l'ora di leggere il primo capitolo. Ma quello era solo un promemoria dei duecentoquarantasette dollari che avevo sprecato. Lo posai sul tavolino del salotto e decisi di darmi una rinfrescata prima che Fisher tornasse con lo champagne.

Dieci minuti più tardi, riemersa dal bagno, trovai il mio migliore amico disteso sul mio divano a bere champagne e sfogliare il diario nuovo.

«Ehm… lo sai che questa donna non ha scritto in inglese, vero?» Fisher mi porse un bicchiere di champagne.

Lo presi e mi accasciai sulla poltrona di fronte a lui. «È italiano. Ed è di un uomo. Il che significa che l'ho pagato troppo e dovrò comunque farmelo tradurre.»

I diari degli uomini costavano sempre di più sui siti di aste perché erano molto rari. L'ultima volta che ne avevo comprato uno francese, mi era costato trecento dollari e altri centocinquanta per farlo tradurre.

Sorseggiai lo champagne. «Prenderà polvere per un po'. Spendere un sacco di soldi per una traduzione non è in cima alla mia lista di priorità quanto mangiare il mese prossimo.»

Fisher scosse la testa e gettò il vecchio diario malconcio sul tavolino. «Credevo che avessi smesso di leggerli dopo quello che è successo l'anno scorso, visto che ti sei ritrovata troppo coinvolta.»

Sospirai. «Ci sono ricascata.»

«Sei proprio strana, mia cara Stella Bella. Lo sai?»

«Questo detto da un uomo che colleziona adesivi che stacca dalle banane e mette nel guardaroba.»

Il mio cellulare iniziò a squillarmi in tasca, lo tirai fuori e lessi il nome sullo schermo. «Be', questo sì che è tempismo. È la donna a cui abbiamo rubato lo champagne.»

«Dille di mandarne dell'altro.»

Risi mentre passai il dito sullo schermo per rispondere. «Pronto?»

«Ehi, Stella. Sono Olivia.»

«Ehi, Olivia. Grazie per avermi richiamata. Volevo dirti che i profumi per le tue damigelle sono pronti.»

«Non vedo l'ora di vederli. O di annusarli. O di vederli e annusarli. Quello che è.»

Sorrisi. «Spero che alle tue amiche piacciano.»

«Ho parlato a un po' di gente della tua attività, e sono tutti interessati a farsi realizzare una fragranza da te. Sai già quando il sito sarà operativo?»

«Non nel prossimo futuro, purtroppo.»

«Oh, no. Cos'è successo?»

«L'Agenzia per le piccole imprese ha rifiutato la mia richiesta di prestito. Ho ricevuto la lettera proprio oggi.»

«Idioti. Mi dispiace.»

«Grazie.»

«Cosa farai?»

«Non lo so.»

«Che ne pensi di trovare un socio? Qualcuno che apporti del capitale in cambio di un interesse nella tua attività.»

Avrei effettivamente preso in considerazione quell'opzione, ma nessuno che conoscessi aveva abbastanza soldi. «Forse. Ci penserò su. Stasera berrò per dimenticare. Domani inizierò a formulare un nuovo piano d'azione.»

«Bene. È l'atteggiamento giusto.»

«Grazie. Allora, dove vuoi che ti consegni i profumi?»

«Potremmo vederci domani, sei libera? Una delle mie damigelle parte tra due giorni per andare a lavorare a Londra per qualche mese. La vedrò a cena domani sera. Vorrei tanto darglielo, se non è un problema che li ritiri io.»

«No, nessun problema.»

«Okay! Ho una riunione la mattina. Va bene se ti scrivo appena finisce per farti sapere un orario? Dovrei riuscire a venire io, ovunque tu sia.»

«Certo, va bene. Ci sentiamo domani.»

Quando riattaccai, Fisher disse: «Solo tu puoi diventare amica della donna al cui matrimonio ci siamo imbucati».

«Olivia è davvero fantastica. Le darò tutti i profumi che ho realizzato per le sue damigelle come regalo di scuse, invece di farla pagare. Ho pensato che è il minimo che possa fare.»

«Vedi se darà altre feste a cui potremo imbucarci.» Sollevò la bottiglia in aria prima di riempirsi di nuovo il bicchiere. «Non possiamo tornare a quello da quattro soldi, dopo questo.» Bevve ed emise un esagerato «Aaah». Poi continuò: «Comunque, immagino che il principe azzurro non si sia fatto sentire, o me l'avresti detto».

«No. Durante il pranzato con Olivia, lei non ha detto di sapere che mi aveva chiesto di uscire. Perciò non l'ho fatto neanch'io. Però mi ha confidato che è il tipo che porta rancore.»

«Peggio per lui.»

Non lo dissi, ma sentii che era peggio anche per me. Qualcosa di Hudson mi aveva colpita, ed ero entusiasta all'idea di uscire con lui. Anzi, non riuscivo a ricordare l'ultima volta che avevo aspettato la telefonata di un uomo come mi era successo con la sua. Ecco perché quel silenzio mi era pesato un po' più del dovuto. Ma pazienza. Ben era… carino.

Nelle due ore successive, io e Fisher ci eravamo scolati quella bottiglia e una di vino che era già aperta in frigorifero. Almeno una cosa era andata per il verso giusto quella settimana: ero riuscita a sbronzarmi a sufficienza come volevo. Quando sbadigliai, Fisher capì l'antifona.

«Okay, vado. Non devi sbadigliare per finta per liberarti di me.»

«Non era finto.»

«Certo che no.»

Si alzò e portò bicchieri e bottiglie vuoti in cucina. Presi in considerazione l'idea di dormire sulla comoda poltrona nella quale ero stravaccata.

Fisher tornò, si chinò su di me e mi diede un bacio sulla fronte. «Ti voglio bene. Domani andrà meglio.»

Considerando che probabilmente mi sarei svegliata con il mal di testa, ne dubitavo. Ma odiavo essere negativa. «Grazie ancora per tutto, Fisher. Ti voglio bene anch'io.»

Prese il diario che era ancora sul tavolino. «Questo lo prendo io, e te lo farò tradurre per il tuo compleanno il mese prossimo.»

«Non compirò ventott'anni ancora per molto tempo. Il mese prossimo è il tuo compleanno. Farai come l'anno scorso?»

«Sì, tutti i regali per te, perché tu sei il migliore che abbia mai ricevuto. E poi, renderti felice rende felice me, Stella Bella. Ma non lasciare che questo diario prenda il controllo della tua vita.»

6
Stella

Quindici anni prima

PRESI il libro rilegato in cuoio e lo avvicinai al naso per annusarlo. *Dio, adoro quest'odore.* Mi ricordava Spencer Knox. Portava una palla da football ovunque andasse, la lanciava sempre in aria e la riprendeva mentre parlava. Ogni volta che la pelle di vitello sbatteva contro i suoi palmi, si sprigionava un lieve odore di pelle che mi faceva sorridere.

La signora che aveva organizzato il mercatino dell'usato era anziana e teneva un marsupio arancione intorno alla vita. I suoi crespi capelli grigi sparati in tutte le direzioni mi facevano pensare che avesse di recente infilato in una presa elettrica le dita, invece della spina della lampada che stava posizionando su un tavolino pieghevole.

Le andai incontro. «Mi scusi. Quanto costa?»

Abbassò lo sguardo e lo posò sulle mie mani. «Cinquanta centesimi. Ma ho pagato dieci dollari per comprarlo quindici anni fa, al mercatino dell'usato di qualcun altro. È questo che succede quando si comprano stronzate che non servono davvero. Si finisce per liberarsene come il proprietario precedente prima di te. Scrivi su un diario?»

In realtà, fino a quel momento non avevo notato la parola DIARIO stampata in rilievo sulla copertina. Scossi la testa. «Non l'ho mai fatto prima.»

Una donna magra con addosso un twin set e i capelli legati in un'accurata coda di cavallo camminò lungo il vialetto con in mano una macchina da caffè in una scatola. «Le darò cinque dollari per questa.»

L'anziana signora strinse le labbra. «Non sai leggere? L'adesivo dice venti.»

«Io sono disposta a pagarne soltanto cinque.»

«Be', allora puoi portare il tuo culo rinsecchito fino al tavolo da cui l'hai presa e riporla.»

La donna col il twin set restò a bocca aperta. «Che maleducata.»

L'anziana signora borbottò qualcosa sulla raffinata donna che si stava allontanando e riportò l'attenzione su di me. «Allora, lo vuoi quel diario oppure no? Devo controllare i curiosi. Alcune persone non pensano che i prezzi di questi mercatini siano abbastanza bassi, perciò decidono direttamente di farsi uno sconto pari al prezzo pieno sgraffignando gli oggetti in vendita.»

Avevo pensato che avrei dovuto offrire venticinque centesimi visto che aveva iniziato a cinquanta. Mia mamma ha sempre detto di mercanteggiare ai mercatini. Ma quella donna non sembrava il tipo. Comunque, io avevo cinquanta centesimi, lei aveva pagato dieci dollari, e io avevo un po' paura di lei. Perciò infilai la mano nella tasca e tirai fuori le monete. «Bene.»

Passato qualche giorno, andai in camera mia dopo cena e chiusi a chiave la porta prima di tirare fuori il diario. Non volevo che mia sorella piombasse dentro trovandomi a scrivere i miei pensieri. Avrebbe sicuramente provato a leggerlo mentre non ero in casa, soprattutto se avesse saputo a cosa pensavo ultimamente.

Due giorni prima, Spencer mi aveva chiesto di essere la sua ragazza ufficiale. Avevo un'enorme cotta per lui fin dalla quinta elementare. Ovviamente avevo accettato, anche se i miei genitori avevano detto a mia sorella che non avrebbe potuto frequentare i ragazzi che glielo chiedevano fino al liceo, e io ero ancora alle medie. Prima di allora, non ero mai stata nervosa vicino ai ragazzi. Ma adesso andavo fuori di testa ogni volta che a malapena io e Spencer parlavamo. Sapevo il perché: lui era uscito con Kelly Reed prima che con me, e si erano baciati. Io non avevo mai baciato un ragazzo prima, e temevo di farlo male quando fosse arrivato il momento. Perciò pensai che potesse essere un buon primo argomento per il mio nuovo diario. Magari mi avrebbe aiutata a gestire le situazioni mettendo le mie paure nero su bianco.

Sdraiata sul letto a pancia in giù, feci dondolare i piedi in aria dietro di me mordicchiando la mia matita mentre decidevo da dove cominciare. *Scrivo soltanto* Caro diario *o è troppo da sfigati?*

«Stella?» La voce di mio padre e il suo tentativo di aprire la mia porta mi fecero sobbalzare.

Mi alzai di scatto, e il diario rimbalzò sul letto, cadendo sul pavimento sottosopra con delle pagine aperte. «Ehm... chi è?»

«Sono tuo padre. Quale altro uomo bussa alla porta della tua camera, e perché è chiusa a chiave?»

«Ehm... perché mi stavo cambiando per andare a letto.»

«Oh, va bene. Sono solo passato a darti la buonanotte.»

«'Notte, papà!»

«Buonanotte, piccolina.»

Sentii i suoi passi affievolirsi in lontananza prima di riprendere il diario dal pavimento. Alcune pagine si erano spiegazzate e volevo sistemarle. Ma quando girai il libro, scoprii delle parole sulle pagine. Tantissime parole. Confusa, lessi qualche riga, rimanendo di sasso alla vista di quelle in cima.

Caro diario,

Oh, mio Dio!

Voltai altre pagine. Due o tre erano riempite di parole, ma poi ecco che ritrovavo lo stesso inizio.

Caro diario,

Pagine e pagine erano piene. Come avevo potuto non accorgermene? Avrei giurato di averlo aperto al mercatino. Ma mentre lo sfogliavo verso l'inizio, mi resi conto del perché non avessi visto quell'inchiostro blu. Le prime cinque o sei pagine del diario erano completamente vuote.

Ma di chi era? La donna aveva detto di averlo comprato a un mercatino anni prima. Quindi non l'aveva notato neanche lei?

Forse sarei dovuta andare a restituirglielo.

O avrei dovuto darlo a mia mamma, chiederle cosa pensava che dovessi fare?

Anche se...

Magari avrei potuto leggerne un po' per vedere se mi avrebbe suggerito qualche idea sui proprietari.

Non dovevo leggere tutto.

Solo un piccolo capitolo del diario.

Uno e basta.

Lo sfogliai dalla prima pagina per assicurarmi di essere proprio all'inizio, e poi osservai le due semplici parole della prima riga.

Caro diario...

Solo un piccolo capitolo del diario.

Non ci sarebbe stato niente di male.

Non avevo idea di quanto quelle parole sarebbero tornate a perseguitarmi.

7
Stella

«PRONTO?»

«Ciao, Stella. Sono Olivia.»

Spostai il telefono all'altro orecchio per poter finire di indossare gli orecchini. «Come stai, Olivia?»

«Tutto bene. Ma la mia giornata si è rivelata un po' più lunga del previsto. Credi che potresti venire nel mio ufficio oggi con i profumi? Non sono sicura di dove abiti, però se il centro è una rottura di scatole per te, posso mandarti una macchina.»

Il mio appartamento era nell'Upper East Side, perciò arrivare in centro era piuttosto scomodo. Ma lo dovevo a Olivia, perciò non mi sarei lamentata. «Va bene. Ho delle commissioni da fare in centro in ogni caso.»

«Oh, fantastico. Grazie. Alle due va bene?»

«Certo, perfetto.»

«Okay. A presto.»

Sembrava che stesse per riattaccare. «Aspetta...» esclamai. «Mi serve l'indirizzo.»

«Oh, scusa. Credevo lo avessi.»

Perché avrei dovuto avere l'indirizzo del suo ufficio? Pensava che fossi una stalker che l'aveva seguita a lungo prima di presentarmi al suo matrimonio? Gesù, proprio quando l'imbarazzo aveva cominciato a passarmi. «No, non ce l'ho.»

«È su Broad Street, civico 15. Quattordicesimo piano.»

Chiusi il mio portagioie. *Broad Street?* È dove c'era l'ufficio di Hudson. «Lavori nello stesso edificio di tuo fratello?»

«Oh, credevo lo sapessi. Io e Hudson in realtà lavoriamo insieme. La Rothschild Investments era l'attività di nostro padre.»

Non lo sapevo. E non avrebbe dovuto fare alcuna differenza, ma avrei mentito se avessi detto che il pensiero di potermi imbattere in Hudson non mi aveva fatto accelerare il battito cardiaco.

Quando rimasi in silenzio per un minuto, Olivia credette – erroneamente – di conoscerne il motivo.

«È complicato arrivarci, non è vero? Dai, ti mando un'auto.»

«No, no, non ci sono problemi. Ci vediamo alle due.»

«Sicura?»

«Sicurissima. Ma grazie.»

Dopo aver riattaccato, mi guardai nello specchio sopra la mia cassettiera. Ero uscita dalla doccia e avevo legato in una coda di cavallo i capelli bagnati. Improvvisamente pensai che forse ero in vena di scioglierli e fare la messa in piega.

«Ehi!» Mi alzai dal mio posto nella hall, e Olivia mi avvolse in un grosso abbraccio. «Scusa l'attesa. Ho avuto una mattinata terribile.»

Magari fossi stata vispa e pimpante come lei durante una brutta giornata. «Non fa niente. Non ho aspettato molto.»

Fece un cenno della mano verso gli esclusivi uffici. «Vieni dentro. Devi andare via subito? Speravo potessimo parlare. Ho ordinato delle insalate nel caso avessi fame.»

Non riuscivo ancora a credere che fosse andata a finire così, che dopo che mi ero imbucata al suo matrimonio quella donna volesse essere mia amica. «Certo. Mi piacerebbe molto. Grazie.»

Seguii Olivia, girando a sinistra e poi a destra. Essendo già stata lì a riprendermi il cellulare, sapevo che l'ultima porta in fondo al corridoio era l'ufficio di Hudson. Mentre ci avvicinavamo, mi si seccava la bocca. Aveva la porta aperta, perciò cercai di dare un'occhiata dentro senza farmi notare. Passandoci davanti, rimasi delusa vedendo che era vuoto. Ma probabilmente era meglio così.

Avevo sprecato abbastanza tempo dietro a un uomo che non mi aveva chiamata.

L'ufficio di Olivia si trovava vicino a quello di Hudson. Era ampio ed elegante, ma non esattamente il proverbiale ufficio d'angolo con le finestre a tutta altezza che danno sulla città come quello di suo fratello. Non fraintendetemi, anche solo un ripostiglio sarebbe stato fantastico in quell'edificio. Ma mi sembrava interessante che l'ufficio di Hudson desse l'impressione che fosse più in alto nella gerarchia aziendale, quando Olivia aveva detto di lavorare insieme al fratello – non per il fratello.

«Ho saltato la colazione. Ti dispiace se mangiamo prima che io dia un'occhiata ai profumi? Non vedo l'ora di vederli, ma sono diabetica e non dovrei saltare i pasti.»

«Certo, naturalmente.»

Ci sedemmo una di fronte all'altra. Aprii il tovagliolo di stoffa avvolto intorno alle posate e me lo appoggiai sulle gambe.

«Sembra deliziosa.»

«Spero ti piaccia. Ho ordinato un'insalata mista con alcuni degli ingredienti che c'erano nel pranzo che hai scelto l'ultima volta che ci siamo viste. Per non sbagliare.»

Dio, com'era premurosa.

Ci mettemmo a mangiare le nostre insalate. «Allora, hai avuto notizie migliori su Signature Scent?» chiese.

Forzai un sorriso, cercando di non far trasparire quanto fossi triste. «In realtà, no. Dovrò rimandare il lancio più di quanto avessi sperato, dal momento che l'Agenzia per le piccole imprese mi ha negato il prestito.»

«Mi dispiace. In realtà, avevo pensato che potesse accadere quando me ne hai parlato a pranzo, ma non ho detto niente per scaramanzia. Ho lavorato con l'Agenzia in passato, e non sono poi così aperti alle start up come dicono.»

«Sì. In sostanza, mi hanno detto di tornare da loro quando l'attività sarà avviata, con uno storico delle vendite.»

«Prenderesti... in considerazione un investitore di private equity? Fa parte del nostro lavoro alla Rothschild Investments. Siamo una società di gestione patrimoniale. Offriamo i tipici servizi, come la gestione di portafogli di investimento azionario, ma abbiamo anche un gruppo di investitori che investe capitale in cambio di una fetta di un'azienda nuova o in espansione.»

«Cioè, si vende una fetta della propria azienda a una serie di persone diverse?»

«Sì, più o meno. Ma di solito si mantiene la quota di maggioranza. E dal momento che gli investitori hanno un interesse personale nel tuo successo, non si limitano a staccarti un assegno. Ti forniscono anche sostegno nella gestione, per esempio sfruttando il loro potere d'acquisto e altre risorse. Il nostro reparto dedicato al capitale di rischio ha un intero team la cui unica responsabilità è sostenere le attività in cui investono.»

«Mmm… avrei i requisiti necessari per una cosa del genere? Ho investito un bel po' di risparmi, però non ho più un reddito stabile. A essere onesta, dovrò trovarmi presto un lavoro se non inizio a far girare la merce che ho comprato.»

«Lavorare con un investitore in capitale di rischio è diverso che con una banca. Non dipende dal reddito del proprietario, ma dal potenziale stesso dell'attività. Potrei prenderti un appuntamento se volessi esplorare la possibilità.»

«Posso… pensarci un po' e farti sapere? È molto generoso da parte tua anche solo considerare la mia attività per una cosa del genere. Voglio soltanto assicurarmi che sia la decisione giusta per me.»

«Certo. Assolutamente.»

Finimmo di pranzare, chiacchierando come due vecchie amiche. Poi le mostrai tutti i profumi che avevo creato per le sue damigelle, e si mise letteralmente a strillare di gioia per ciascuno di loro. Il suo entusiasmo era contagioso, e mentre mi preparavo a uscire dal suo ufficio, mi sentii carica come non succedeva da settimane – almeno da quando la banca mi aveva tolto la linea di credito.

«Grazie mille di nuovo, Olivia.»

«Nessun problema. È stato divertente.»

«E ti farò sapere al più presto per la possibilità dell'investimento di private equity. Giusto per curiosità, se decidessi di seguire quella strada, quale sarebbe il primo passo?»

«Incontreresti il team degli investimenti in capitale di rischio e parleresti loro della tua attività, faresti una piccola presentazione qui in ufficio e risponderesti a qualunque loro domanda.»

Annuii. «Okay. Grazie.»

Olivia mi riaccompagnò nella hall, e ci salutammo con un abbraccio. «Fammi sapere cosa decidi, e probabilmente potrei farti avere un appuntamento la prossima settimana. Credo che Hudson debba andare fuori città, ma non prima di giovedì.»

«Hudson?»

«Sì. È il capo del team. Non l'avevo detto?»

No, decisamente no.

«Ho chiesto in giro e non ho sentito altro che cose fantastiche della Rothschild Investments», mi riferì Fisher.

Mi versai un bicchiere di vino e mi sedetti al tavolo della cucina di fronte a lui. Era venuto da me direttamente dopo il lavoro, perciò era ancora vestito di tutto punto con il completo addosso.

Erano trascorsi due giorni dal mio incontro con Olivia, e non avevo ancora preso una decisione sulla possibilità di vendere parte della mia attività a un gruppo di investimento. Lo studio legale in cui Fisher lavorava aveva un reparto aziendale con molta esperienza di Offerta Pubblica di Vendita e finanziamenti, anche se Fisher si occupava di diritto dello spettacolo. Perciò, dopo avermi informata sulla realtà del lavorare con un investitore in capitale di rischio, aveva tastato il terreno per ottenere qualche referenza sull'azienda di famiglia di Olivia.

«Il principe azzurro ha la fama di duro», disse.

Sorseggiai il mio vino. «Be', immagino ci sia un motivo per cui Evelyn lo chiamava Stronzo di lusso.»

«Ma ha anche una serie dannatamente notevole di successi alle spalle per le attività con cui operano. Dovresti pensarci seriamente.»

Sospirai. «Non lo so.»

«Cosa ti trattiene?»

«Vendere una parte della mia attività prima ancora che decolli.»

Fisher annuì. «Lo capisco. Lo capisco davvero. Realisticamente, però, che alternative hai? Ti ci vorranno anni di lavoro full time per mettere da parte i soldi che ti servono per lanciare la tua attività come avevi programmato. E hai detto tu stessa che molta della merce che hai non resisterà così a lungo.»

«Potrei mettere qualcosa da parte e lanciare su scala molto ridotta.»

«Ma poi lavoreresti full time cercando di far decollare un'attività che ha bisogno della tua completa attenzione.»

Mi sentii sconfortata. «Lo so.»

«Avevi chiesto un prestito alla banca, perciò tecnicamente ti avrebbero in ogni caso avuta in pugno finché non gli avessi restituito i soldi. Ho parlato con il socio che si occupa del reparto aziendale nel mio studio. Ha detto che gli investitori in capitale di rischio non vogliono possedere per sempre le attività in cui investono. Lo fanno per ottenere un buon ritorno e poi ne escono per passare alla prossima. Hanno bisogno di liquidare, o finirebbero per possedere un mucchio di aziende e non avere più capitale pronto per investire nell'affare successivo. L'investitore medio fa in modo di uscirne entro sette o otto anni. Inoltre si può negoziare un diritto di prelazione, perciò, quando arriva il momento di vendere, il primo acquirente della loro parte sei tu.»

«Davvero?»

Fisher annuì. «Per restituire un prestito a una banca ti ci vorrebbe comunque altrettanto tempo, se non di più.»

Non aveva tutti i torti. Le ragioni per non seguire quella strada si facevano sempre più esigue. Anche se non riuscivo ancora a immaginare che l'uomo che mi aveva smascherata al matrimonio della sorella, per poi chiedermi di uscire ma non chiamarmi, avesse intenzione di entrare in affari con me.

Sorseggiai il vino e cercai di riordinare i pensieri. In pratica, un investitore in capitale di rischio era l'unica possibilità che mi restava. Certo, avevo scoperto che ce n'erano a migliaia facendo qualche ricerca per conto mio. Avrei potuto provare a lavorare con un'altra azienda. Ero sicura che la Rothschild Investments non fosse l'unica in città con buone referenze. Ma d'altro canto, lì c'era Olivia, che sembrava entusiasta e appassionata della mia attività quasi quanto me. Era un vantaggio enorme. Poi c'era Hudson. A questo punto, rientrava nella colonna dei contro. Eppure, com'era quel proverbio? Meglio il diavolo che conosci di quello che non conosci… o qualcosa del genere.

Feci un respiro profondo e guardai Fisher dall'altra parte del tavolo.

«Tu cosa faresti?»

Il mio cellulare era appoggiato al centro del tavolo. Lui allungò una mano e lo fece scivolare di fronte a me. «Farei una telefonata prima che la tua nuova amica cambi idea.»

8
Hudson

«MA che diavolo, Olivia?»

«Calmo. Calmo. È per questo che non te l'ho detto prima. Tendi a reagire in modo esagerato.»

Gettai il fascicolo a cui stavo lavorando sul lato della mia scrivania. «Sono esagerato? Una donna apre la posta di qualcun altro e si imbuca al tuo matrimonio – un matrimonio che mi è costato una piccola fortuna, aggiungerei – e tu vuoi che entriamo in affari con questa mina vagante? Mi pare più probabile che a te manchi qualche rotella, non che io esageri.»

Omisi di dire che avevo chiesto alla mina vagante di uscire con me. Per fortuna, sembrava che neanche Miss Imbucata avesse condiviso quella chicca con Olivia.

Scossi la testa incredulo, mentre elaboravo ancora la notizia che mia sorella aveva invitato Stella a fare una presentazione al team di investimento. «No, Olivia. No e basta.»

«Dio, Hudson. Mi ricordo di quando non eri così perfetto. Se la memoria non mi inganna, una volta papà ha dovuto pagare la cauzione per farti uscire dopo che ti avevano arrestato per effrazione.»

«Avevo diciassette anni, ero ubriaco e pensavo fosse casa nostra...»

Mia sorella alzò le spalle. «E quella volta che hai fatto saltare un bagno chimico in un cantiere? L'unico motivo per cui non ti hanno arrestato è che papà ha accettato di comprarne tre nuovi all'impresa.»

«Andavo al liceo. Era il 4 luglio, ed è stato Jack ad accendere l'M-80, non io.»

«Sai qual è il tuo problema?»

Mi appoggiai allo schienale della sedia e sospirai. «No, ma sono certo che stai per illuminarmi.»

«Non sai più divertirti. Cinque anni fa ti saresti fatto una risata se qualcuno si fosse imbucato a un matrimonio. Adesso sei rigido e pieno di risentimento. Il tuo divorzio ti ha succhiato via tutto il senso dell'umorismo!»

Strinsi la mascella. Una donna con cui ero uscito di recente mi aveva detto che non sorridevo abbastanza. Ero stato educato e avevo evitato di dirle che semplicemente lei non era molto divertente, ma il suo commento non aveva fatto che tormentarmi. La settimana prima, Charlie aveva fatto un disegno della sua famiglia a scuola. Sorridevano tutti: lei, la mia ex moglie, la babysitter, anche il maledetto cane; tranne me. Io ero accigliato.

Scossi la testa e presi la penna. «Vattene, Olivia.»

«Verrà a fare la presentazione al team oggi alle due. Possono votare con o senza di te.»

Indicai la porta del mio ufficio con un cenno del capo. «Chiuditi la porta alle spalle.»

«Evelyn.» Le feci un cenno del capo mentre entravo in sala conferenze.

Stella si accigliò, e mia sorella mi fulminò con lo sguardo.

«Che c'è?» Alzai le spalle.

«Sai benissimo come si chiama.»

Feci un sorrisetto e guardai Stella. «Oh, giusto. Evelyn è il tuo alter ego, quello che commette i crimini. A quanto pare, Stella è una donna d'affari onesta che devo ancora conoscere. Ti cambi in una cabina telefonica, per caso?»

Dal momento che non avevano ancora iniziato, mi sedetti al solito posto al tavolo della sala conferenze, a capotavola. Ero curioso di vedere come Stella avrebbe gestito le mie frecciate. Mi sorprese venendomi incontro porgendomi la mano.

«Buongiorno, Mr. Rothschild. Sono Stella Bardot. È un vero piacere conoscerla. Apprezzo molto l'opportunità di presentarvi la mia attività.»

Le strinsi la mano e sostenni il suo sguardo. «Non vedo l'ora.»

Dopo essermi detto che non mi sarei disturbato a presentarmi a quella riunione, mi diressi nella hall un po' prima delle due. Ero andato lì a imbucare un po' di corrispondenza, ma mentre camminavo lungo il corridoio della sala conferenze, sentii una zaffata di profumo e capii che Stella era arrivata. Aveva un odore ancora più buono di quanto ricordassi. Quel profumo mi fece tornare alla mente altri particolari cui non avrei voluto ripensare: il suo splendido sorriso, la sua personalità vivace, e come non riuscivo a distogliere lo sguardo da quella piccola vena che pulsava sul suo collo ogni volta che rideva. Quella donna mi faceva sentire un vampiro, per quanto volevo succhiarglielo.

Tornato nel mio ufficio, avevo cercato di ignorare la riunione che stava per iniziare. Dieci minuti più tardi, però, avevo ceduto, sapendo che non sarei riuscito a concludere nulla in ogni caso. E poi, non mi perdevo mai le riunioni di presentazione, e probabilmente era meglio che tenessi d'occhio mia sorella. Qualcuno doveva pur assicurarsi che quel suo cuore tenero non esagerasse con le offerte generose.

Stella tornò al suo posto. Dal modo in cui continuava a spostarsi sulla sedia e a girare un anello che aveva al dito, capii che era nervosa. Anche se fece del suo meglio per fingere di non esserlo, cosa che rispettavo. Il team di investimento in capitale di rischio era formato da tre analisti senior, dal direttore del marketing, da Olivia e da me. Ma in genere ero io a guidare il team e a portare avanti la maggior parte dei colloqui.

Dall'altra parte del tavolo, mia sorella incrociò il mio sguardo ammonendomi con il suo. Voleva ricordarmi di comportarmi come si deve.

«Che ne dite di cominciare?» dissi. Voltandomi alla mia sinistra, feci un secco cenno del capo a Stella. «A lei la parola, Ms. Bardot.»

Fece un respiro profondo, in modo simile a quando aveva

cercato di calmarsi dopo aver preso il microfono di fronte al pubblico alle nozze di mia sorella – e in modo simile all'immagine che avevo evocato in più di un'occasione nelle ultime settimane sotto la doccia…

Quei meravigliosi occhi verdi, le labbra rosate e carnose, il viso innocente: Stella Bardot era bellissima. Non c'erano dubbi. Ma era stato il modo di affrontare la sfida, arrivando a dire «Sei uno stronzo» alla fine, a farmi venire voglia di affondare i denti nella sua perfetta pelle d'avorio.

Oggi aveva i capelli raccolti, appuntati sulla nuca in una specie di treccia, e indossava quei suoi occhiali spessi con la montatura scura. Sentii l'impulso fortissimo di spingerla contro una pila di libri, scioglierle i capelli e gettare via i suoi occhiali.

Molto maturo, Rothschild. Davvero un pensiero molto maturo. Per non parlare di quanto sia professionale.

Fortunatamente, almeno una persona in quella stanza sembrava avere la testa sulle spalle.

Stella si schiarì la voce. «Ho portato qualche kit di campioni, una demo del sito web, qualche informazione su quanto ho investito finora, e un resoconto della merce disponibile. Probabilmente la cosa migliore è iniziare con il kit.»

Annuii, ma non dissi nulla.

Nella mezz'ora successiva, ascoltai la sua presentazione. Sorprendentemente, per essere una donna impulsiva, il suo business plan era davvero ragionato. Il sito web era professionale, con un buon branding e una navigazione intuitiva. La maggior parte dei proprietari di nuove attività ce le presentavano centrando la parte estetica, senza pensare minimamente all'importanza del remarketing. Ma non Stella. Parlò di statistiche e annunci di follow-up, dimostrando di avere una visione a lungo termine. Mi colpì anche la quantità di capitale che aveva investito, anche se mi portò a chiedermi dove avesse recuperato tutti quei soldi.

«L'attività deve denaro a qualcuno o ha investitori esistenti?» chiesi.

«No. Nessun debito. Avevo un socio che aveva investito dei fondi, ma ho rilevato la sua quota l'anno scorso.»

«Quindi i duecentoventicinquemila dollari che ha investito finora provengono da?...»

«Dai miei risparmi.»

Immagino che il mio scetticismo si notasse dalla mia espressione, perché aggiunse: «Come chimica senior guadagnavo centodiecimila dollari annui. Mi ci sono voluti sei anni di risparmi e l'affitto del piccolo ufficio nel mio appartamento trasformato in una camera da letto. Ma ho messo da parte quasi metà del mio reddito netto ogni anno».

Nuovamente colpito, annuii. La metà della gente che ci presentava un'attività aveva ricevuto i soldi da mammina e papino, oppure era debitrice di un bel po' di denaro prima ancora di cominciare. Dovevo darle atto della perseveranza che le ci era voluta per arrivare così lontano. Anche se non l'avrei ammesso ad alta voce.

Stella giunse alla parte dimostrativa della sua presentazione, e mi fu subito chiaro che mia sorella conosceva già bene il prodotto. Si comportò praticamente da spalla, aiutando Stella a venderlo. Sembravano molto affiatate e in perfetta sintonia. Olivia aggiunse qualche commento aneddotico su quanto le sue amiche avessero adorato le creazioni di Stella. A un certo punto si misero a ridere, e mi ritrovai a guardare Stella, concentrandomi sulla vena del suo collo. Non riuscivo a distogliere gli occhi da quel dannato punto. Olivia mi guardò perplessa.

«Allora, che ne pensate?» chiese mia sorella alla fine della presentazione. «Non è un prodotto incredibile?»

I presenti iniziarono a mormorare, e ciascun membro del mio staff annuì con qualche apprezzamento. Il manager del marketing parlò della redditività del settore dei profumi e di quanto i cosmetici vendano in generale. Per lo più rimasi in silenzio, finché mia sorella mi guardò.

«Hudson? Cosa ne pensi?»

«L'idea è abbastanza interessante. Anche se non sono convinto che valutare dei campioni di fragranze e completare un sondaggio online equivalga a realizzare in modo sistematico un prodotto che piacerà ai consumatori.»

«Be', io ho adorato il mio», disse Olivia. «E le mie sette damigelle sono impazzite per i propri.»

Stella si voltò a guardarmi. «Le piacerebbe provarlo lei stesso? Magari ha una donna nella sua vita che potrebbe farlo per lei.»

Mia sorella sbuffò. «Dovrebbe farlo provare alla sua donna delle pulizie o a sua figlia di sei anni?»

La guardai in cagnesco.

«In realtà», disse Stella, «può provarlo lui stesso.»

«Non amo indossare profumi. Ma grazie.»

«Non intendevo che deve indossarlo. Sa quali odori le piacciono e quali no, giusto? Se va in profumeria, annusa un mucchio di profumi fino a trovarne uno che le piace. Signature Scent salta semplicemente i passaggi inutili. Se segue il mio procedimento, la fragranza che creerò per lei dovrebbe essere piacevole quanto quella che avrebbe acquistato in negozio per una donna.» Alzò le spalle. «Agli uomini i profumi piacciono tanto quanto alle donne. Semplicemente non li usano loro.»

Per quanto pensassi che la sua presentazione fosse stata buona e che avesse un buon prodotto con un marketing unico, non ero sicuro che fosse una persona con cui volevo mettermi in affari. C'era qualcosa che non mi convinceva, anche senza considerare quanto era accaduto al matrimonio, o che sembrasse essere diventata la star delle mie docce così pateticamente frequenti di recente. Non riuscivo a capire cosa fosse. Tuttavia, mia sorella mi avrebbe fatto impazzire se non avessi avuto una legittima ragione professionale per rifiutarmi di investire, quindi forse fare quella prova poteva essere la mia via d'uscita.

Alzandomi, mi abbottonai la giacca. «D'accordo. Mi dia un kit, e vedremo cosa ne verrà fuori.»

Oliva batté le mani come se fosse già cosa fatta. La guardai con fare ammonitorio perché non ci sperasse, cosa che, naturalmente, ignorò.

«Ho un'altra riunione», mentii.

Stella si alzò. Indicò tutto il materiale sul tavolo. «Rimetterò insieme la scatola con i campioni prima di andare via e le lascerò una copia delle domande che saranno presenti sul sito web.»

«Va bene.»

Feci per uscire, ma Stella mi chiamò, «Mr. Rothschild?»

Mi voltai per ritrovarla di nuovo con la mano tesa verso di

me. «Grazie per il suo tempo. Apprezzo davvero che prenda in considerazione la mia attività, specialmente considerando come ci siamo conosciuti.»

Le guardai la mano e poi ancora una volta il volto prima di stringergliela. «Buona fortuna, Evelyn.»

9
Stella

NON riuscivo a credere alla lettera che avevo in mano.

Erano trascorsi dieci giorni dalla mia presentazione alla Rothschild Investments. Come promesso, avevo lasciato il kit di campioni per Hudson. Il giorno successivo, Olivia mi aveva chiamato per assicurarsi che il fratello avesse completato tutto, e mi aveva scritto per parlare delle sue valutazioni e del sondaggio che lui aveva concluso. Quando era arrivato il pacco, mi aveva stupito trovare anche un sacco di bellissime grafiche che Olivia aveva fatto eseguire al suo reparto marketing. Aveva persino creato degli slogan accattivanti che sarebbero stati perfetti da stampare sulle scatole personalizzate che dovevo ancora far realizzare.

L'avevo chiamata per ringraziarla, e avevamo trascorso quasi due ore al telefono a parlare di tutte le nostre idee. Ci eravamo sentite varie volte anche in seguito. Il suo entusiasmo era palpabile, ma dopo le ultime delusioni che avevo subìto con i finanziamenti, stavo cercando di non farmi di nuovo troppe illusioni – anche se Olivia lo aveva reso impossibile.

Quando avevamo parlato due giorni prima, mi aveva detto di aver ricevuto il profumo che avevo creato per Hudson. Lui era fuori città per lavoro, ma lo aveva lasciato sulla sua poltrona con un biglietto, perciò lo avrebbe trovato appena fosse tornato. Suo suocero era stato operato d'urgenza al cuore, perciò Olivia sarebbe andata in California una settimana, ma mi aveva garantito di volermi incontrare al suo rientro.

Onestamente, ero stata portata a credere che con la Rothschild Investments fosse cosa fatta, motivo per cui la lettera che avevo appena letto per la seconda volta mi aveva sconvolta.

Gentile Ms. Bardot,

grazie mille per il suo interesse nel collaborare con la Rothschild Investments. Benché il suo fosse un prodotto notevole, ci rincresce informarla che non siamo nelle condizioni di farle un'offerta. Le auguriamo tutto il meglio per i suoi progetti futuri.

Cordialmente,

Hudson Rothschild

Dire che mi sentivo delusa era un eufemismo. Di nuovo.

Ancora sconvolta, rilessi un'altra volta la lettera. Non volevo telefonare a Olivia per chiederle cosa fosse successo, dal momento che si stava occupando della salute del suocero. E poi, era stato Hudson a firmare la lettera, e se avessi dovuto aspettare un'intera settimana per il suo ritorno, sarei andata fuori di testa. Perciò decisi di chiamare direttamente Hudson. Avevo bisogno almeno di scoprire cosa gli avesse fatto cambiare idea, perché di sicuro non poteva essere stato il profumo che avevo creato per lui.

Mi tremò la mano mentre digitavo il suo numero sul cellulare. La cordiale receptionist rispose al primo squillo.

«Buon pomeriggio. Rothschild Investments. Come posso aiutarla?»

«Salve. Potrebbe passarmi Hudson Rothschild, per favore?»

«La metto un attimo in attesa per controllare se è disponibile.»

Attesi per un minuto finché non rispose una voce che riconobbi come Helena, la sua assistente. L'avevo incontrata nelle due occasioni in cui mi ero recata in ufficio. Era stata davvero amichevole, e adorava l'idea di Signature Scent.

«Ciao, Helena. Sono Stella Bardot. È possibile parlare con Hudson?»

«Ciao, Stella. È appena rientrato da una riunione. Credo abbia un buco nella sua agenda, ma lascia che controlli se è disponibile.»

Tornò in linea trenta secondi dopo. Non aveva più la voce così allegra.

«Mi... dispiace, Stella. È sull'altra linea. Può richiamarti?»

Qualcosa mi diceva che non era al telefono, e che le aveva detto di liquidarmi. Ma ero turbata, perciò poteva anche essere soltanto una paranoia mia.

«Sì, certamente.»

Le lasciai il mio numero di telefono di lavoro e aspettai pazientemente. Ma non mi richiamò. Perciò, il pomeriggio seguente chiamai io e rispose di nuovo Helena. Appena mi disse che Hudson non era disponibile, feci un sospiro di frustrazione.

«Potresti dirgli che ho solo bisogno di due minuti del suo tempo? Sono certa che è impegnatissimo, ma non ci vorrà molto.»

«Certo, glielo riferirò. È tutto a posto?»

«In realtà, no. Ho ricevuto la lettera che mi ha inviato, declinando l'offerta di investire in Signature Scent, e volevo chiedergliene il motivo. La lettera non lo specificava e, se non altro, voglio imparare dalla situazione.»

«Oh, mi dispiace. Non lo sapevo.»

Interessante. Mi sarei aspettata che fosse stata la sua assistente a trascrivere la lettera. «Non voglio disturbare. Vorrei soltanto un paio di minuti del suo tempo.»

«Riferirò il messaggio. E mi dispiace che non abbia funzionato, Stella.»

«Grazie, Helena.»

Quel giorno, cercai di tenermi impegnata. Ma controllai il cellulare una decina di volte. Intorno alle sei avevo perso le speranze, finché il telefono squillò mentre ero fuori a correre. Mi asciugai le mani sui pantaloncini e risposi, ansante.

«Pronto?»

«Ciao, Stella. Sono Helena.»

«Ciao, Helena.»

«Mi dispiace che Hudson non ti abbia richiamata. Era... impegnato oggi. Gli ho riferito il tuo messaggio, e mi ha detto di dirti che il motivo per cui ha deciso di non procedere con l'investimento è stato che non ha gradito il campione che ha ricevuto. Credo gli abbia fatto perdere sicurezza nel prodotto.»

«Oh, capisco.» Erano solo stronzate. Perché gli avevo mandato la stessa fragranza che avevo indossato la sera del matrimonio di Olivia. E mi aveva detto due volte quanto gli piacesse il mio odore. Qualche settimana prima, ero pronta a gettare la spugna e a rassegnarmi a mettere in pausa la mia attività per un bel po' di tempo. Ma in quel momento non mi sentivo più pronta ad accettare la sconfitta. Tutte le conversazioni con Olivia sul mio progetto mi avevano caricata troppo per arrendermi così facilmente. Volevo fare un altro tentativo disperato, sapendo che lui stava mentendo sul motivo.

«Credi che sarebbe impossibile prendere un appuntamento per parlare con Hudson di persona?»

La voce di Helena si fece più bassa. Sembrava stesse tenendo la mano intorno al ricevitore per non farsi sentire. «Non voglio cacciarmi nei guai, ma sarò onesta, penso che se glielo chiedessi mi direbbe di no.»

Sospirai. «Okay, grazie, Helena. Capisco.»

«Ma... lavoro con Hudson da molto tempo ormai. Abbaia, ma non morde. Perciò, se ti presentassi e basta... potrebbe non avere scelta. E rispetta davvero le persone che lottano duramente per ottenere quello che vogliono.»

Sorrisi triste. «Grazie, Helena. Apprezzo il consiglio. Ci penserò.»

La mattina seguente, arrivai alla Rothschild Investments alle otto in punto. «Buongiorno. Hudson Rothschild è arrivato?»

La receptionist sorrise. «Sì. Ha un appuntamento?»

Feci un respiro profondo. «No. Ma ho bisogno solo di due minuti del suo tempo. Sarebbe possibile parlargli?»

«Mi faccia controllare. Come si chiama, e cosa riguarda la sua visita?»

«Stella Bardot, e riguarda la Signature Scent.»

Alzò la cornetta, e ascoltai la sua parte di conversazione.

«Buongiorno, Mr. Rothschild. Qui c'è Stella Bardot per parlarle di Signature Scent. Non ha un appunt...»

L'aveva decisamente interrotta. Sentii il rombo della sua voce profonda attraverso le cuffie, anche se non riuscii a capire cosa stesse dicendo. Ma vedendo la receptionist farsi scura in volto, capii che non era un buon segno.

«Mmm... okay... vuole che glielo dica?» Ci fu una pausa, e poi alzò lo sguardo per incrociare il mio. «Okay. Grazie.»

Premette un pulsante sulla sua tastiera e mi rivolse un sorriso scoraggiante. «Mr. Rothschild ha detto: 'Se non ha niente di meglio da fare, si accomodi'. Se troverà due minuti liberi tra i suoi impegni della giornata, le parlerà.» Fece una smorfia. «Mi dispiace.»

«Non fa niente; ambasciator non porta pena.»

Mi indicò dove attendere. «Vuole un caffè mentre aspetta?»

«No, grazie.»

«Okay. Io sono Ruby. Se cambia idea, mi faccia sapere.»

«Grazie, Ruby.»

Mi sedetti sul divano e presi il cellulare per mettermi in pari con un po' di e-mail. Il mio istinto mi disse che sarei rimasta seduta lì per un bel po'. Avevo la sensazione che Hudson si sarebbe divertito a farmi aspettare.

E non avevo torto.

Tre ore più tardi, la receptionist si alzò dalla scrivania e venne verso di me.

«Volevo solo dirle che ho richiamato per ricordarglielo, per assicurarmi che non l'avesse dimenticata.»

Sorrisi. «E com'è andata?»

Rise e si guardò indietro per controllare che non ci fosse nessuno. «È stato un po' brusco.»

«Ci scommetto. Ma non fa niente.» Indicai il tavolino di vetro di fronte a me. «Almeno avete tutte queste fantastiche riviste.»

Per le cinque, mi resi conto che mi avrebbe costretta a seguirlo all'uscita dall'ufficio, tanto per fare lo stronzo. Mentre quella mattina mi ero chiesta se fosse il caso di andarmene dopo un paio d'ore, adesso avevo investito tanto di quel tempo che non avrei mai ceduto. Mi misi le cuffie, mi risistemai sul divano e accesi un po' di musica classica per rilassarmi. Avrei battuto Hudson, fosse stata l'ultima cosa che avrei fatto. Ma alle cinque e mezzo la receptionist tornò.

«Mi sto preparando ad andarmene, perciò ho richiamato Mr. Rothschild. Ha detto di dirle che alla fine non aveva due minuti da dedicarle oggi.»

Che bastardo. Era stata la sua intenzione fin dall'inizio: farmi perdere l'intera giornata. Be', per mia fortuna, non avevo un lavoro né un posto dove andare. Perciò, piuttosto che arrabbiarmi, decisi di stare al gioco. Mi alzai e mi sistemai la borsetta sulla spalla.

«Potrebbe dire a Mr. Rothschild che tornerò domani? Forse avrà due minuti da dedicarmi.»

La receptionist mi guardò sorpresa, eppure sorrise. «Certo.»

Il giorno seguente, andai più preparata. Mi armai di portatile, snack, un caricabatterie per il cellulare e la mia lista delle cose da fare. Al termine della mattinata, Hudson non aveva ancora trovato un paio di minuti per parlarmi, ma almeno avevo depennato un mucchio di voci dalla mia lista e ripulito le caselle delle e-mail; due cose che dovevo fare da tempo.

Nel pomeriggio, aggiornai il mio curriculum e caricai più di mille fotografie che avevo sul cellulare su una piattaforma cloud e le organizzai. Poi trascorsi un'ora e mezzo online a programmare una vacanza da sogno che non mi sarei mai potuta permettere, scegliendo hotel di lusso e una barca a vela privata con comandante per portarmi a visitare le isole greche che volevo esplorare. Di nuovo, alle cinque e mezzo la receptionist venne da me.

«Buone notizie. Credo...»

«Sì?»

«L'ho appena richiamato e gli ho detto che stavo andando via e che lei era ancora qui. Non mi ha detto di mandarla via.»

Ridacchiai. «Allora dovrei aspettare?»

Indicò le porte a vetri. «Dovrà pur uscire a un certo punto...»

Annuii. «Okay. Buona serata, Ruby.»

«Anche a lei, Stella. Spero di non vederla seduta qui domani.»

Sorrisi. «Lo spero anch'io.»

Per le sette meno un quarto, avevo visto andare via la maggior parte dello staff della Rothschild Investments, e un'impresa di pulizie entrò e iniziò a passarmi l'aspirapolvere attorno. Avevo fatto una pausa nella programmazione della mia vacanza da sogno per scambiare qualche messaggio con Fisher. Una volta finito, riaprii il portatile e tornai a organizzare la vacanza. Mykonos era l'ultima isola su cui dovevo trovare l'hotel perfetto. Sfogliavo fotografie di quell'incredibile paesaggio, cercando di decidere se volessi alloggiare a nord o a sud dell'isola, e dovevo essere completamente assorta.

Improvvisamente, una voce profonda mi fece prendere un colpo, e sussultai. Il mio portatile volò per terra, e mi portai una mano al petto. «Mi hai spaventato a morte.»

Hudson scosse la testa. «Sarei dovuto uscire e basta. Non te ne saresti nemmeno accorta.» Si chinò e raccolse il mio portatile, che fortunatamente era ancora acceso e non si era rotto. Guardando lo schermo, disse: «Vai in vacanza alle isole greche? Bel business plan. Divertiti al...» Strinse gli occhi. «*Royal Myconian*. Sembra costoso.»

Gli strappai il portatile dalle mani. «Sto solo sognando a occhi aperti, non ci andrò davvero.»

Anche se non sorrise, avrei giurato che l'angolo della bocca gli si fosse contratto. Hudson si tirò su le maniche della giacca, svelando un voluminoso orologio. Mentre mi veniva voglia di prendere a pugni quell'arrogante bastardo per avermi fatta stare seduta lì per due giorni, non riuscii a non notare quanto fosse sexy quel dannato orologio sul suo polso mascolino. Scuotendo la testa, repressi quel sentimento.

«Due minuti», mi disse, incrociando le braccia. «Vai.»

Per centoventi secondi parlai senza sosta: volevo sapere il vero motivo per cui aveva deciso di non investire, perché non poteva essere possibile che non gli piacesse la fragranza che avevo creato. Gli dissi persino che era la stessa che mi aveva detto due volte che gli piaceva: una volta al matrimonio di Olivia e poi di nuovo nel suo ufficio, quando ero andata a riprendermi il cellulare. Poi, per qualche folle ragione, iniziai a entrare nel dettaglio sui campioni che aveva valutato e sugli ingredienti che avevo utilizzato... In qualche modo, la mia filippica si era trasformata in una lezione di scienze. Non credo di aver respirato o di aver fatto alcuna pausa per i due minuti in cui avevo parlato a macchinetta.

Appena smisi di parlare, Hudson mi fissò. «Hai finito?»

«Direi di sì.»

Mi fece un secco cenno del capo. «Passa una buona serata.» Poi si voltò e si diresse verso la porta.

Battei le palpebre più volte, certa che non se ne stesse andando davvero. Ma quando arrivò alla porta e la aprì, risultò evidente che era esattamente ciò che quello stronzo stava facendo. Perciò gli urlai dietro: «Dove stai andando? Ti ho aspettato per due giorni per avere questa conversazione».

Con la mano sulla porta, senza voltarsi a guardarmi, disse: «Mi hai chiesto due minuti. Te li ho dati. Ci penserà l'impresa di pulizie a chiudere quando esci».

Se c'era una sera che meritava una bottiglia di vino, era quella.

Fisher aveva lavorato fino a tardi, ma era stato il fortunato destinatario del mio sfogo mentre marciavo furiosa dalla Rothschild Investments alla stazione della metropolitana. Perciò sapeva a cosa andava incontro quando aprì la porta del mio appartamento.

«Tesoro, sono a casa!»

Aveva una bottiglia grande di merlot in una mano e un fiore che aveva decisamente appena strappato dalla fioriera dell'edificio accanto nell'altra – la radice e la terra pendevano ancora dallo stelo.

Mi sforzai di trasformare il broncio in sorriso. «Ehi.»

«Ho incrociato il cavallo di un poliziotto che aveva un muso meno lungo del tuo.» Mi diede un bacio in fronte e indicò il fiore. «Che ne dici? Il vaso rosso o quello trasparente?»

Feci un sospiro melodrammatico. «Dico che gli servirebbe la terra piuttosto che un vaso.»

Fisher mi diede un colpetto sul naso con l'indice. «E rosso sia.» Andò verso il ripostiglio e tirò fuori un vaso grande abbastanza per un mazzo enorme, non per un singolo fiore triste, poi lo riempì d'acqua dal lavello della cucina e ci infilò il gambo. «Credo che dovresti telefonare a Olivia.»

Bevvi il vino che era già nel mio bicchiere. «Non voglio disturbarla. E a che pro? Mi ha detto lei stessa che Hudson è a capo del reparto. E poi, è già stata così generosa con me. Non voglio farla sentire in colpa.»

«Non riesco a credere che quello stronzo ti abbia chiesto il numero e non ti abbia mai chiamata, e poi ti abbia fatto attendere seduta lì per due giorni. Deve proprio piacergli farti stare ad aspettarlo. E io che avevo il presentimento che avreste finito per scopare.»

Sbuffai. «Io e Hudson? Sei impazzito? È evidente che mi odia.»

Fisher si allentò il nodo alla cravatta mentre si avvicinava al divano dov'ero seduta a rimuginare.

«Vi ho guardati insieme al matrimonio. Anche quando ti ha giocato quello scherzo e ti ha fatto fare quel discorso, gli occhi gli brillavano. C'era davvero della chimica tra voi.»

Finii il vino. «Alcune reazioni chimiche provocano esplosioni. Fidati, ne so qualcosa.»

«Ma perché chiederti di uscire e non chiamarti?»

«Per farmela pagare. Lo stesso motivo per cui mi ha fatto aspettare nella hall.»

Io e Fisher trascorremmo l'ora successiva a bere vino. Poiché era il migliore di tutti i migliori amici, mi lasciò ripetere tutto quello che gli avevo già detto al telefono senza lamentarsi.

Ma la lunga giornata passata prima ad aspettare e poi a consumare troppo alcol, alla fine ebbe la meglio su di me, perciò, al mio secondo sbadiglio, fece per andarsene.

«Ti lascio riposare un po'. Hai due giorni. Oggi per incazzarti e bere. Domani per rimuginare. Giovedì, ci rimetteremo in pista e capiremo cosa puoi fare. Troveremo un modo.»

Non volevo essere una lagna ancora peggiore dicendo che non c'era nient'altro che potessi fare, a parte chiedere il sussidio di disoccupazione. Fisher aveva buone intenzioni. «Grazie per avermi ascoltata.»

«Quando vuoi, principessa.» Si chinò e mi diede un bacio sulla fronte per poi dirigersi verso la porta. Prendendo la giacca dalla cucina, disse: «Quasi dimenticavo, avevi della posta nella cassetta. Vuoi che te la porti lì?»

«Ma no. La aprirò domani.»

La mise sul ripiano della cucina. «Dormi, Stella Bella mia.»

«Buonanotte, Fisher.»

Dopo che ebbe chiuso la porta, mi costrinsi ad alzarmi dal divano e camminai per il mio appartamento pieno di scatoloni, spegnendo le luci. In cucina, una grossa busta sul fondo della pila della posta attirò la mia attenzione.

Conosco quel logo...

Ma non può essere...

Dal momento che non avevo gli occhiali, la presi per guardarla più da vicino.

Come pensavo, il cerchio con la R intrecciata era esattamente ciò che credevo che fosse. Cosa diavolo poteva avermi spedito la Rothschild Investments? Un'altra lettera per mandarmi a quel paese? Forse il conto con il dettaglio di quello che avevo mangiato e bevuto al matrimonio di Olivia, insieme a una fattura per il prezioso tempo di Hudson?

Avevo subìto abbastanza torture per la giornata, e probabilmente avrei dovuto lasciar perdere fino all'indomani. Ma lasciar perdere non era mai stato il mio forte. Perciò infilai il dito sotto il sigillo e aprii la busta. Dentro c'era una lettera di accompagnamento scritta con la stessa carta intestata di quella che avevo ricevuto qualche giorno prima. Sotto sembrava esserci un mucchio di documenti legali: contratto preliminare, contratto sui diritti dell'investitore, contratto di cessione di quote...

Cosa diavolo significava?

Presi gli occhiali e ricominciai a leggere la lettera.

Gentile Ms. Bardot,

dopo nuova attenta riflessione, la Rothschild Investments è lieta di fare un'offerta di investimento alla sua azienda, Signature Scent, LLC. Troverà la struttura organizzativa, gli importi e i termini suggeriti nel contratto preliminare. La preghiamo di leggere quanto allegato in merito ai dettagli della nostra proposta. Dal momento che la nostra offerta ha un impatto sui diritti di voto e sulla sua quota di partecipazione azionaria all'interno della sua azienda, le suggeriamo caldamente di far rivedere al suo legale tutta la documentazione prima di firmare.

Siamo lieti di invitarla a far parte della famiglia della Rothschild Investments, in attesa di portare sul mercato il suo innovativo prodotto.

Cordialmente,

Hudson Rothschild

Era una specie di scherzo? Quello che avevo detto nei due minuti che mi aveva concesso nel pomeriggio poteva avergli fatto cambiare idea e averlo portato a farmi recapitare questa lettera? Ma come avrebbe potuto un corriere accedere alla mia cassetta della posta senza la chiave?

Sentendo ancora che doveva esserci stato qualche errore, rilessi la lettera prima di sfogliare i documenti. Aveva tutta l'aria di essere un'offerta legittima. Certo, non capivo la maggior parte di quel gergo legale, ma sembrava che la Rothschild Investments volesse investire in Signature Scent in cambio di una quota di partecipazione del quaranta percento nell'azienda. E la prima riga diceva «nuova attenta riflessione», e non semplicemente riflessione. Non riuscivo a crederci. Gli avevo davvero fatto cambiare idea oggi? In quei miseri due minuti che mi aveva concesso prima di andare via?

Rimasi in piedi in cucina a bocca aperta, finché non notai la data in cima alla lettera. Non era di quel giorno. Era di tre giorni prima. Prendendo la busta che avevo lasciato cadere sul tavolo, osservai il francobollo: era stata spedita tre giorni prima.

Il che significava…

Che Hudson l'aveva spedita prima di farmi aspettare nel suo ufficio per due giorni.

Ma che diavolo!

10
Stella

QUANTA differenza può fare una settimana.

Invece di stare seduta nella hall della Rothschild Investments, in attesa di un'occasione di incontrare il re del castello, venivo presentata come la «nostra nuova partner». Quel cambiamento mi faceva ancora girare la testa, ma non avrei perso altro tempo a pensarci. Avevo un prodotto da lanciare in pochi mesi.

Olivia mi aveva chiamato la mattina dopo che avevo ricevuto il pacchetto di offerta. Era ancora in California a occuparsi del suocero, ma voleva assicurarsi che fossi soddisfatta dei termini dell'accordo. Toccai con delicatezza il tema della lettera di rifiuto che avevo ricevuto, e lei se ne era scusata, spiegando che era stato un errore. Eppure, per qualche ragione non credevo fosse la verità. Il mio istinto mi diceva che dietro c'era qualcos'altro a parte l'avermi spedito la lettera prestampata sbagliata. Ma era entusiasta di procedere, perciò decisi di seguirla e concentrarmi sul futuro, non sul passato.

«Stella, ti presento Marta. La responsabile della contabilità», disse Olivia. «Perché tu lo sappia, Marta beve caffè nero e preferisce la miscela del Kenya della piccola caffetteria in fondo all'isolato piuttosto che quella di Starbucks. Fidati di me, arriverà il giorno in cui dovrai andare da lei con un caffè in mano e la coda tra le gambe per pregarla di approvare qualcosa fuori budget.»

Marta rise e mi porse la mano. «Piacere di conoscerti, Stella.

E credimi, non dovrai pregarmi.» Strizzò l'occhio. «Ti basterà portarmi del profumo.»

Risi, ma, per sicurezza, presi comunque un appunto sul caffè preferito di Marta mentre io e Olivia proseguivamo verso il reparto successivo.

Dopo che Fisher aveva fatto rivedere a un collega tutta la documentazione legale che mi era stata inviata, avevo firmato nello spazio indicato, e un paio di giorni prima io e Olivia avevamo pranzato insieme per discutere la logistica di base. Il suo ruolo era responsabile del marketing, ma la Rothschild Investments avrebbe fornito assistenza in tutto, dallo sviluppo web alla contabilità, come parte della loro quota di partecipazione appena acquistata nella mia azienda. Il che mi avrebbe fatto risparmiare un mucchio di soldi che non avevo.

Il primo passo era stato decidere dove stabilire la mia nuova sede. Olivia disse che molti partner sceglievano di mettere su un ufficio alla Rothschild Investments, dal momento che utilizzavano gran parte dello staff e dei servizi aziendali. Considerando che la mia sede precedente era stata il divano del mio salotto, circondato da pile di scatoloni, pensai che sarebbe stato più professionale incontrare le persone lì, almeno finché non mi fossi potuta permettere un posto per conto mio.

Alla fine del tour di presentazione, Olivia mi portò in un ufficio vuoto e mi diede una chiave. «Questa è la tua nuova casa. Il bagno delle donne è in fondo al corridoio. Ti ho fatto prendere dalla mia assistente del materiale di base, ma falle sapere se ti serve altro. Devo correre a una riunione alle undici. Magari potremmo pranzare insieme sul tardi, intorno all'una e mezzo?»

Annuii. «Sarebbe fantastico.»

Rimasta sola, mi sedetti alla mia scrivania grande e moderna, e ripensai a tutto quanto. Non solo la Signature Scent aveva ottenuto più fondi di quelli necessari per il lancio, ma anche uno staff, dei sistemi e un ufficio elegante in centro che altrimenti mi sarei solo potuta sognare. Pareva surreale. Ogni singola persona che avevo conosciuto quel giorno sembrava sinceramente contenta della nostra nuova partnership ed entusiasta di mettersi al lavoro. Era tutto quasi troppo bello per essere vero. Il che mi ricordava che lì c'era almeno una persona che invece non era entusiasta della mia presenza.

Durante il mio tour, la porta dell'ufficio di Hudson era chiusa. Ma sapevo che doveva essere dentro o andato via da poco, perché sentivo l'odore della sua acqua di colonia. Dovevamo assolutamente confrontarci, perciò, dopo essere andata in bagno, feci una deviazione lungo il corridoio che conduceva al suo ufficio, che era aperto. Sentii il battito accelerare mentre mi avvicinavo. Era in piedi con le spalle alla porta, e stava prendendo qualcosa da uno scaffale, quando bussai.

«Lo lasci sulla mia scrivania», disse senza voltarsi.

Immaginai che stesse aspettando qualcun altro. «Ciao, Hudson. Sono Stella. Speravo potessimo parlare un momento.»

Si voltò a guardarmi. Dio, i suoi occhi erano diventati di un blu ancora più intenso? Iniziai immediatamente a girare l'anello che indossavo sul dito indice, come facevo ogni volta che ero nervosa. Ma me ne accorsi e mi fermai. Non potevo lasciare che Hudson mi intimidisse.

Perciò, anche se avevo la nausea, entrai a testa alta nel suo ufficio. «Non ci vorrà molto.»

Lui incrociò le braccia e si appoggiò a un mobile, invece che sedersi alla scrivania. «Assolutamente, entra pure. Mi hai già interrotto.»

Stava chiaramente facendo del sarcasmo, ma colsi comunque l'occasione. Facendo un respiro profondo, mi chiusi la porta alle spalle. Hudson restò in silenzio, però con lo sguardo seguì ogni mia mossa mentre mi avvicinavo alla sua scrivania fuori misura, minacciosa quanto lui.

«Ti dispiace se mi siedo?»

Alzò le spalle. «Certo, perché no.»

Mi sedetti su una delle due sedie per gli ospiti e aspettai che si sedesse anche lui. Ma non si mosse. «Non hai intenzione di sederti?»

Gli brillarono gli occhi. «No. Sto bene in piedi.»

Mi presi un momento per raccogliere le idee, e l'odore della sua colonia si diffuse nell'aria. Doveva proprio avere un profumo così dannatamente buono? Mi distraeva molto. Quando mi ritrovai di nuovo sul punto di rigirarmi l'anello, afferrai i braccioli della sedia per tenere le mani occupate.

«Olivia ha detto che la lettera di rifiuto che ho ricevuto è stata mandata per errore. È così?»

Il suo sguardo si posò sulle mie mani che stringevano con forza la sedia, per poi incrociare il mio. «Ha importanza? Sei qui.»

«Ha importanza per me. Ho lavorato per cinque anni alla mia attività, mettendoci anima e corpo. La Rothschild Investments adesso ne possiede una parte, e preferirei chiarire qualunque questione fosse ancora aperta in modo che fili tutto il più liscio possibile.»

Hudson si passò il pollice sul labbro inferiore, come se stesse riflettendo sulle mie parole. Alla fine, disse: «No».

Lo guardai perplessa. «No cosa? Non vuoi chiarire?»

«Mi hai chiesto se la prima lettera è stata inviata per errore. No.»

Lo avevo sospettato, eppure faceva comunque male sentirlo. «Allora cosa ti ha fatto cambiare idea?»

«Mia sorella. È una vera rottura di palle quando ci si mette.»

Quello sì che mi fece sorridere. Adoravo proprio Olivia. «Non volevi metterti in affari con me a causa del mio prodotto o a causa mia?»

Hudson osservò il mio viso prima di rispondere. «A causa tua.»

Mi accigliai, ma apprezzai la sua onestà. Dal momento che mi stava parlando sinceramente, decisi di continuare. «La data sulla lettera d'offerta era il giorno prima del primo giorno in cui mi sono seduta nella hall ad aspettare di incontrarti. Mi hai lasciata seduta lì per due giorni. Perché?»

L'angolo della bocca gli si contrasse impercettibilmente. «Mi hai chiesto due minuti. Ero impegnato.»

«Ma avresti potuto semplicemente dire alla receptionist di riferirmi che avevi cambiato idea, e che mi avevi inviato un'offerta.»

Questa volta, non riuscì a trattenere il mezzo sorriso. «Sì, avrei potuto.»

Lo guardai torva, il che lo fece divertire. «Se questa è la tua faccia minacciosa, farai meglio a lavorarci su.»

Aveva un sorriso pericoloso. Mi lasciava un po' senza fiato. Eppure, mi misi a sedere più dritta. «Sarà un problema lavorare insieme? Olivia mi ha detto che sei abbastanza coinvolto con tutte le start up.»

Hudson mi osservò di nuovo. «Non se sei una che lavora sodo.»

«Lo sono.»

«Lo vedremo, immagino.»

L'interfono sulla scrivania di Hudson suonò, poi ne uscì la voce della receptionist. «Mr. Rothschild?»

Il suo sguardo non si staccò mai dal mio quando rispose. «Sì?»

«Il suo appuntamento delle undici e mezzo è arrivato.»

«Dica a Dan che lo raggiungo tra poco.»

«D'accordo.»

La receptionist chiuse la comunicazione, e Hudson mi guardò perplesso. «C'era altro?»

«No, credo sia tutto.»

«In realtà, ho anch'io una cosa da dirti», aggiunse mentre stavo per uscire.

«Okay…»

Incrociò le braccia. «Come ha detto Olivia, sono abbastanza coinvolto nei lanci delle nuove attività in cui investiamo. Perciò sarebbe meglio che dessi a Helena il tuo vero numero di telefono, nel caso abbia bisogno di contattarti.»

«Che significa il mio vero numero? Te l'ho dato il giorno in cui sono venuta a riprendermi il cellulare.»

Le sue labbra formarono una smorfia arcigna. «Il numero che mi hai dato era di Vinny's Pizza.»

«Cosa? No, non è vero.»

«Sì, invece. Ho chiamato.»

«Devi averlo scritto male. Non ti ho dato il numero sbagliato.»

«Lo hai digitato tu sul mio telefono.»

Mi scervellai, cercando di ricordare quel pomeriggio. Non aveva scritto lui il mio numero? Poi me ne ricordai: me l'aveva chiesto, e subito dopo la sua assistente l'aveva cercato all'interfono. Mentre parlava, aveva tirato fuori il cellulare dalla tasca e me lo aveva dato. *Oh, mio Dio.*

«Posso vedere il tuo cellulare?» chiesi.

Hudson rimase in silenzio per un minuto. Alla fine, prese il cellulare dalla scrivania. Sentivo il suo sguardo su di me mentre cercavo il mio nome tra i suoi contatti e leggevo il numero che avevo salvato. Spalancai gli occhi. L'ultima cifra del mio numero era un nove, eppure avevo digitato il sei, subito sopra al nove sulla tastiera.

«Ho digitato il numero sbagliato», esclamai guardando Hudson.

La sua espressione rimase perfettamente impassibile. «Ne sono consapevole.»

«Ma non l'ho fatto di proposito.»

Non disse nulla.

Mi sembrava che il cervello andasse al rallentatore mentre elaboravo il significato di tutto ciò. «Quindi… il motivo per cui non mi hai chiamato era che pensavi ti avessi intenzionalmente dato il numero sbagliato? Ma tua sorella mi ha telefonato. Ha trovato il mio numero aziendale.»

«Non ho l'abitudine di perseguitare le donne che mi danno un numero sbagliato quando chiedo loro di uscire.»

«Non lo farei mai.»

Ci fissammo. Era come se il pezzo mancante del puzzle fosse finalmente andato al suo posto. «Ed è per questo che ti sei divertito a lasciarmi ad aspettarti nella hall per due giorni. Credevi che ti avessi rifiutato, e stavi facendo lo stesso.» Scossi la testa. «Ma continuo a non capire. Cosa ti ha fatto cambiare idea sull'investimento?»

Hudson si sfregò il mento, come faceva spesso. «La tua attività ha davvero appassionato mia sorella. Ha avuto difficoltà al lavoro da quando papà è morto. Ignorando tutto il resto, la tua è un'attività a cui sarei stato interessato in circostanze diverse. Ho capito che non era giusto avercela con te perché mi avevi rifiutato, rischiando di deludere Olivia.»

«Ma non ti ho rifiutato. Ero delusa che non avessi chiamato.»

Hudson abbassò lo sguardo ai miei piedi. Ebbi la sensazione che anche lui, come me, non sapesse bene cosa fare di quella nuova informazione. L'interfono suonò di nuovo.

«Sì, Helena?» disse.

«C'è Esme sulla linea uno.»

Sospirò. «D'accordo. Le dica solo di attendere un minuto, per favore.»

«Okay. E farò un caffè a Dan, e lo farò accomodare in sala conferenze. Gli dirò che le ci vorrà qualche altro minuto.»

«Grazie, Helena.»

Hudson alzò finalmente lo sguardo, ma lo fece lentamente, percorrendo tutto il mio corpo a partire dalle dita dei piedi. Nell'istante in cui i nostri sguardi si incrociarono, avevo la pelle d'oca dappertutto. Il malizioso accenno di sorriso sul suo viso non migliorò la situazione. «Quindi stavi dicendo… che sei rimasta delusa che non ti avessi chiamata?»

Deglutii, sentendomi stordita. «Mmm…»

L'accenno di sorrisetto di Hudson si trasformò in un sorriso a tutti gli effetti. «Esme è mia nonna, quindi devo risponderle. Ne riparliamo?»

«Mmm… sì… certo.»

Mi voltai e mi diressi verso la porta. Ma prima che potessi aprirla, la voce di Hudson mi fermò. «Stella?»

«Sì?»

«Ho dato a mia nonna il profumo che hai realizzato per me. Ne vorrebbe ancora.»

Sorrisi. «Nessun problema.»

Quella sera, l'impresa di pulizie bussò alla mia porta per chiedermi se potevano svuotare il mio cestino.

«Oh. Certo.» Presi il cellulare, e rimasi sconvolta scoprendo che erano quasi le sei e mezzo. Avevo guardato l'orologio dopo che Olivia era andata via, e non erano neppure le cinque. Mi sembrava fosse successo non più di dieci minuti prima. Avevo scritto la mia lista di fornitori e annotato quali prodotti avevo acquistato da chi e con che termini. Sarebbe stato complesso spostare tutti i dati da dove li conservavo – nella mia testa – ai diversi sistemi offerti dalla Rothschild Investments. Ma alla fine, sapevo che sarebbe stata la cosa migliore.

Un'anziana sorridente svuotò il mio cestino della carta in un grosso sacco della spazzatura in corridoio e tornò con un'aspirapolvere. «Le dispiace? Ci vorranno meno di cinque minuti.»

«Oh, no, affatto. Devo sgranchirmi le gambe e andare in bagno, in ogni caso.» Chiusi il portatile e mi diressi verso le toilette. Vidi Hudson che, appoggiato alla parete accanto alla porta, scorreva il dito sullo schermo del cellulare.

«Aspetti che qualcuna esca dal bagno per saltare fuori e spaventarla?» scherzai.

Si accigliò e indicò la porta. «Devi entrare?»

«Stavo per farlo.» Lo guardai perplessa. «C'è un motivo per cui non dovrei?»

Si mise dritto e si passò una mano tra i capelli. «C'è mia figlia dentro, Charlie. Potrebbe starci per ore, dice che le piace la rustica.»

«La rustica?»

«L'acustica. Le ho spiegato come si dice, ma sostiene che suona meglio come lo dice lei.»

Ridacchiai. «Vuoi che le dica di sbrigarsi?»

Guardò l'orologio. «Ho una chiamata importante con un investitore estero alle sei e mezzo.»

«Vai. Mi assicurerò che stia bene e la riaccompagnerò al tuo ufficio.»

«Sei sicura?»

«Certo. Nessun problema.»

Hudson sembrava ancora esitante.

Alzai gli occhi al cielo. «Mi sono imbucata a un matrimonio una volta, ma prometto che non la perderò.»

Fece un sospiro profondo. «Okay, grazie.»

Entrando in bagno, ero molto curiosa. Di Charlie nessuna traccia, ma una cosa mi fu subito evidente, perché le interessasse la «rustica». Una vocina carinissima stava cantando... Era *Jolene*? La vecchia canzone di Dolly Parton? Be', eccome se lo era. E sembrava che la piccola Charlie conoscesse tutte le parole.

Notai le sue gambine dondolare da sotto il primo bagno. Rimasi lì in silenzio, ascoltando con un enorme sorriso in faccia. La sua era ancora una vocina, eppure era intonata e cantava con un vibrato che non ci si sarebbe aspettato da una bambina.

Quando la canzone finì, non volevo farmi trovare lì in piedi e spaventarla, perciò bussai delicatamente alla porta.

«Charlie?»

«Sì?»

«Ciao. Mi chiamo Stella. Tuo papà mi ha chiesto di riaccompagnarti al suo ufficio appena hai finito. Vado solo un attimo in bagno. Ma non andare via senza di me.»

«Okay.»

Andai nel bagno accanto al suo.

A un tratto, Charlie mi chiamò: «Stella?»

«Sì?»

«A te piace Dolly?»

Trattenni una risata. «Sì.»

«Hai una canzone preferita?»

«Mmm. In realtà, sì. Non so se è molto conosciuta, però mia nonna abitava in Tennessee e la canzone *My Tennessee Mountain Home* mi ha sempre ricordato lei. Perciò direi che probabilmente è la mia preferita.»

«Non la conosco. Quella di mio papà è *It's All Wrong, But It's All Right*. Non me la lascia cantare, perché dice che le parole sono troppo da grandi per me. Ma io le ho imparate lo stesso. Vuoi sentirla?»

Volevo assolutamente sentirla, a maggior ragione adesso che mi aveva detto che suo padre le aveva vietato di cantarla. Ma mi trattenni. L'ultima cosa che volevo era che Hudson pensasse che avevo portato sua figlia sulla cattiva strada.

«Mmm… per quanto mi piacerebbe molto sentirla, sarà meglio dare ascolto al tuo papà.»

Charlie si stava lavando le mani quando emersi dal bagno. Era assolutamente adorabile con capelli biondo cenere ricci che non sembravano facili da domare, un nasino a patata e grandi occhi castani. Era vestita di viola dalla testa ai piedi, compresi i collant, le sneaker, la gonna e la maglietta. Qualcosa mi diceva che Charlie si sceglieva i vestiti da sola.

«Sei Stella?» chiese.

Di nuovo, dovetti trattenere una risata. Eravamo le uniche due persone in bagno. «Sì. E tu devi essere Charlie.»

Annuì e mi guardò attraverso lo specchio. «Sei carina.»

«Oh, grazie. Anche tu sei bella.»

Sorrise.

Andai verso il lavandino accanto al suo per lavarmi le mani. «Prendi lezioni di canto, Charlie? Hai una voce incredibile.»

Annuì. «Ci vado il sabato mattina alle nove e mezzo. Mio papà mi viene a prendere e mi ci porta, perché la mamma ha bisogno del suo sonno di bellezza.»

Sorrisi. Quella bambina era esilarante e non ne aveva idea. «Oh, che bello.»

«Faccio anche karate. Mamma voleva che facessi danza classica, ma io non ho voluto. Papà mi ha iscritto a scuola di karate senza dirglielo, e la mamma non era molto contenta.»

Risi. «Ci scommetto.»

«Lavori con il mio papà?»

«Sì.»

«Vuoi venire a cena con noi? Ci andiamo in metropolitana.»

«Oh, grazie, ma ho ancora del lavoro da fare.»

Alzò le spalle. «Magari la prossima volta.»

Non riuscivo a non sorridere ogni volta che quella bambina diceva qualcosa. «Magari.»

Entrambe ci asciugammo le mani, poi la accompagnai dal padre. Hudson era ancora al telefono, perciò le chiesi se voleva vedere il mio ufficio. Quando annuì, feci segno ad Hudson che la stavo portando lì.

Charlie si sedette su una sedia per gli ospiti, facendo dondolare i piedi. «Non hai delle foto?»

«No, oggi è il mio primo giorno. Non ho ancora avuto occasione di portarne.»

Si guardò intorno. «Dovresti dipingere il tuo ufficio di viola.»

Risi. «Non sono sicura che a tuo padre piacerebbe molto.»

«Mi ha permesso di dipingere la mia stanza di viola.» Charlie annusò l'aria un paio di volte. «Il tuo ufficio ha un buon odore.»

«Grazie. È il mio lavoro: creo profumi.»

«Tu crei profumi?»

«Sì. È un lavoro interessante, no?»

Annuì rapidamente. «Come lo fai?»

«Be', in realtà c'è molta scienza dietro. Ma io e tuo papà stiamo lavorando insieme a un profumo personalizzato. Ti piacerebbe provare alcuni dei miei campioni?»

«Sì!»

Quel giorno avevo portato con me dei kit di campioni, perciò ne presi uno dal cassetto della scrivania e mi sedetti accanto a lei su una sedia per gli ospiti. Aprendo la scatola, presi una boccetta e gliela porsi. Era calone, che mi suggeriva se una persona prediligeva odori simili alla brezza marina.

«Cosa ti ricorda questo odore?»

Le si illuminarono gli occhi. «Mmm… gelato al cioccolato e banana.»

La guardai perplessa, e sollevai la boccetta per annusarla io stessa, anche se avevo sentito l'odore di oceano nell'istante in cui avevo aperto il tappo. «Ti sembra che odori di gelato?»

«No. Ma papà mi ha portata in spiaggia la settimana scorsa, e dopo abbiamo preso un gelato sul lungomare. Ho scelto un banana split perché è il mio preferito. La boccetta odora di spiaggia, ma adesso la spiaggia mi fa pensare a quel gelato buonissimo.»

Le avevo chiesto cosa le ricordava quell'odore, non che odore avesse. Perciò la sua risposta era giusta. Presi la banana che era stata sulla mia scrivania per tutto il giorno. «Sei una fan delle banane anche tu, eh? Vuoi dividere questa con me?»

«No, grazie.» Continuò a dondolare le gambe. «Mio papà scrive sulle mie banane quando mi prepara il pranzo per la scuola. A volte anche sulle arance e sui mandarini. Però mai sulle mele, perché quelle non si sbucciano.»

«Scrive sulla tua frutta?»

Annuì.

«Cosa scrive?»

«Cose buffe. Come: 'Non ti va di andare a scuola? Mandarino!'. A volte scrive una battuta. Ad Halloween mi ha scritto: 'Qual è la frutta preferita dei fantasmi? La bu-nana'. L'hai capita?»

Era molto interessante. Non avrei immaginato Hudson fare una cosa così buffa.

«Posso annusarne ancora?» chiese Charlie.

«Certo.»

Aprii un'altra boccetta. Odorava di sandalo, un olio essenziale estratto dall'albero indiano del sandalo.

Arricciò il nasino. «Questo odora di mal di pancia.»

Non avevo idea di cosa volesse dire. Me lo portai al naso per cercare di capirlo. «Davvero? Quest'odore ti fa venire il mal di pancia?»

Ridacchiò. «No. Ma il gelato acido sì. Ha lo stesso odore del signore che lavora nella gelateria vicino a casa di papà. Non ci andiamo più perché il loro gelato era andato a male.»

Ooh, be', adesso aveva senso. Il sandalo era in molte colonie amate dagli uomini. Charlie aveva un talento naturale. E a quanto pareva, amava molto anche il gelato. «Sai...» dissi. «È la seconda risposta in cui mi parli di gelato. Non mi sembra casuale.»

Una voce profonda alle mie spalle intervenne. «L'hai già capito, eh?»

Mi voltai per trovare Hudson appoggiato alla porta del mio ufficio. Sembrava che stesse origliando già da un po'.

«Charlie ha un ottimo senso dell'olfatto.»

Hudson annuì. «Riesce anche a sentire i rumori da chilometri di distanza, specialmente lo sportello del freezer. Se anche solo ne apro uno spiraglio, arriva sempre correndo, pensando che potrebbe esserci del gelato.»

Charlie arricciò di nuovo il naso. «A lui piace quello alla fragola.»

«E a te no?» chiesi.

Scosse la testa. «È schifoso. Pieno di grumi.»

«Devo dare ragione a tuo papà su questo. Il gelato alla fragola è uno dei miei preferiti.»

Hudson sorrise, e mi resi conto che forse era il primo sorriso autentico che vedevo sul suo bellissimo viso dalla sera del matrimonio.

«Sei pronta ad andare, Charlie?» Mi guardò. «Andiamo a cena.»

«Lo so. Ci andate in metro.»

Le labbra di Hudson si contrassero. «La metro, Dolly Parton e il gelato. Non è difficile farla contenta... per ora.»

«E i messaggi scritti sulla frutta e il colore viola.» Indicai il mio ufficio con un gesto della mano. «Charlie mi ha suggerito di dipingere il mio ufficio di viola. Le ho detto che ci avrei pensato.»

Hudson sorrise. «Non mi stupirei se lo facessi.»

Charlie mi sorprese saltando su dalla sedia per abbracciarmi. «Grazie per avermi fatto annusare le tue cose.»

«Prego, tesoro. Buona cena.»

Saltellò per il mio ufficio e afferrò la mano del padre. «Andiamo, papà.»

Hudson scosse la testa, come se il fatto che lo comandasse a bacchetta fosse un disturbo, ma capii subito che quella bambina era probabilmente l'unica persona al mondo da cui non gli dispiaceva affatto prendere ordini.

Rivolto a me, disse: «Non fare troppo tardi».

«Non lo farò.»

Una volta scomparsi dalla mia visuale, riuscii a sentire Charlie parlare in corridoio.

«Stella verrà a cena con noi la prossima volta», disse.

«Charlie, cosa ti ho detto sull'invitare persone appena conosciute?»

«Non ha un buon profumo?»

Ci fu una pausa, e pensai che forse si erano allontanati troppo per riuscire a sentirli. Ma poi Hudson borbottò: «Sì, Stella ha un buon profumo».

«Ed è anche carina, giusto?»

Ci fu di nuovo una lunga pausa. Mi avvicinai alla porta per assicurarmi di sentire la risposta.

«Sì, è carina, ma non è così che si decide chi invitare a cena, Charlie. Stella e io lavoriamo insieme.»

«Ma il mese scorso quando la mamma mi ha accompagnato a casa tua sabato mattina presto c'era lì una donna, ed era carina e aveva un buon profumo. Hai detto che era una donna con cui lavoravi, e che era tornata di mattina perché aveva dimenticato l'ombrello. Ti ho chiesto se poteva venire a pranzo con noi, e tu hai detto: 'Un'altra volta'. Ma non l'hai mai invitata.»

Oh, mamma. Mi portai la mano alla bocca. Quella Charlie era davvero furba, ed ero curiosa di sapere come Hudson se la sarebbe cavata questa volta. Purtroppo, invece di sentire la risposta, udii la porta d'ingresso aprirsi e richiudersi, e così finì lo spettacolo.

Sospirai e tornai alla mia scrivania, dove diventò presto chiaro che non riuscivo più a concentrarmi. La giornata era passata in un vortice: prima mi avevano presentata a tantissima gente alla Rothschild Investments, poi avevo avuto diverse riunioni, nuovi sistemi da imparare per la contabilità, l'inventario, gli ordini e una nuovissima interfaccia ad alta velocità per il sito web. Ero abbastanza sopraffatta. Ma niente di tutto quello era eccitante nemmeno la metà delle parole che Hudson mi aveva detto quella mattina.

«Ne riparliamo…»

11
Stella

Il mattino successivo ero talmente impaziente di incontrarmi con Olivia, che arrivai alla Rothschild Investments con notevole anticipo.

Mi aveva chiesto di vederci in ufficio alle otto per iniziare a lavorare con il suo team al piano di marketing della Signature Scent. Andai a qualche portone di distanza, alla caffetteria aperta ventiquattr'ore su ventiquattro per prendere un caffè e un muffin. Evidentemente, non ero l'unica mattiniera quel giorno. Davanti a me c'erano almeno dieci persone vestite da ufficio, ciascuna con il naso immerso nel cellulare nell'attesa.

Quando finalmente arrivai alla cassa, un ragazzino che sembrava più un liceale che un cassiere prese la mia ordinazione.

«Cosa posso portarti?» Mentre parlava, tirò fuori il cellulare e lo fissò. Credetti che magari dovesse scrivere l'ordinazione lì per farla arrivare al bar.

«Prendo un caffè, chiaro e zuccherato, e uno di quei crumble muffin, per favore.»

Alzò un dito e si mise digitare qualcosa sul cellulare. Una volta finito, premette dei pulsanti sulla cassa. «Un caffè, chiaro e zuccherato, e un muffin ai mirtilli. Sei e settantacinque. Come ti chiami?»

«Be', mi chiamo Stella, ma volevo un crumble muffin, non un muffin ai mirtilli.»

Il ragazzo si accigliò come se lo stessi infastidendo. Premette altri pulsanti sulla cassa, poi il suo cellulare vibrò e la sua attenzione si spostò nuovamente su quello. Tirai fuori dieci dollari dal portafogli e glieli porsi, ma ignorò la mia mano in attesa. Dopo due minuti buoni non aveva ancora sollevato lo sguardo dal cellulare, così mi chinai verso di lui per sbirciare cosa stesse facendo.

Messaggiava.

Non stava scrivendo la mia ordinazione sul cellulare, stava messaggiando con una certa Kiara.

Agitai la mano nel tentativo di attirare il suo sguardo. «Mmm... Ecco a te.»

Alzò di nuovo il dito.

Incredibile.

Alla fine, mi sfilò la banconota di mano e mi diede il resto. Poi prese un bicchiere grande per il mio caffè, aprì un pennarello, e scribacchiò un nome sopra. SIMONE.

Lo guardai perplessa. «Dovrebbe essere mio?»

Sbuffò. «C'è il tuo nome sopra, no?»

Piuttosto che discutere, sorrisi. «Certo. Passa una buona giornata.»

«Il prossimo!»

Immaginai che fosse il suo modo di chiedermi di farmi da parte perché potesse passare al cliente successivo.

La gente si stava ammassando dall'altra parte del bancone, perciò feci lo stesso e mi misi a fare quello che facevano tutti gli altri: guardare il cellulare. Fisher mi aveva inviato un messaggio qualche minuto prima.

FISHER: *Buona fortuna per il marketing oggi. So che è la tua parte preferita!*

Risposi.

STELLA: *Grazie! Sono nervosa, ma eccitata.*

Poi mi mandò la fotografia di un uomo dell'ultimo sito di incontri a cui si era iscritto. Indossava soltanto un paio di boxer grigi attillati. Aveva un bel sorriso e dei bei capelli. Ma appena mi misi a guardare il resto di lui, sbarrai gli occhi. Adesso avevo capito perché me l'avesse inviata. Un altro messaggio arrivò di seguito.

FISHER: *Mi hai detto di smetterla di scegliere gli uomini per i loro addominali e cercare un sorriso autentico. Quell'affare sta decisamente sorridendo ;)*

STELLA: *Non può essere vero...*

Mi avvicinai il telefono al viso e zoomai sul rigonfiamento. Non poteva essere davvero tutto naturale. Doveva avere una banana lì dentro da qualche parte. Anzi, no, era decisamente una zucchina. Esistevano davvero peni di quelle dimensioni? Di sicuro non quelli che avevo visto io.

Una voce profonda alle mie spalle mi fece sussultare.

«E pensare che inizio le mie giornate sfogliando il *Wall Street Journal*...»

Sobbalzai, e il cellulare mi cadde dalle mani, battendo sul pavimento. Mi chinai a raccoglierlo e lo fissai torva. «Dio, perché ti sei avvicinato così di soppiatto?»

Hudson ridacchiò. «Come potevo evitare di interromperti mentre guardi un porno?»

«Non sto guardando un porno.» Sentii che stavo arrossendo. «Un mio amico mi ha inviato la foto di un ragazzo su un sito di incontri.»

Fece un'espressione scettica. «Mmm mmm.»

Imbarazzata, cercai di convincerlo che era la verità facendogli vedere il cellulare... per poi accorgermi che avevo zoomato sul suo cazzo. «No, sul serio...»

Hudson alzò una mano per bloccarsi la visuale. «Ti prendo in parola. Grazie. Comunque mi fa piacere che tu e il tuo amico vi concentriate entrambi sulle qualità importanti in un uomo.»

Scossi la testa. *Fantastico.* Continuavo a fare una bella figura dietro l'altra con quell'uomo. Sospirai rassegnata.

«Simone!» gridò il barista.

Lo avevo sentito, ma sul momento non ci feci caso.

«Simone!»

Cavolo, ero io. Mi avvicinai al bancone e presi caffè e muffin. Quando tornai da lui, Hudson stava scuotendo la testa.

«Che c'è?» chiesi.

«Un altro pseudonimo?»

«Il ragazzo che ha preso la mia ordinazione non mi stava ascoltando quando gli ho detto il mio nome.»

Hudson annuì scettico. «Certo.»

«No, sul serio.»

Alzò le spalle. «Che motivo avrei per non crederti?»

Alzai gli occhi al cielo.

«Hudson!» urlò il barista.

Hudson fece un sorrisetto. «Il mio nome sembra in grado di capirlo.» Dopo aver preso il suo caffè, fece un cenno del capo verso la porta. «Stai andando in ufficio?»

«Sì.»

Uscimmo dalla caffetteria e camminammo lungo la strada uno accanto all'altra.

«Tua figlia è assolutamente adorabile», dissi. «Mi ha fatto ridere senza nemmeno sforzarsi, ieri.»

Lui scosse la testa. «Grazie. Ha sei anni, ma sembra averne ventisei, e non ha filtri.»

«E poi canta benissimo.»

«Fammi indovinare, Dolly mentre era seduta in bagno?»

Risi. «*Jolene.* Quindi capita spesso?»

«Il bagno e la vasca sono le sue location preferite per esibirsi.»

«Ah, probabilmente per la fantastica rustica.»

Hudson sorrise senza controllarsi. «Esatto.»

Una vagabonda era seduta di fronte all'edificio accanto al nostro. Aveva un carrello della spesa pieno di lattine e bottiglie, e stava arrotolando con della carta delle monete da un bicchiere di plastica. Arrivati al nostro edificio, Hudson mi aprì la porta.

«Puoi...» Infilai una mano in borsa. «Aspetta un momento.»

Mi allontanai da Hudson che teneva la porta aperta e tornai dalla donna. Porgendole la mano con quello che potevo offrirle, dissi: «Anch'io sono un po' in bolletta, ma volevo che avessi questa».

Sorrise. «Grazie.»

Tornai da Hudson, che aveva un'aria perplessa. «Le hai dato dei soldi?»

Scossi la testa. «Le ho dato la mia barretta di cioccolato.»

Mi guardò con un'espressione strana, ma annuì per poi premere il pulsante dell'ascensore.

«Allora, ti piace molto la musica country?» chiesi. «È da te che tua figlia ha preso l'amore per Dolly?»

«No. E neanche dalla mia ex moglie, né da nessun altro che conosciamo. Ha solo sentito una delle canzoni di Dolly alla radio in macchina una volta, e le è piaciuta. Ha iniziato a cantare le parti che riusciva a ricordare a casa, poi ha chiesto alla maestra di canto di insegnarle l'intera canzone. Adesso è l'unica artista che canta. Conosce a memoria una decina di canzoni di Dolly.»

«È fantastico.»

«L'anno scorso, ad Halloween, tutte le altre bambine volevano essere principesse Disney, Charlie invece voleva che sua madre le imbottisse la maglietta con dei calzini e le comprasse una parrucca biondo platino.»

«Wow, i capelli biondo platino e l'imbottitura alla maglietta. È come se avesse già tredici anni.»

Hudson emise un lamento. «Non voglio nemmeno pensarci.»

Salimmo insieme in ascensore agli uffici. Nell'istante in cui le porte si chiusero, un odore familiare pervase l'ambiente. D'istinto, mi chinai verso di lui per annusarlo meglio.

Alzò un sopracciglio. «Che stai facendo?»

«Hai un odore che non è acqua di colonia, né bagnoschiuma né shampoo. Sto cercando di identificarlo.» *Sniff. Sniff.* «Lo conosco. Ma non riesco a capire cos'è.»

«Immagino tu sia il tipo di persona che ha un bisogno incessante di trovare le soluzioni ai problemi. Ti farà impazzire se non ci riesci?»

Lo annusai di nuovo. «Assolutamente sì.»

L'ascensore tintinnò, indicando che eravamo arrivati al quattordicesimo piano. Hudson mi fece cenno di uscire per prima e poi aprì la porta dell'ufficio. Una volta entrati, girò intorno alla scrivania della reception vuota e accese una serie di luci.

«Allora, che odore è? Una specie di lozione, forse?»

Hudson fece un sorrisetto. «No.» Si voltò e iniziò a camminare a grandi passi.

«Aspetta... dove vai?»

Parlò senza girarsi. «Nel mio ufficio a lavorare. Dovresti provare a fare lo stesso.»

«Ma non mi hai detto che cos'è quell'odore.»

Lo sentii ridacchiare. «Buona giornata, Simone.»

* * *

Io e Olivia trascorremmo la mattina a rivedere dei piani pubblicitari preliminari, ma il suo responsabile del marketing voleva conoscere di persona come funzionava il tutto. Perciò li accompagnai nel laboratorio dove sarebbero stati prodotti i profumi e portai con me un kit di campioni per mostrargli il processo che ogni ordine avrebbe seguito. Mi rese felice quanto fossero entusiasti di saperne di più del prodotto.

Al termine dell'incontro, Olivia aveva una riunione e il manager del marketing doveva incontrare un amico per pranzo, perciò rimasi in laboratorio per un po' prima di prendere un treno per tornare in ufficio.

La porta di Hudson era aperta quando passai davanti al suo ufficio, tuttavia bussai prima di entrare.

Alzò lo sguardo da una pila di documenti, e io sollevai una scatola. «Altro profumo che era piaciuto a tua nonna.»

Lui lasciò cadere la penna sulla scrivania. «Grazie. Resti fino a tardi anche stasera?»

Annuii. «Ho molto da fare. Il tuo team lavora a pieno regime, e mi hanno già dato molto materiale da rivedere.»

«Ho dato un'occhiata alla tua merce e ai fornitori, e ho qualche idea di cui ti vorrei parlare.»

«Certo. Sarebbe fantastico. Quando vuoi farlo?»

Indicò le pile di documenti sulla sua scrivania. «Ho bisogno di un po' di tempo per finire qui. Che ne dici delle sei?»

«Va benissimo.»

«Stella?»

«Sì?»

Indicò con un cenno del capo la scatola che avevo in mano. «Hai scordato di darmi il profumo.»

Sorrisi. «Oh. No, non l'ho scordato. Te lo darò se mi dirai cos'era l'odore di stamattina.»

Scosse la testa sorridendo. «Portalo in sala conferenze alle sei.»

Poco dopo le cinque, l'assistente di Hudson mi chiamò per chiedermi se mi piaceva il cibo cinese. A quanto pareva, io e Hudson avremmo avuto una cena di lavoro. Ero decisamente incuriosita all'idea di passare del tempo da sola con lui. Sarebbe stata la mia occasione di correggere la prima – e seconda, e terza – impressione che gli avevo fatto, e di mostrargli che non ero davvero un'irresponsabile.

Alle sei in punto, andai in sala conferenze armata di un gigantesco fascicolo di dati sulla merce, di un quaderno, e del profumo che avevo realizzato. Hudson era già lì con delle carte sparpagliate sul tavolo e alcuni contenitori di cibo cinese, insieme a piatti e posate.

«Hai ordinato pollo all'aglio, eh?»

Mi guardò incredulo. «Come diavolo hai fatto? Non ho neanche aperto la scatola.»

Sorrisi. «Il cartone non può trattenere l'aglio.»

Hudson era seduto a capotavola, perciò mi sedetti sulla sedia alla sua sinistra. «E poi, ero indecisa tra il pollo all'aglio e quello che ho ordinato io, perciò avevo già in mente il pollo all'aglio.»

«Cos'hai ordinato?»

«Gamberetti con i broccoli.»

«Possiamo fare a metà, se vuoi.»

«Okay. Mangiamo prima o dopo?»

«Decisamente prima», disse. «Non ho pranzato, perciò sto morendo dalla fame.»

Io e Hudson impiattammo il cibo. Indicò con un cenno del capo la scatola di profumo e disse: «Olio per guantone da baseball. Adesso passamela, saputella».

Sorrisi. «Giochi a baseball alle sei del mattino?»

«No, ma Charlie vuole unirsi a una squadra di softball per bambini. Voleva solo il guantone viola che avevano al negozio. Ovviamente è robaccia. Quindi ho cercato di ammorbidirlo massaggiandoci un po' d'olio, in modo che possa almeno aprire quel dannato affare con la manina.»

«Ah.» Annuii e spinsi verso di lui la scatola di profumo. «Lanolina. Non so perché non riuscivo a identificarla.»

«Forse dovresti limitarti al gin.»

Hudson mi strizzò l'occhio, e sentii le farfalle nello stomaco. Dio, ero patetica. Perché una semplice strizzata d'occhio di Ben non mi faceva eccitare? Eravamo usciti due volte e... ancora niente.

«Posso farti una domanda?» chiesi mentre assaggiavo un gamberetto.

«Se rispondessi di no, ti fermeresti?»

Sorrisi. «Probabilmente no.»

Ridacchiò. «Non mi stupisce che tu e mia sorella andiate così d'accordo. Qual è la domanda?»

«Quando hai capito esattamente che non ero chi dicevo di essere al matrimonio di Olivia?»

«Quando mi hai detto che il tuo cognome era Whitley. Evelyn Whitley e mia sorella erano amiche dal liceo. Era stata intima anche della mia ex moglie, per un po'. Loro tre frequentavano la stessa cerchia. Immagino che possano esserci due donne di nome Evelyn Whitley, ma appena mi hai detto che lavoravi alla Rothschild Investments, ovviamente hai confermato i miei sospetti.»

Mi mordicchiai il labbro inferiore. «Quindi prima di allora... quando abbiamo ballato per la prima volta, non ne avevi idea?»

Hudson scosse la testa. «Nessuna.»

«Però mi hai invitata ancora a ballare...»

Un accenno di sorriso gli si fece strada agli angoli della bocca. «Sì, esatto.»

Sentii il battito accelerare. «Perché?»

«Perché ti ho invitata ancora a ballare?»

Annuii.

Lo sguardo di Hudson si posò sulle mie labbra e indugiò per qualche secondo. «Perché ti trovavo interessante.»

«Oh... okay.»

Si chinò verso di me e abbassò la voce. «E bellissima. Ti trovavo interessante e uno schianto.»

Arrossii. «Grazie.»

Continuò a fissarmi. Gli avevo praticamente tirato fuori i complimenti a forza, eppure ero rossa come un peperone.

Tamburellò sul tavolo con le dita. «Qualcos'altro?»

«No.»

Sorrise. «Sicura?»

Annuii. Ma ancora una volta, dopo un minuto a rimuginare, cambiai idea. «Anzi...»

«Fammi indovinare. Un'altra domanda?»

«Il giorno che sono venuta nel tuo ufficio a riprendermi il cellulare, mi hai chiesto di uscire a cena, ma ho avuto la strana sensazione che fossi incazzato con te stesso per avermelo chiesto.»

Mi osservò. «Sei molto perspicace.»

Mi morsi il labbro, chiedendomi se fosse il caso di fargli la domanda seguente. Volevo davvero conoscere la risposta.

«Saremmo usciti se non ti avessi accidentalmente dato il numero sbagliato?»

Gli angoli della bocca di Hudson si contrassero di nuovo. «Ti ho chiamato, no?»

«Oh... giusto. Be', immagino sia andato tutto per il meglio in ogni caso. Lavoreremo a stretto contatto e non vorrei confondere le acque.»

Il suo sguardo si posò di nuovo sulle mie labbra. «Quindi se te lo chiedessi adesso, diresti di no. Per non confondere le acque e tutto il resto?»

Ogni centimetro del mio corpo desiderava uscire con quell'uomo... eccezion fatta per quella parte del mio cervello che aveva investito cinque anni nella mia attività. Non potevo farlo.

«Per poco non ho rinunciato a Signature Scent per il casino che avevo fatto con il mio ultimo socio.»

«Già. Durante la presentazione hai detto che avevi un socio, ma di averne rilevato la quota.»

«Sì, non ha funzionato.»

Hudson sembrò in attesa di ulteriori spiegazioni.

Sospirando, dissi: «Il mio socio era il mio fidanzato. Quando è diventato il mio ex, ho rilevato la sua quota».

Hudson annuì. «È anche lui un chimico delle fragranze?»

Feci una risata sarcastica. «Decisamente no. Aiden è un poeta. O per lo meno è questo che dice alla gente. Quello per cui è retribuito è insegnare inglese all'università pubblica.»

«Un poeta? Non mi sembra un socio molto utile.»

«Non lo era. Non è stato di nessun aiuto allo sviluppo dell'attività, ma ha contribuito ai fondi per la start up.»

«Cos'è venuto prima? La fine della vostra relazione di lavoro o di quella sentimentale?» Hudson infilzò un pezzo di gamberetto e se lo mise in bocca.

«Mmm… credo che a venire per primo sia stato lui facendo sesso con una che non ero io.»

Hudson si strozzò.

«Merda. Stai bene?»

Alzò una mano e parlò con voce rotta. «Sì.» Prese la sua bottiglietta d'acqua e bevve per deglutire meglio. «Dammi solo un momento.»

Quando i suoi occhi smisero di lacrimare e riuscì di nuovo a respirare, scosse la testa. «Il tuo fidanzato andava a letto con un'altra?»

Sorrisi triste. «Sì, ma è andato tutto per il meglio. Per la mia attività, quantomeno.»

«In che senso?»

«Be', non so se sarei mai arrivata fin qui se io e Aiden non ci fossimo lasciati.»

«Perché? Non è stato rilevare la sua quota ad aver dato inizio ai tuoi problemi finanziari?»

«Sì. Aiden aveva contribuito con centoventicinquemila dollari nel corso degli anni. Perciò ho dovuto usare il denaro che avevo messo da parte per l'acquisto del resto della merce della start up per rilevare la sua quota. Ma non sono sicura che sarei mai riuscita a lanciare l'attività, anche se avessi avuto ancora tutti quei soldi. Io e Aiden eravamo giovani quando ci siamo messi insieme. All'epoca, mi incoraggiava molto, e abbiamo cominciato insieme a mettere da parte i fondi in un conto di risparmio cointestato. All'inizio non era molto, ma negli anni avevamo accumulato un po' di denaro. E per allora, Aiden aveva manifestato l'interesse di usarlo per un investimento immobiliare. Probabilmente avrebbe dovuto essere un campanello d'allarme che non fosse interessato a impiegarli per comprare una casa in cui andare a vivere insieme, anche se stavamo insieme da anni e non condividevamo ancora un appartamento. In ogni caso, diceva che un investimento immobiliare era meno rischioso della mia idea imprenditoriale. Ha suggerito di comprare un immobile, e solo dopo di iniziare a mettere da parte dei soldi per Signature Scent.»

Hudson si accigliò. «Il tuo ex sembra proprio uno stronzo.»

Sorrisi. «Lo è. Ma spesso mi sono lasciata condizionare da

lui quando non avrei dovuto. Qualche mese prima di lasciarci, avevamo iniziato a guardare per delle proprietà in affitto. Il mio sogno non era il suo, e stavo per rinunciare al mio per accettare il suo. Avevo un buon lavoro, e mi faceva sentire egoista perché desideravo qualcosa di più.» Feci una pausa. «La nostra rottura è stata terribile per molte ragioni, ma l'unica cosa positiva che ne è risultata è stata che ho deciso di riprendermi il mio futuro.»

Hudson mi osservò per un momento. «Buon per te.»

«Lo credo anch'io.»

«Anche se penso che dalla vostra rottura sia emersa un'altra cosa positiva.»

Lo guardai perplessa. «E quale sarebbe?»

«Non sposerai uno stronzo.»

Risi. «Sì, immagino di sì.»

Il mio cellulare prese a squillare, e il nome di Ben apparve sullo schermo. Allungai una mano e premetti IGNORA, ma non prima che anche Hudson leggesse il nome.

«Se devi rispondere...» disse.

«No. Non c'è problema. Lo richiamerò più tardi.»

Aspettò qualche secondo, poi, visto che non dissi altro, mi guardò dubbioso. «Ben. È il ragazzo che era con te al matrimonio?»

Scossi la testa. «Quello era Fisher.»

«Giusto.» Annuì. «Fisher.»

L'aria si riempì di un altro silenzio imbarazzante. Alla fine, alzò un sopracciglio, curioso. «Fratello?»

«No. Non ho fratelli. Solo una sorella.»

Ancora una volta non aggiunsi altro, così Hudson ridacchiò.

«Me lo farai chiedere, vero?»

Sorrisi innocente. «È... una cosa nuova.»

Lui sostenne il mio sguardo per qualche istante per poi schiarirsi la voce. «Perché non cominciamo? Posso mostrarti un po' delle cose di cui volevo parlare mentre finisci di mangiare.»

Hudson sembrava pronto a premere un interruttore e passare agli affari, ma io ero troppo confusa in quel momento. Iniziò a sciorinare numeri e date, e mentre annuivo fingendo di seguirlo, tutto mi sembrò entrare da un orecchio e uscire dall'altro. Non mi resi neanche conto che si era interrotto per chiedermi qualcosa finché non alzai lo sguardo e vidi che aspettava una risposta.

«Scusami. Qual era la domanda?»

Strizzò gli occhi. «Hai sentito niente di quello che ho detto?»

Infilzai la forchetta in un gamberetto e lo inghiottii, indicandomi le labbra come a dire che non potevo rispondere. Pensavo di fare la carina ed evitare la sua domanda, ma non feci che far concentrare Hudson sulle mie labbra. Sembrava affamato, ma non di cibo cinese.

Oh, mamma. Sentii le ormai familiari farfalle nello stomaco, e appena vidi Hudson leccarsi le labbra, le farfalle si spostarono un po' più in basso.

Smisi di masticare e deglutii, schiarendomi la voce. «Potresti ripetere la domanda?»

Ed ecco tornare quella contrazione agli angoli della bocca. Se non avessi saputo che non era così, avrei pensato che avesse un tic facciale.

Mi sentii sollevata quando Hudson annuì e iniziò a ripetere ciò che stava dicendo, e io riuscii a concentrarmi sulla maggior parte del suo discorso. Rimasi sorpresa di quanto avesse fatto in così poco tempo. Aveva incaricato il team addetto agli acquisti di procurare più preventivi su tutti i miei materiali campione, ed era riuscito a risparmiare almeno cinque centesimi per pezzo sulla maggior parte degli articoli. Non sembrava molto, ma considerando che ogni scatola conteneva venti campioni diversi, il totale era davvero notevole, se si consideravano anche gli sconti sul trasporto che aveva ottenuto.

«Wow.» Mi appoggiai allo schienale della sedia e sorrisi. «Sei decisamente meglio di Aiden.»

Gli si illuminarono gli occhi. «A quest'argomento non mi ci avvicinerò nemmeno.»

«Probabilmente è una buona idea. Ma sul serio, i risparmi che sei riuscito a raggiungere copriranno quasi l'intero costo dell'avere un socio per il primo anno. Non so cosa dire. E io che pensavo di essere stata così brava a negoziare.»

«Lo sei stata. Molti di questi risparmi derivano dal pagare in anticipo e dall'acquistare all'ingrosso, cose che non avevi potuto fare prima, avendo flussi di cassa modesti.»

Un promemoria illuminò il cellulare di Hudson. La scritta CHARLIE apparve sullo schermo, e lui guardò l'orologio come per controllare che l'ora sul suo telefono fosse esatta. «Non mi ero reso conto che fosse così tardi. Puoi scusarmi un momento? Devo chiamare mia figlia per la buonanotte.»

«Certo. Devo passare alla toilette, in ogni caso.»

Dopo essere andata in bagno, tornai in sala conferenze. Poiché Hudson era in silenzio, non mi resi conto subito che era ancora al telefono. Appena lo capii, gli feci segno che avrei aspettato fuori, ma lui mi fece cenno di entrare. Perciò mi sedetti e ascoltai la sua parte della conversazione.

«Stavo solo scherzando quando l'ho detto. Non avresti dovuto ripeterlo a tua zia, Charlie.»

Ci fu una pausa, e poi chiuse gli occhi. «Lo hai detto a tutta la classe?»

Mi aveva incuriosita.

«Okay, be', sono certo che la maestra abbia capito che era una battuta, anche se zia Rachel non l'ha capito.»

Hudson mi guardò. «Anzi, di' alla mamma che non ho tempo adesso. Sono ancora al lavoro. Le parlerò quando chiamo domani sera.»

Ci fu una pausa, poi aggiunse: «Ti voglio bene anch'io».

Dopo aver riattaccato, scosse la testa. «Devo ricordarmi che una bambina di sei anni non può sempre capire il mio senso dell'umorismo.»

Sorrisi. «Cos'è successo?»

«La mia ex cognata è incinta e il parto è imminente. Rachel fa sembrare la mia ex moglie uno spasso. Nessuna delle due ha il senso dell'umorismo. L'altra sera, Charlie mi ha chiesto un nome adatto al suo futuro cugino. Non ho idea del perché, ma le ho detto che sua zia Rachel avrebbe chiamato il bambino Lombrico, e poi ho passato cinque minuti buoni a convincerla che era vero quando non ci aveva creduto.»

Lo guardai sorpresa. «Lombrico?»

Fece un sorrisetto. «Ovviamente stavo scherzando, poi il fattorino è arrivato con la nostra cena e ha interrotto la discussione, e devo aver dimenticato di dirle che non ero serio.»

«E lei lo ha ripetuto alla madre? Immagino non sarà andata molto bene.»

Hudson scosse la testa. «Non è finita. Qualche mese fa, stavo discutendo con la mia ex moglie. Mi aveva intimato di non dare più il gelato a Charlie, perché sua sorella aveva detto che l'intolleranza al lattosio era ereditaria. Non ero sicuro se fosse vero o meno, ma Charlie sicuramente non è intollerante al lattosio: con tutto il gelato che mangia, ce ne saremmo accorti. Abbiamo discusso di nuovo su sua sorella che si impicciava, e ho definito Rachel intollerante al divertimento. Dopo la lite, non ricordavo neanche di averlo detto finché Charlie non me l'ha ripetuto. Non avevo idea che ci stesse ascoltando.» Prese fiato. «Oggi era il turno di Charlie per il 'mostra e racconta' in classe, e ha portato una fotografia dell'ultima ecografia del bambino di sua zia. Ha riferito a tutti che suo cugino si sarebbe chiamato Lombrico, e quando la maestra le ha fatto notare che chiunque glielo avesse detto sicuramente stava scherzando, Charlie ha assicurato che sua zia non scherza mai perché è intollerante al divertimento.»

Mi coprii la bocca. «Oh, mio Dio. È assolutamente esilarante.»

Hudson fece un sorrisetto. «Lo è, vero?»

Annuii.

«Peccato che la mia ex moglie abbia perso il senso dell'umorismo molto tempo fa.»

«Be', per quello che vale, credo sia divertente da morire. La maggior parte dei bambini condivide un po' troppo. Nei dieci minuti in cui sono stata con Charlie l'altro giorno, ho saputo che siete stati in spiaggia la settimana scorsa, che una volta le è venuto il mal di pancia dopo aver mangiato in una gelateria, e che le scrivi dei messaggi sulla frutta che porta a scuola. A proposito, la trovo una cosa dolcissima.»

«Quando ha iniziato ad andare all'asilo, diventava molto nervosa all'ora di pranzo perché non sapeva con chi sedersi. Le scrivevo quei messaggi per aiutarla a rilassarsi mentre tirava fuori il suo pranzo. È diventata una specie di tradizione.»

«È una cosa adorabile.»

Sorrise. «Si sta facendo tardi. Perché non la chiudiamo qui per oggi e riprendiamo domani? In ogni caso, vorrei coinvolgere il reparto marketing nei prossimi argomenti.»

«Oh, okay… Certo.»

Tornammo ai rispettivi uffici. Qualche minuto dopo, Hudson passò davanti al mio per uscire e si fermò.

«Programmi con Ben stasera?»

Sorrisi. «No.»

«Bene.» Diede dei colpetti con le nocche sullo stipite della porta. «Non fare troppo tardi. Sei l'ultima qui, e l'impresa di pulizie è già andata via, perciò uscendo chiuderò a chiave la porta.»

«Okay, grazie. Ho solo qualche altra cosa da finire prima di andare via anch'io.»

Annuì e si voltò per avviarsi, poi fece un passo indietro. «Comunque, ho capito perfettamente prima, perciò non ti chiederò più di uscire.»

Il mio sorriso si spense. «Oh… okay.»

Fece l'occhiolino. «Aspetterò che lo faccia tu questa volta. Buonanotte, Stella.»

Quando Hudson se ne andò, la mia concentrazione se ne andò con lui. Ma avevo bisogno di lavorare un po' prima di poter tornare a casa. Più tardi avrei avuto tutto il tempo per scervellarmi su ogni parola che mi aveva detto – magari mentre ero nuda in un bagno caldo o mi rilassavo con il vibratore che tenevo nel comodino. In quel momento avevo bisogno di lavorare al foglio di calcolo che avevo rimandato di finire per l'intera giornata. Volevo avere tutto pronto, così da poterlo rivedere con il team come prima cosa l'indomani mattina.

Ma Excel non era il mio forte, e si stava facendo tardi. Perciò, dopo aver aperto il file, mi limitai a fissare i numeri. Incapace di concentrarmi, decisi di tirare fuori gli auricolari dalla borsa. La musica classica mi aiutava sempre a concentrarmi. Mentre lavoravo, l'ufficio iniziò a riscaldarsi parecchio. Probabilmente l'aria condizionata era a tempo. Dal momento che avrei usato qualunque scusa per fare una pausa da un foglio di calcolo, decisi che mi serviva un po' d'acqua fresca dalla sala ristoro in fondo al corridoio.

Le quattro stagioni di Vivaldi cominciarono a suonare mentre mi riempivo il bicchiere con il ghiaccio tritato dal frigorifero, e non riuscii a trattenermi. Ogni volta che ascoltavo quei concerti, fingevo di essere la direttrice d'orchestra. Non c'era nessuno, perciò, perché no? Posai il bicchiere sul ripiano, chiusi gli occhi, e lasciai che l'intensità della musica guidasse le mie braccia mentre si agitavano per aria. Niente mi rilassava come dirigere un'orchestra. Mi feci prendere talmente dal momento che mi persi in esso.

Finché...

Non sentii qualcuno afferrarmi alle spalle. Allarmata, mi voltai di scatto. Agendo puramente d'istinto e in preda all'adrenalina, strinsi la mano a pugno, mi feci indietro, e colpii con tutta la mia forza.

Mi scontrai con quello che mi sembrò un muro di mattoni, anche se non potevo esserne sicura, considerato che avevo gli occhi serrati.

Ma poi udii una voce oltre la musica.

«Cazzo», ringhiò.

E sentii una stretta allo stomaco.

No.

Non poteva essere.

Non potevo averlo fatto.

Ti prego, Signore, fa' che sia chiunque, ma non lui.

Spalancai gli occhi, e quello che vidi mi confermò ciò che già sapevo.

Dio non mi aveva ascoltato.

Perché avevo appena dato un pugno dritto sul naso... a Hudson.

12
Hudson

«MA che cazzo!» Mi portai di scatto le mani al naso.

«Oh, mio Dio! Hudson! Mi dispiace tanto. Stai bene?»

I miei occhi iniziarono a lacrimare, perciò immaginai che la sensazione di bagnato che sentivo dipendesse da quello. Finché non allontanai la mano e non mi resi conto che era coperta di sangue.

«Merda! Stai sanguinando!» Stella prese un rotolo di carta assorbente dal ripiano. Strappò un mucchio di fogli, li appallottolò e cercò di sbattermeli in faccia.

Glieli tolsi di mano.

«Mi dispiace tanto. Mi hai… mi hai spaventata!»

Mi premetti la carta sul naso sanguinante. «Ti ho chiamata due volte, ma non hai risposto.»

Si tolse un auricolare bluetooth dalle orecchie. «Ho questi addosso, e il volume della musica era molto alto.»

«Stavi agitando le braccia, credevo che stessi soffocando.»

Stella mi guardò accigliata. «Stavo dirigendo.»

«Dirigendo?»

«Sì, sai, fingendo di dirigere una sinfonia.»

La fissai come se fosse matta. «No, non lo so. Non accade spesso che diriga una sinfonia nella cucina dell'ufficio.»

«Be', è un peccato. Dovresti provare. Fa bene all'anima.»

«Credo che eviterò di provarci, tenuto conto di com'è andato a finire bene il tuo tentativo.» Indicai il rotolo di carta. «Puoi passarmelo?»

«Oh, Dio… non si è ancora fermato.»

Cambiai la carta insanguinata con dell'altra pulita. Stella iniziò a impallidire.

«Dovresti sederti», disse. «Inclina la testa all'indietro.»

«Sono abbastanza sicuro che quella che dovrebbe sedersi sei tu. Pari un fantasma. Siediti, Stella.»

Si tenne al tavolo mentre scivolava su una sedia. «Non mi piace il sangue. Mi fa venire la nausea. Forse dovremmo sederci entrambi.»

Dato che il mio naso non sembrava avere intenzione di smettere di sanguinare tanto presto, mi sedetti di fronte a lei.

Stella continuava a scuotere la testa. «Mi dispiace davvero tanto.» Si portò una mano al petto. «Non riesco a credere di averti colpito. È stata una reazione istintiva. Non riuscivo neanche a vedere chi fossi. È successo tutto così in fretta.»

«Non fa niente. È stata colpa mia. Avrei dovuto capire ormai che sei nervosa. E non potevi sapere che fossi tornato. Ho frainteso la situazione.»

«Non dovresti inclinare la testa all'indietro?»

«No. È l'ultima cosa da fare quando si perde sangue dal naso. Si deve stringere la parte morbida sopra le narici. Inclinare la testa all'indietro serve solo a farti ingoiare il sangue.»

Arricciò il naso, e si coprì la bocca. «Che schifo.»

A quel punto, notai che aveva le nocche rosse, due delle quali stavano iniziando a gonfiarsi. Le indicai con un cenno del capo. «Come sta la tua mano?»

«Oh… non lo so.» Allungò le dita e strinse la mano a pugno per poi riaprirla. Non sembrava avesse nulla di rotto. «È un po' indolenzita, in realtà. Credo di essere stata in preda all'adrenalina, perciò non me ne ero neppure accorta finora.»

Mi alzai e mi diressi verso il frigorifero. La cosa migliore che trovai nel freezer fu una busta di surgelati. La avvolsi nella carta assorbente e gliela porsi. «Appoggiala sulle nocche.»

«Non dovresti usarla tu?»

«Non preoccuparti per me.»

Dieci minuti dopo, il mio naso finalmente sanguinava meno. «Certo che colpisci bello forte per essere così minuta.»

Scosse la testa. «Non riesco ancora a credere di averlo fatto. Non ho mai picchiato nessuno in vita mia. Credevo di essere sola in ufficio.»

«Me n'ero andato. Poi mi sono accorto di avere dimenticato una cosa che mi servirà per una riunione nei quartieri residenziali domattina presto, perciò sono tornato indietro. Ho sentito la macchina del ghiaccio passando davanti alla sala ristoro e mi sono reso conto che eri ancora qui. Ho pensato di dirti che avrei resettato l'allarme quando uscivo, ma immagino che con quel gancio destro hai la sicurezza sotto controllo.»

Sorrise, però il suo sorriso si spense subito guardando il mio naso. «Mi dispiace davvero.»

«Sto bene. Il naso sanguina molto, tutto qui. Vado in bagno per sciacquarmi prima di andare via.» Posai lo sguardo sulla sua mano. «Sicura di stare bene?»

Stella tolse il ghiaccio improvvisato e piegò le dita. «Sì, starò bene.»

Mi alzai. «Non fare troppo tardi, Rocky.»

«Che cazzo ti è successo?» Jack si appoggiò allo schienale della sedia con un gigantesco sorriso stampato in faccia. Quello stronzo si stava godendo il momento un po' troppo.

Quella mattina avevo fatto tutto come al solito, e mentre mi lavavo i denti, alzando lo sguardo verso lo specchio avevo visto riflessi due occhi neri. Avevo un aspetto peggiore di come mi sentivo in realtà. Il naso non mi faceva davvero male, a meno che non lo toccassi. Ma avevo entrambi gli occhi gonfi, con le occhiaie nere e viola. Mi ero messo gli occhiali prima di uscire di casa, dimenticandomi il problema fino a quel momento, quando me li ero tolti nell'ufficio del mio amico.

«Chi ti ha dato un cazzotto?» Si chinò per guardarmi meglio. «Chiunque sia stato, ha fatto un lavoro migliore di me quella notte in cui ci siamo azzuffati da ubriachi per stabilire chi avrebbe vinto una rissa da ubriachi tra noi due. Ti ho a malapena lasciato il segno quando ti ho colpito a tradimento, eppure mi sono beccato tredici punti una volta che ti sei alzato da terra e mi hai colpito tu.»

«La persona che mi ha ridotto così era sicuramente più forte di te.»

«Chi è stato?»

Feci un sorrisetto. «Stella... femminuccia che non sei altro.»

Jack mi guardò sconvolto. «È stata una donna? Chi diavolo è Stella?»

«Ricordi la ragazza che hai conosciuto al matrimonio di Olivia? Quella che ha annusato gli shot al bar? Ho vinto duecento dollari scommettendo che sarebbe stata capace di identificare la marca di gin soltanto dal profumo.»

«Quella sexy che si è scoperto essere un'imbucata?»

«Proprio lei.»

«Okay. Che c'entra lei?»

«Si chiama Stella.»

Jack mi guardò perplesso. «Credevo si chiamasse Evelyn.»

Non avevo messo al corrente il mio amico di tutto quello che era successo dal matrimonio, anche se in quel momento ero lì proprio per discutere di Signature Scent. Jack era il vicepresidente di uno dei maggiori gruppi mediatici, che si dà il caso possedesse una tra le stazioni televisive di televendita più popolari. Pensavo che forse avrebbe potuto presentarmi a qualche pezzo grosso della stazione per discutere la possibilità di pubblicizzare il profumo di Stella come prodotto in uno dei loro programmi.

«Era un'imbucata, idiota. Non ha usato il suo vero nome.»

«Oh, merda. Okay, ha senso. Quindi l'annusatrice sexy in realtà si chiama Stella.»

«Esatto.»

«E ti ha dato un pugno perché...»

Probabilmente sarebbe stato più facile fare marcia indietro e spiegargli tutto dall'inizio, perciò lo feci. Partendo dal telefono perso, passando per il cuore tenero di mia sorella, fino ad arrivare al motivo della mia visita.

Una volta finito, Jack si appoggiò allo schienale della sedia e si sfregò il mento. «Hai investito in parecchie compagnie per cui avresti potuto sfruttare le mie conoscenze. Ti ho anche detto qualche volta che eri stato un idiota a non venire da me. La tua risposta è sempre stata che non volevi mescolare amicizia e affari. Cos'è cambiato?»

«Niente.»

Mi guardò incuriosito. «Eppure eccoti qui…»

«Ti sto chiedendo di presentarmi, non di esporti.»

Jack alzò le spalle. «Ci sono decine di prodotti per cui avresti potuto chiedere il mio aiuto negli anni. Eppure questo è il primo per cui ti vedo seduto dall'altra parte della mia scrivania. Vuoi sapere cosa penso?»

«Non me ne fotte granché di cosa pensi, quindi no.»

«Penso che ti piaccia l'annusatrice, e che tu voglia fare colpo su di lei», concluse con un sorrisetto.

Perché diavolo tutte le persone della mia vita mi chiedono se voglio sapere cosa pensano e, quando rispondo di no, me lo dicono lo stesso?

Scossi la testa. «Il mio investimento in quest'azienda è economico, imbecille.»

L'ultima cosa di cui avevo bisogno era che Jack sapesse che la donna che mi aveva fatto due occhi neri mi aveva sostanzialmente rifiutato. Mi avrebbe continuato a prendere per il culo finché avessimo fatto scommesse in una casa di riposo.

«Avevi investito in tutte le aziende per le quali avresti potuto chiedermi un favore», insistette.

Alzai gli occhi al cielo. «Mi aiuterai o no?»

«Sì, ma sai perché?»

«Perché mi devi quattromila favori?»

«Forse, ma non è per questo che lo faccio. Lo faccio perché è da molto tempo che non ti impegni con una donna. Sei abituato a entrare in un locale, mostrare quel tuo bel faccino e portarti la più bella a casa. È una cosa buona. Odio trascorrere così tanto tempo con il marito della sorella di Alana. È un idiota.»

«Mi sono perso. Cosa c'entra il marito della sorella di tua moglie con questa conversazione?»

«Semplice. Se tu avessi una dannata ragazza, potremmo uscire a cena con voi ogni tanto, invece che con Allison e Chuck. Chi diavolo si fa chiamare Chuck sotto i sessant'anni, in ogni caso?»

«Non uscirò con Stella.» *Finché non me lo chiederà.*

Jack sorrise. «Staremo a vedere.»

Il mio migliore amico poteva anche essere un rompiballe, però aveva dei contatti maledettamente buoni. Nelle due ore successive, non mi aveva soltanto presentato al responsabile del team addetto agli acquisti della rete di shopping, ma mi aveva anche portato sul set a guardare la conclusione del programma che stavano registrando in quel momento. Alla fine, era riuscito a convincere dell'idea di Signature Scent la famosa conduttrice, e aveva persino fatto in modo che fosse lei a invitare me e Stella a pranzo il giorno seguente.

«Grazie mille per le presentazioni.» Strinsi la mano di Jack nella hall dell'edificio. «Devo tornare in ufficio, ma ti devo una birra presto.»

Lui sorrise. «Ma no. Siamo pari, visto che mi salverai dal sentire altre storie di Chuck sui calli. Non poteva almeno essere un ginecologo invece di un podologo?»

«Ti chiamo la settimana prossima per quella birra.»

«Vuoi dire per la cena a quattro con me, Alana e Stella?»

«Te lo ripeto, non uscirò con Stella.»

Jack fece un sorrisetto. «Staremo a vedere...»

Avevo una mano sulla porta quando Jack urlò di nuovo: «Magari mi unirò a voi domani a pranzo, per conoscere la nuova migliore amica di mia moglie».

Stella bussò sullo stipite della porta del mio ufficio. «Ehi, hai un secondo? Stavo leggendo questi rapporti che mi ha portato Helena e...» Spalancò gli occhi quando alzai lo sguardo. «Oh, mio Dio! Per favore, dimmi che non sono stata io.»

Annuii. «Okay. Non mi hai fatto due occhi neri. Ho fatto a pugni con il ragazzo della caffetteria in fondo all'isolato. Ha scritto male il mio nome sul bicchiere, e mi ha fatto incazzare.»

«Davvero?»

«No, certo che no.» Mi indicai la faccia. «Questa è tutta opera tua, Rocky.»

Chiuse gli occhi. «Mi dispiace tantissimo. Mi sento malissimo. Ti fa male?»

«Sì, un dolore lancinante.»

«Oh, Dio.»

Aveva un'aria piuttosto turbata, perciò dovetti toglierla dai carboni ardenti. «Rilassati. Sto scherzando. Sembra grave, ma sto bene.»

«Non riesco a credere di essere stata io.»

«Come va la mano?»

La aprì e la richiuse. «Ho le nocche indolenzite, ma sopravvivrò. Sul serio, Hudson, mi dispiace tantissimo di averti colpito.» Stella aveva un sacchetto di carta bianca nell'altra mano, e me la porse. «Tieni, prendi questo muffin. È ancora tiepido. L'ho appena preso alla caffetteria in fondo all'isolato.»

Mi stava offrendo un muffin per farsi perdonare di due occhi neri? «Hai finito le barrette di cioccolato?»

Fece un sorrisetto. «In effetti, sì. Ho mangiato la mia scorta di emergenza ieri sera dopo che te ne sei andato. È tutto quello che ho da offrirti.»

Ridacchiai e alzai una mano. «Sto bene così. Grazie lo stesso.»

«Ti prego, prendilo. Mi farà sentire meglio.»

Quella donna era davvero unica. Camminò verso la mia scrivania e posò la busta in un angolo.

Scossi la testa. «D'accordo. Grazie. Allora, qual era la domanda?»

«La mia domanda?»

«Qualcosa sui rapporti che ti ha portato Helena?»

«Oh, sì. Ho qualche domanda sugli ordini d'acquisto che Helena mi ha chiesto di approvare. Hai un po' di tempo?» Indicò alle sue spalle con il pollice. «Posso correre nel mio ufficio a prenderli. Sono venuta stamattina, ma non eri ancora arrivato.»

Guardai l'orologio. «Ho una chiamata tra pochi minuti. Non dovrebbe durare molto, forse una mezz'oretta. Che ne dici se poi passo da te?»

«Sarebbe fantastico. Ci vediamo tra poco, allora.»

Fissai la soglia vuota per un minuto. Ero solo io, o l'energia in ufficio era cambiata da quando aveva iniziato a lavorare qui? Avevo due occhi neri e più lavoro che mai, eppure mi sentivo più equilibrato del solito.

Sospirai e tornai al lavoro. Probabilmente era soltanto il pugno in faccia.

Una volta conclusa la telefonata, andai a cercare Stella. La porta del suo ufficio era aperta, ma la sua faccia era quasi completamente nascosta da un enorme bouquet di fiori colorati sulla sua scrivania. Era anche sepolta dai documenti, perciò non mi notò immediatamente.

«Belli i fiori.» Alzai un sopracciglio. «Ken?»

«Se intendi Ben, allora no. I fiori sono per il compleanno di una persona a me cara.»

«E li hai fatti consegnare qui per portarli a lei?»

Scosse la testa. «Lei è un lui, e oggi è il suo compleanno. Ma ha mandato i fiori a me perché non gli piace festeggiarlo. La mamma del mio amico Fisher è morta due anni fa, perciò è una giornata difficile per lui. Invece di festeggiare se stesso, adesso fa regali a me.»

Sarebbe stato strano per la maggior parte della gente, ma sembrava normale detto da Stella. «Sei pronta a rivedere i rapporti su cui avevi delle domande?»

«Sì, grazie.»

Mi misi a sedere dall'altra parte della sua scrivania. Si voltò per rovistare tra alcuni fogli nel mobile dietro di lei, e il mio sguardo si posò su un libro in pelle posato su una scatola aperta vicina ai fiori… o, più in particolare, sulla parola che c'era stampata sopra.

«Scrivi le tue fantasie su di me?» chiesi. «Ti ho già detto che non devi far altro che chiedermi di uscire.»

Stella mi guardò perplessa, perciò posai lo sguardo sul volume con la scritta DIARIO in copertina.

«Oh… no, non è mio. Me l'ha portato il corriere che mi ha consegnato i fiori. È un altro regalo di Fisher.»

«Tieni un diario?»

«No, è di qualcun altro. O almeno lo era.» Allungò una mano sulla scrivania e lo prese, mettendolo in un cassetto.

Come sempre, ogni volta che si trattava di Stella ero confuso. «E hai il diario di qualcun altro perché…»

Sospirò. «Possiamo dimenticare che tu l'abbia visto e basta?»

Scossi la testa lentamente. «Neanche per sogno.»

Alzò gli occhi al cielo. «Bene. Ma se te lo dico, non puoi prendermi in giro.»

Incrociai le braccia. «Si sta facendo sempre più interessante. Non vedo l'ora di sentire questa storia.»

«Non è proprio una storia. È solo un hobby.»

«Scrivere sui diari?»

«No. Non li scrivo. Li leggo.»

La guardai sconvolto. «Come fai esattamente a trovare questi diari? Li rubi o qualcosa del genere?»

«Certo che no. Non sono una ladra. Di solito li compro su eBay.»

«Compri i diari di altre persone su eBay?»

«C'è un mercato piuttosto vasto, in realtà. Ad alcuni piace guardare i reality. Io preferisco leggere i drammi. Leggere il diario di qualcun altro non è molto diverso.»

«Mmm mmm…»

«No, dico sul serio. Milioni di persone guardano i programmi delle *Real Housewives* e *Jersey Shore*. È la stessa cosa, se ci pensi: gente che lava i panni sporchi e nasconde segreti.»

Mi sfregai il mento. «Come si fa esattamente a sviluppare questo hobby?»

Sospirò. «All'età di dodici anni, sono andata a un mercatino dell'usato. Ho visto un libro rilegato in cuoio, perciò l'ho preso per annusarlo.»

«Ovviamente.»

Mi guardò storto. «Non interrompermi, o non finirò la mia storia.»

«Continua.»

Nei cinque minuti successivi proseguì a raccontare di aver annusato un diario a un mercatino dell'usato, della sua cotta per un ragazzo che giocava a football, e di come non avesse idea che il diario fosse già scritto quando lo aveva comprato. Si fermò per respirare, e a quel punto sapevo perfino quanto aveva pagato per quel dannato affare quindici anni prima.

Continuai a fissarla, cercando di tenere il passo e aspettando che arrivasse al punto. Stella, però, non sembrò farci caso. Poi mi guardò come se volesse assicurarsi che la stessi seguendo. Perciò annuii. «Okay…»

«Mi sono resa conto di aver comprato un diario usato, quindi all'inizio non volevo leggerlo, però la mia curiosità ha avuto la meglio. Si è scoperto che era un diario di trent'anni prima scritto da una ragazza che all'epoca aveva un anno più di me. Nelle prime pagine aveva scritto di un ragazzo che le piaceva e del suo primo bacio. Mi aveva appassionata e non riuscivo a smettere. Ho letto tutto il diario in una notte. Dopo quell'episodio, ho cercato in ogni mercatino dell'usato in cui sono andata per sei mesi, tentando di trovare un altro diario. Ma non è mai successo. Mi ero praticamente dimenticata dei diari finché non ne ho trovato uno per caso su eBay qualche anno più tardi. E così ho scoperto che c'era un intero mercato di diari usati. Li compro da allora. La maggior parte della gente guarda qualcosa in TV prima di andare a letto; a me piace leggere qualche pagina ogni sera.»

«Quindi il tuo amico ti ha comprato un diario usato per il suo compleanno?»

«In realtà, il diario l'ho comprato io. Ma è scritto in italiano. Fisher me lo ha fatto tradurre per il suo compleanno.»

Elaborai la cosa per un momento. «Giusto per curiosità, quanto ti costa un diario del genere su eBay?»

«Dipende. Se compri il diario di una donna, di solito va dai cinquanta ai cento dollari. Alcuni vendono i diari in fotocopia, e sono più economici perché possono vendere lo stesso a più persone. I diari originali dell'Ottocento possono valere molto di più, e quelli degli uomini, indipendentemente da quanto siano antichi, costano sempre di più.»

«Quelli degli uomini? Gli uomini scrivono diari?»

«Alcuni lo fanno. Ma sono rari, ecco perché possono essere piuttosto costosi.»

Ero sbigottito. Esisteva un intero mondo di cui ero completamente all'oscuro. Indicai il cassetto in cui aveva riposto il diario con un cenno del capo. «Di chi è quello che hai tu?»

«Si chiama Marco. Vive in Italia.»

«Qual è la sua storia?»

«Non lo so ancora. Non ho iniziato a leggerlo. Ma non vedo l'ora. Dovrò attenermi a un capitolo ogni sera, però, o lo finirò d'un fiato. I diari italiani sono i migliori. La gente di lì fa tutto con una tale passione.»

«Se lo dici tu. Sai che il tuo hobby è un po' strano, giusto?»

«Sì, lo so. Ma sai che ti dico? Mi rende felice.»

Mi colpì il modo in cui una cosa così semplice potesse renderla felice. Non c'erano state molte cose che mi avevano trasmesso quello stato d'animo, non negli ultimi anni dal mio divorzio; nemmeno le donne con cui ero uscito. Forse ero un po' invidioso.

In ogni caso, avevamo del lavoro da fare. Perciò mi schiarii la voce. «Perché non mi mostri quello di cui volevi discutere con me?»

Risolvemmo i suoi dubbi e sistemammo degli errori che aveva fatto il reparto acquisti preparando gli ordini dei prodotti. Dovevo recarmi a una riunione pomeridiana, perciò le dissi di farmi sapere se le serviva qualcos'altro e mi alzai per andarmene.

Alla porta, mi resi conto che non le avevo riferito la buona notizia. «Quasi dimenticavo: ho sfruttato un contatto per parlare del tuo prodotto con i dirigenti di una rete di televendita.»

«Davvero? Ed è piaciuto?»

«Molto, in realtà. Sia il responsabile degli acquisti sia la conduttrice di uno dei programmi hanno adorato l'idea. Robyn ci ha invitati a pranzo domani. Spero tu non abbia altri programmi.»

Rimase a bocca aperta. «Robyn? Cioè Robyn Quinn? La regina di Home Shopping Channel?»

«Proprio lei.»

«Oh, mio Dio! È pazzesco! Come hai fatto a venire qui lasciandomi blaterare per un'ora e non dirmelo prima?»

«L'ho dimenticato, credo. Ascoltare le tue storie mi ha fatto spegnere il cervello.»

Scosse la testa. «Farò finta di non aver sentito ed eviterò di darti un altro cazzotto, visto che hai ottenuto un appuntamento che potrebbe cambiarmi la vita.»

Sorrisi. «Robyn mi manderà un'e-mail con l'orario e gli altri dettagli. Te la inoltrerò appena la ricevo.»

«Okay! Wow. Potrei anche festeggiare leggendo due capitoli del diario di Marco stasera.»

«Sei proprio una donna sfrenata.»

Alzò le spalle. «Potrò anche non esserlo, ma a volte le persone nei miei diari lo sono.»

13
Stella

Diciassette mesi prima

«POTREBBERO essere loro.»

Indicai una coppia seduta qualche gradino più in basso rispetto a dove stavamo pranzando noi, sulla scalinata della biblioteca.

Fisher mi guardò perplesso. «Potrebbero essere chi?»

«Alexandria e Jasper.»

Aggrottò la fronte. «La coppia di quel nuovo diario che stai leggendo? Quello che ti ha regalato per il compleanno la tua coinquilina?»

«Sì, è stata molto dolce a farlo.» Non mi ero neanche resa conto che sapesse che era il mio compleanno, eppure mi aveva regalato un diario davvero incredibile. Ne ero ossessionata.

Fisher scartò il suo panino e diede un grosso morso. Parlò a bocca piena. «Credevo che non sapessi il nome del ragazzo.»

«Infatti, è così. Ma ho deciso di chiamarlo Jasper, visto che si riferisce a lui soltanto come J. Lo rende più reale ai miei occhi ogni volta che penso a loro.»

«Tesoro, sai che ti voglio bene, ma la maggior parte delle cose che pensi non sono reali.»

Gli diedi una gomitata per scherzo. Ultimamente, avevo iniziato a sedermi per pranzo sulla scalinata della biblioteca; la stessa scalinata su cui era avvenuta buona parte della storia del diario che stavo leggendo. Mi piaceva leggere i miei brani quotidiani lì, e immaginare che alcune delle persone sedute nei dintorni fossero quelle descritte sulle pagine tra le mie mani.

«Questo diario è il migliore che abbia mai letto. Un giorno, la settimana scorsa, il marito di Alexandria è tornato a casa presto dal lavoro per sapere come stava. La sera prima gli aveva detto di non sentirsi bene quando lui aveva provato a fare sesso con lei. Ma la verità era che aveva fatto sesso con Jasper poche ore prima, perciò non aveva voglia di farlo con suo marito. Comunque... quando è tornato a casa per vedere come stava, lei era addormentata perché quella mattina aveva di nuovo visto Jasper, ed era esausta. Il marito lavora sempre fino a tardi, quindi non si era fatta scrupolo di lasciare il cellulare in carica sul ripiano della cucina. Ma lui, casualmente, aveva visto che le era arrivato un messaggio: era Jasper che le diceva dove incontrarsi l'indomani. Per fortuna, lei lo aveva salvato nei contatti del telefono come *J*. Il marito le ha chiesto del messaggio, così gli ha risposto che aveva a che fare con una sorpresa per il suo compleanno, e lui se l'è bevuta. Quel pover'uomo sembra ancora non avere idea della tresca. Ma lei sta diventando paranoica su dove lascia il cellulare adesso.»

Fisher scosse la testa. «Pover'uomo? Vuoi dire povero idiota.»

«Lo so. Mi dispiace per suo marito. Si sono sposati proprio qui alla biblioteca.» Indicai l'edificio. «E adesso lei a volte incontra Jasper proprio su questa scalinata per andare a scopare nel vicolo all'angolo dietro i cassonetti. Non lo capisco. Sembrava così innamorata del marito l'anno scorso, prima del matrimonio.»

Diede un altro morso al suo panino. «Cosa? Hai per caso comprato più volumi del diario di questa persona? Un diario non dura anni, no?»

«Questo sì, perché lei non ci scrive molto spesso. Fa dei salti temporali: in certi punti passano mesi tra i capitoli. Ha scritto molto prima del matrimonio, descrivendo tutti i suoi progetti. Ma poi ha praticamente smesso dopo. Immagino non abbia avuto niente di eccitante da scrivere per un paio d'anni... finché non ha iniziato ad andare a letto con l'amico di suo marito.»

«Ti conviene andarci piano con questo diario. Sembra che andrai in astinenza quando lo finirai.»

«Lo so. La donna a cui apparteneva e tutto quello di cui scrive sono proprio qui a New York. Non ho mai letto un diario locale prima, né tantomeno uno che si svolge in fondo all'isolato dove lavoro. Fa sembrare tutto così reale… come se stesse accadendo adesso, e non in qualunque momento lo abbia scritto. Non riesco a smettere di pensare alle persone nella storia, e di chiedermi se potrei aver incontrato qualcuna di loro. L'altro giorno ero da Starbucks, e il badge del barista diceva JASPER. Mi è caduto il caffellatte freddo sul pavimento per quanto mi ero eccitata al pensiero che potesse essere lui. Mi sono seduta lì finché non ha terminato il suo turno. Fortunatamente, il suo fidanzato è andato a prenderlo, perciò l'ho escluso come amante della donna del diario.»

«Era carino il barista?»

«Lo era, in realtà. Ma lo stavo stalkerando perché si chiamava Jasper! Non so nemmeno quale sia il vero nome del tizio con cui la donna del diario ha una relazione.»

«Quale Starbucks era? Un barista sexy e gay sembra più il mio genere del tuo.»

Ridacchiai. «Sul serio, Fisher. Se non fosse arrivato il suo compagno, cosa avrei fatto dopo aver aspettato due ore che quel poverino uscisse dal lavoro? Seguirlo fino a casa?»

«Stai iniziando a suonare un po' ossessiva.»

Sospirai. «È quello che ha detto Aiden. Di recente abbiamo litigato perché mi era morto il cellulare. Avevo dimenticato di caricarlo, e quando mi sono messa a cercare il suo cellulare per scriverti che sarei stata in ritardo per la cena, mi sono resa conto che non lascia più il suo telefono in giro. Mi ha fatto venire dei sospetti per la paranoia di Alexandria di venire beccata, e io e Aiden abbiamo finito per discutere. Non aveva fatto nulla di male.»

Fisher scosse la testa. «Forse dovresti prenderti una pausa dalla lettura.»

Aprii finalmente il contenitore dell'insalata che avevo preparato per pranzo. Infilzandoci la forchetta, sospirai. «Sì, forse hai ragione.»

Fisher sbuffò. «Ma chi vuoi prendere per il culo.»

14
Hudson

Il nostro pranzo di lavoro si era trasformato in una festa. Robyn, la conduttrice dello show, aveva invitato la sua coconduttrice e il produttore di una sezione del programma, anche il responsabile acquisti aveva portato qualcuno, e perfino Jack aveva deciso di onorarci della sua presenza. Con così tante persone, e con Stella che aveva voluto portare scatole di campioni per tutti, quel giorno andai in ufficio in auto per comodità. Avevo la macchina parcheggiata in un garage a qualche isolato, perciò uscii un po' prima e dissi a Stella di incontrarci di sotto un quarto d'ora dopo.

Stava aspettando davanti all'edificio quando mi fermai al semaforo all'angolo. Colsi l'occasione di guardarla senza farmi vedere. Ai lati dell'ingresso principale c'erano due grandi fioriere. Erano vecchie botti per il vino, e non ci avevo mai fatto particolare caso, anche se ci passavo davanti tutti i giorni, a parte aver notato che gli addetti alla manutenzione cambiavano i fiori di tanto in tanto. Vidi Stella guardarsi intorno, quasi per assicurarsi che nessuno la stesse osservando, e poi chinarsi. Credevo che avrebbe annusato i fiori, ma poi si abbassò di più fino a portare il naso all'altezza della botte. *Ha appena annusato il vaso?*

Ridacchiai tra me di quanto fosse matta. Ogni volta che pensavo di sapere cosa avrebbe detto o fatto, scoprivo che la mia ipotesi era sbagliata. Era una strana boccata d'aria fresca. Della maggior parte delle donne, cinque minuti dopo averle conosciute avrei potuto indovinare quale insalata avrebbero ordinato, oppure che il loro sport preferito erano lo yoga o il tennis. Ma non con Stella: in lei non c'era niente di banale.

Si diresse verso la fioriera dall'altra parte del portone e controllò di nuovo di avere via libera prima di dare una bella annusata. Solo che, quella volta, non si piegò sulle ginocchia: si piegò in avanti all'altezza della vita. Il che mi offrì una visuale indisturbata del suo culo… *Il suo culo fottutamente fenomenale.*

Fantastico. Semplicemente fantastico.

Diedi gas appena il semaforo scattò e accostai davanti all'edificio. Avevo portato le scatole giù all'ingresso prima di andare in garage, perciò scesi dall'auto e mi diressi nella hall.

«Perché non sali, visto che ho parcheggiato in doppia fila, mentre io mi faccio dare la nostra roba dalla sicurezza?» le dissi passando.

«Oh… okay.»

Dopo aver caricato il bagagliaio, lo chiusi e aspettai che il traffico rallentasse abbastanza da permettermi di aprire lo sportello del guidatore ed entrare senza farmi investire.

«Grazie per averle prese», disse Stella.

«Nessun problema.»

Indossai la cintura di sicurezza. «Abbiamo un'ora prima dell'appuntamento al ristorante, ma probabilmente sarà il tempo che ci impiegheremo, con questo traffico.» Dovetti aspettare un po' prima che tra le auto ci fosse un varco sufficiente da potermi immettere in strada.

Stella tirò su col naso un paio di volte. «È nuova?»

La mia macchina in realtà aveva tre anni, ma sembrava nuova, visto che non la usavo molto.

«Ha qualche anno.»

«Odora ancora di auto nuova.»

«Ah, sì? Ti piace di più dell'odore delle fioriere fuori dall'ufficio?»

Stella sospirò. «Mi hai vista, eh?»

«Eccome.»

«Ero curiosa, volevo capire se fossero davvero delle botti invecchiate utilizzate per il vino.»

«E lo erano?»

«Non ne sono sicura. Sono riuscita a sentire soltanto l'odore di terra.»

Feci un sorrisetto. «Grandi quantità di terriccio tendono ad avere quell'odore.»

«Che macchina è? Gli interni sono così carini.»

«È una Maybach S 650.»

«È un'auto che fa colpo?»

«Non so. Dimmelo tu. Su di te ha fatto colpo?»

Sorrise. «Non direi. Io non guido, perciò non so molto di macchine.»

«Vuoi dire che non hai un'auto perché vivi a Manhattan?»

«No, voglio dire che non ho la patente. Per un periodo ho avuto il foglio rosa e il mio ex ha provato a insegnarmi a guidare, ma ho sbattuto contro un idrante girando un angolo e… be', non ci ho più provato.»

Ci muovemmo lentamente verso i quartieri residenziali. A un certo punto, un'auto sbucò dal nulla tagliandomi la strada, perciò dovetti frenare di colpo. Avevamo entrambi le cinture allacciate, perciò non ci facemmo niente, ma la sua borsetta volò dal sedile e cadde a terra. Atterrò sottosopra, e quando fece per prenderla il contenuto si sparse dappertutto.

«Mi dispiace», dissi.

Si chinò in avanti per raccogliere le sue cose, e notai la scatola con il diario del giorno prima.

«La mia ex moglie scriveva in uno di quelli ogni tanto. La ritrovavo a scriverci dopo le nostre liti. Sono abbastanza sicuro che non facesse che lagnarsi. Non è per questo che la maggior parte della gente li usa? Per sfogarsi?»

«A volte sì», disse Stella. Raddrizzò il diario nella sua scatola e rimise a posto il coperchio. «Ne ho qualcuno così. Il venditore di solito pubblica qualche screenshot delle pagine per dare un'idea. Mi aiuta a escluderne molti, ma a volte non si capisce da estratti tanto brevi.»

«Hai iniziato a leggere i segreti di Nico?»

«Si chiama Marco, e sì, l'ho fatto.»

«Be'… com'era?»

Stella sospirò. «Ho letto quasi metà del diario in una notte.»

Risi. «Così bello, eh?»

Si portò la mano al petto. «È innamorato di una donna più grande. Amalia ha diciannove anni più di lui ed è la bibliotecaria del piccolo paese in cui vivono. Lui è un viticoltore. Lei crede che sia soltanto un'infatuazione e che passerà, ma lui sembra davvero pazzo di lei. Sta pensando di farsi vedere con un'altra donna, sperando di farla ingelosire e così ammettere che anche lei prova qualcosa per lui. Ma temo che gli si ritorcerà contro e la farà allontanare ancora di più.»

«Temo che Amelia, o comunque si chiami, probabilmente abbia ragione. Marco è solo un ragazzino arrapato. Gli passerà. Ogni ragazzo ha fantasticato su una bibliotecaria sexy prima o poi. Non è innamorato di lei. La desidera.»

«Non hai neppure letto il diario. Come fai a sapere come si sente?»

Alzò le spalle. «La maggior parte delle relazioni finisce allo stesso modo in ogni caso.»

«Qualcuno è estremamente cinico…»

«Non sono cinico; sono realista. Anche se dovessero mettersi insieme, quante pensi saranno le possibilità che un uomo di quarant'anni non si cercherà un'altra quando sua moglie ne avrà sessanta?»

«Non se la ama quanto Marco ama Amalia.»

Feci una risata sarcastica. «All'inizio è sempre tutto rose e fiori…»

«Come vuoi.»

«Hai detto che il tuo ex andava a letto con un'altra. Eppure credi ancora nelle favole?»

«Solo perché sono rimasta scottata non significa che non credo nell'amore. Ero distrutta quando io e Aiden ci siamo lasciati. Mi ci è voluto molto tempo per superarlo e ritrovare la felicità. Diavolo, sto ancora lavorando per trovarla. Ma una delle cose che mi mantiene alto il morale è credere che tutti siamo destinati a un lieto fine. Semplicemente, il mio non era con Aiden.»

Il mio sguardo incrociò il suo per poi tornare sulla strada. «Come dici tu…»

«Se covi tutto questo risentimento verso le relazioni, perché mi hai chiesto di uscire?»

«Devo restare casto solo perché non credo nel 'vissero felici e contenti'?»

«Oh.» Alzò gli occhi al cielo. «Allora volevi solo scopare. Mi fa piacere che lo abbiamo chiarito. Io preferisco conoscere qualcuno e passare un po' di tempo insieme, oltre all'intimità fisica.»

«Non mettermi in bocca parole che non ho detto. Anche a me piace passare del tempo con una donna. Semplicemente a volte abbiamo aspettative diverse su dove andrà a finire.»

Stella scosse la testa. «Sai di cosa hai bisogno? Di provare il mio sistema per la felicità.»

«Il tuo sistema per la felicità?»

Stella annuì. «Lo so, dovrei trovare un nome migliore.»

Borbottai. «Me ne viene in mente qualcuno.»

«Ti ho sentito, ma ho deciso di ignorarlo. Comunque, quando stavo male e mi sentivo sempre di cattivo umore, ho fatto una lista di cose che mi rendevano felice. Piccole cose, niente di inarrivabile o difficile da ottenere. Per esempio, cerco di fare un complimento a qualcuno ogni giorno. Potrebbe non sembrare molto, ma ti porta a trovare qualcosa di buono in almeno una persona tutti i giorni. Dopo un po', aiuta a cambiare il tuo modo di pensare. Un'altra cosa che faccio è prendermi dieci minuti per meditare ogni mattina. Guardo anche l'alba o il tramonto almeno una volta alla settimana. E cerco di fare qualcosa che non ho mai fatto ogni weekend.»

Feci un sorrisetto. «Se hai bisogno d'aiuto per farti qualcuno che non ti sei mai fatta questo weekend, fammi sapere.»

Alzò gli occhi al cielo. «Qualcosa, non qualcuno.»

Ridacchiai. «A quanto pare i nostri sistemi per la felicità funzionano diversamente.»

Il traffico era diminuito, ed eravamo già a metà strada. «Per quanto questa conversazione sia avvincente, che ne dici se ti parlo un po' della rete prima di arrivare? Saremo al ristorante tra poco.»

«Ho già fatto qualche ricerca.»

«Okay, allora. Dimmi quello che sai.»

Stella procedette a sciorinare fatti sui proprietari della rete, statistiche sui tipi di prodotti che vendevano, quali erano i loro articoli di maggiore o di minore successo, e le qualità che cercavano nei partner. Poi fece un resoconto dettagliato di informazioni personali e professionali della conduttrice e della coconduttrice. Aveva fatto più ricerche di me.

«Sei meticolosa», osservai.

«Grazie.»

Ci fermammo al semaforo rosso, e Stella si mise a muoversi sul sedile. Aprì le gambe e le incrociò nella direzione opposta. Era stato un gesto innocente, probabilmente fatto nel tentativo di mettersi più comoda dal momento che eravamo seduti in macchina da un po', ormai, ma il modo in cui mangiai con gli occhi quella piccola parte di coscia scoperta era tutto fuorché innocente.

Sistema per la felicità. A me bastava vedere un po' delle sue gambe. Perché le donne dovevano sempre complicare le cose?

Chi era la donna seduta accanto a me a pranzo?

La stessa donna che aveva trascorso un quarto d'ora a raccontarmi i dettagli di un mercatino dell'usato in cui era andata a dodici anni, quando in realtà le avevo soltanto chiesto come avesse iniziato a leggere i diari altrui; la stessa che solo poche ore prima stava annusando delle botti si era trasformata in un'astuta donna d'affari. Piuttosto che fare discorsi sconclusionati, si era limitata ad ascoltare – e ascoltare davvero – e presto aveva scoperto i tasti giusti da toccare delle figure chiave presenti al pranzo. Poi aveva virato abilmente la conversazione verso quegli argomenti nel momento in cui era intervenuta. Era riuscita a far pendere dalle sue labbra i pezzi grossi della rete televisiva. Robyn Quinn l'aveva persino invitata a un evento sul tema della leadership femminile per spiegare come da un'idea aveva creato un'attività innovativa.

Usciti dal ristorante, il parcheggiatore portò per prima la mia auto, perciò salutai il gruppo con una stretta di mano. Le donne salutarono Stella con un abbraccio. Una volta in macchina, mi osservò.

«Allora… vai. Dimmi cosa ho sbagliato.»

Le lanciai un'occhiata e poi tornai a guardare la strada. «Sbagliato? Cosa ti fa pensare di aver sbagliato?»

«Sei silenzioso.»

«Allora?»

«Di solito diventi silenzioso e mi fissi prima di fare un commento stizzoso. Ma stai guidando, perciò hai gli occhi sulla strada.»

«In realtà, stavo pensando a quanto sia andato bene il pranzo. Hai svolto un ottimo lavoro. Avrò anche fatto io le presentazioni, ma tu hai concluso l'affare.»

Con la coda dell'occhio, vidi Stella fare un'espressione stupita.

«Era... un complimento? Stai provando il mio sistema per la felicità?»

Ci fermammo al semaforo, perciò mi voltai a guardarla. «Decisamente no. Anche se sono capace di fare complimenti quando sono meritati.»

Le sue labbra si incurvarono in un sorriso adorabile. «Sono stata brava, non è così?»

«Ti ho già fatto un complimento, non cercartene un altro tanto presto.»

Rise. «D'accordo. Mi accontento.»

Tre giorni dopo, la mia assistente mi chiamò all'interfono. «Jack Sullivan è in linea per lei.»

«Grazie, Helena.»

Mi appoggiai allo schienale della sedia e alzai la cornetta. «So che ti devo ancora una birra, ma sono solo le otto del mattino.»

Jack rise. «Come se non avessimo mai preso una birra per colazione.»

Sorrisi. «È successo molti anni fa.»

«Parla per te. Non sei venuto all'addio al celibato di Frank qualche mese fa.»

Ridacchiai. «Che succede?»

«Ho una notizia che dovrebbe farti guadagnare qualche bel punto con la tua fidanzatina.»

Sapevo esattamente a chi si stesse riferendo, eppure dissi: «Non c'è nessuna donna nella mia vita al momento. E poi, se anche ci fosse, non mi servirebbe la tua faccia di culo per aiutarmi a guadagnare punti con lei».

«Allora non ti interessa sapere la notizia...»

«Sputa il rospo, Sullivan. Che succede?»

«Ho una notizia buona e una cattiva. La notizia buona è che lo Steamer-Beamer, una sorta di aggeggio che stira i vestiti mentre li indossi, ha provocato ustioni di secondo grado a uno dei nostri produttori.»

«Qualcuno con cui lavori si è ustionato? È questa la notizia buona? Non voglio immaginare quella cattiva.»

«Ovviamente è una notizia cattiva per lui. Ma è buona per te. Home Shopping Channel ha dovuto tagliare lo Steamer-Beamer dal programma, il che significa che hanno un posto libero per un prodotto che possa andare in onda subito.»

«Ah, sì? Pensi che Signature Scent possa avere una possibilità?»

«Meglio ancora. Il posto è vostro se riuscite a essere pronti più in fretta di quanto avevate programmato.»

Il lancio era programmato nove settimane dopo, ma potevamo velocizzare un po' le cose se necessario. «Nessun problema. Quando dovremmo essere pronti?»

«È questa la cattiva notizia. Dovreste essere pronti la settimana prossima.»

«La settimana prossima?» Scossi la testa. «È impossibile.»

«Be', il programma sarà registrato per allora, e andrà in onda il weekend successivo. Ma per i vostri prodotti, loro prevedono tempi di consegna che vanno dalle due alle quattro settimane. Perciò avreste un po' di tempo per farli uscire, dopo la messa in onda della trasmissione.»

Feci un respiro profondo. «Non so se possiamo anticipare così tanto.»

«Ti ho detto delle loro previsioni sul volume?»

«No, di quanto stiamo parlando?»

Non era facile lasciarmi a bocca aperta, ma la cifra pronunciata da Jack me la fece a dir poco spalancare.

«Cristo. È più di quanto abbiamo previsto di vendere durante tutto il primo anno.»

«Le donne vanno matte per i prodotti che vendono su quel programma. Robyn ha bisogno di una risposta entro un'ora. Se non riuscite a farcela, ha una lista di persone impazienti con un prodotto pronto che ce la farebbero. Perciò farete meglio a trovare una soluzione.»

15
Hudson

«SUL serio? Pensano di poter vendere così tanto?»

Stella si sedette, come se la cifra fosse troppo grossa da elaborare in piedi.

«Secondo Jack le loro previsioni di vendita sono piuttosto accurate. Conoscono il loro pubblico e il suo potere d'acquisto.»

«Mio Dio. È una follia. Ma non possiamo essere pronti così presto.»

«Sì che possiamo!» intervenne Olivia. «Non abbiamo altra scelta. Un'opportunità come questa si presenta solo una volta nella vita. Dobbiamo essere pronti.»

Stella si mise una mano sulla fronte. «Ma come? Abbiamo appena ordinato alcuni dei prodotti che ci servono, e arriveranno dall'estero. Soltanto per la spedizione passeranno quasi due mesi. Non avremo niente di pronto per la settimana prossima.»

«Be', in realtà abbiamo più tempo», dissi. «Il programma sarà registrato la settimana prossima, ma andrà in onda il sabato successivo. Poi i nostri tempi di invio della merce vanno dalle due alle quattro settimane. Perciò avremmo più tempo prima di far uscire i prodotti. Potremmo velocizzare la spedizione di quello che ci manca, facendola per via aerea invece che via mare, oppure trovare dei fornitori locali per iniziare a spedire finché non arriverà il resto della merce. Forse entrambe le cose.»

Stella scosse la testa. «Sono soluzioni molto costose.»

«Potremmo aumentare il prezzo di vendita per compensare», suggerì Olivia.

Stella fece un'espressione scettica. «Non lo so. Il profumo è molto sensibile al fattore prezzo se non sei un brand conosciuto o non hai l'endorsment di un personaggio noto.»

«Il canale vende i prodotti con pagamento in tre rate», disse Olivia. «Quindi gli articoli non sono sensibili al fattore prezzo come sarebbero di norma. Un prodotto a cinquantanove euro e novantanove potrebbe essere difficile da digerire, ma quando diventano tre comode rate da diciannove e novantanove è molto più appetibile per i consumatori.»

«Be', se credete che possiamo farcela, ovviamente è un'incredibile opportunità», ammise Stella. «Magari domani potremmo cercare di capire cosa dovremmo fare per riuscirci?»

«Non abbiamo un giorno. Hanno bisogno di una risposta prima.»

«Quanto prima?» chiese Stella.

Guardai l'orologio. «Ci restano circa cinquanta minuti.»

Ci ritrovammo in sala conferenze cinque minuti prima di quando avrei dovuto richiamare Jack con una decisione. Stella gettò sul tavolo un blocco per gli appunti con un sacco di roba scritta sopra.

«Posso riuscire a far arrivare in anticipo metà di quello che ci serve da fornitori locali, a eccezione di due articoli: il calone e l'ambretta. Il prezzo è molto più alto, ma se acquistiamo all'ingrosso non è così terribile come temevo in un primo momento. E il laboratorio è disponibile per mescolare gli ingredienti appena vengono consegnati. Con questo genere di volumi, potrebbe volerci qualche giorno per evadere gli ordini, ma è fattibile nei tempi di consegna.»

Annuii. «Posso far spedire per via aerea i due articoli che non puoi procurarti localmente con una differenza di prezzo minima aumentando le dimensioni dell'ordine.» Guardammo entrambi Olivia.

Sorrise. «Il tipografo ha detto che può stampare anche tutta la notte, se necessario. Ha solo bisogno di ventiquattr'ore di preavviso per il personale, e naturalmente dei nostri PDF definitivi, che non sono ancora pronti, ma possono esserlo a breve. E anche il sito web non è un problema. Il team stava lavorando ad alcuni aspetti estetici, ma potremmo lanciarlo tra un'ora se fosse necessario.»

Stella non riuscì a nascondere l'entusiasmo. «Oh, mio Dio, lo faremo davvero?»

«Sembrerebbe di sì», dissi. «Anche se ho dimenticato un piccolo dettaglio.»

«Quale?»

«Vogliono che tu vada in televisione per vendere il prodotto con Robyn.»

Mi guardò sconvolta. «Io? In televisione? Non l'ho mai fatto.»

«C'è una prima volta per tutto.» Feci un sorrisetto. «Potrai sfruttare il tuo sistema per la felicità.»

«È davvero sexy.»

La testa di Jack si mosse seguendo le gambe di Stella mentre si dirigeva sul palco. La vedemmo piegarsi in avanti perché il fonico potesse collegarle il microfono, e non diedi l'opportunità al mio amico di dire nient'altro.

Serrai la mascella. «Un po' di rispetto, idiota.»

Sbuffò. «Che c'è? Vuoi dirmi che tu non le stavi guardando il culo?»

Non risposi.

«Anche le tette non sono niente male.»

La mia gola emise un gorgoglio.

Jack si voltò, e un sorrisetto gli si allargò lentamente sul volto. «Mi hai appena ringhiato?»

«Sta' zitto, cazzo.»

«Ammettilo. Non vuoi che io guardi perché ti piace. Marchi già il territorio con la pollastra.»

«La pollastra? Siamo negli anni Ottanta qui in studio? Ti riferisci così ai tuoi dipendenti?»

«Smettila di sviare. Ti piace questa donna, e lo sai.»

Jack poteva anche essere il vicepresidente di una grande azienda adesso, ma parti di lui erano eternamente bloccate in prima media. Sapevo che se non gli avessi dato qualcosa, non l'avrebbe mai fatta finita.

Perciò cercai di rabbonirlo. «Ho scoperto che è una grande lavoratrice e una bella persona, sì.»

«Quindi non pensi che sia sexy?»

Alzai gli occhi al cielo. «È attraente, certo.»

«Ma non vuoi scopartela?»

«Io e Stella abbiamo un rapporto di lavoro.»

«Oh... quindi il problema è il rapporto di lavoro? Se non lavorassi con lei, cercheresti di scopartela?»

«La conversazione è finita.»

Jack si infilò le mani in tasca e alzò le spalle. «Okay. Allora non ti dispiace se faccio venire Brent per conoscerla, allora?»

«Brent?»

«Fenway. Te lo ricordi dal college, no? Alto, attraente... probabilmente l'unico che ti ha dato del filo da torcere all'epoca. Lavora qui adesso. Non è cambiato affatto, è solo più muscoloso. Ancora single...»

Il mio amico credeva di fare lo spiritoso, come se non fossi stato capace di fargli due occhi neri da abbinare ai miei che stavano sbiadendo. «Fottiti», dissi.

Fece un sorrisetto. «Come pensavo.»

«Ho una riunione. Rimarrai per la registrazione?» mi chiese più tardi.

«Sì. Olivia non poteva venire, quindi le ho detto che sarei rimasto.»

«Probabilmente ci vorrà qualche ora.»

Mostrai il cellulare. «Ho abbastanza da fare per tenermi impegnato.»

Si alzò e mi diede una pacca sulla spalla. «Non ho dubbi. Ma scommetterei il conto in banca che non distoglierai mai lo sguardo da quel palco.»

Fu un bene che non avessi accettato la scommessa – non che avrei mai ammesso di aver passato le ultime tre fottute ore a seguire ogni mossa di Stella sul palco. Quando Jack mi aveva detto che volevano che lei andasse in televisione, una parte di me non era sicura che fosse una mossa saggia. Certo, era bellissima e probabilmente l'obiettivo l'avrebbe adorata, ma non aveva alcuna esperienza. Dopo essere stato lì seduto a guardarla nelle ultime ore, però, capivo perfettamente cosa la conduttrice avesse visto in Stella che l'aveva convinta a farla partecipare al programma.

Era appassionata e divertente, e aveva un che di innocente che ti portava a credere a tutto quello che diceva; come se fosse troppo genuina per mentire. Diavolo, avrei comprato anch'io il suo dannato profumo, e possedevo parte dell'azienda.

Poco dopo le cinque, la registrazione terminò. Stella parlò con la conduttrice e con la troupe, e poi si voltò per guardare tra il pubblico. Si mise le mani all'altezza delle sopracciglia, schermandosi gli occhi dal riflettore sopra di lei. Trovandomi ancora seduto in quartultima fila, sorrise e si diresse verso le scale a fianco del palco. Mi alzai e camminai lungo il corridoio per incontrarla a metà strada.

«Oh, mio Dio», disse. «È stato davvero divertente!»

«Sembrava proprio che ti stessi divertendo.»

«Spero di non risultare troppo strana.» Alzò le mani e si mise ad agitare le dita. «Mi sentivo… come se avessi preso la scossa o qualcosa del genere. Non in senso negativo, ma come se avessi avuto una scarica d'energia continua che mi scorreva nel corpo.»

Risi. «Sei stata grande: divertente, ma sincera.» Mi voltai sentendo la porta del palco che si apriva e richiudeva. Jack era tornato, e il bastardo non era da solo. L'avrei preso a calci in quel suo culo rinsecchito.

Si avvicinò, sfoggiando un sorriso beffardo a trentadue denti. «Hudson, ti ricordi di Brent, giusto?»

Digrignai i denti e gli porsi la mano. «Sì. Come stai, Brent?»

Ci stavamo ancora stringendo la mano quando lo sguardo di quello stronzo si posò su Stella. Mi lasciò la mano all'istante. «Non ci siamo ancora presentati. Brent Fenway.»

Stella sorrise. «Fenway come il parco?»

«Proprio così. Ci sei mai stata?»

«No, in realtà.»

«Magari posso portartici qualche volta.»

Sul serio? Era arrivato da meno di trenta secondi, e ci stava già provando con lei? Quanto perché le pisciasse addosso per marcare il territorio?

Jack mi guardò gongolante. Era fottutamente fiero di sé. «Sembra divertente come appuntamento. Non credi, Hudson?»

Lo guardai di traverso. «Sono un fan degli Yankees.»

«Ho visto Robyn tornando giù. Vuole vederci.» Jack indicò la porta da dove era appena entrato. «È nel suo ufficio. Proprio in fondo al corridoio.»

«Okay.» Non potevo dire che mi dispiacesse salutare Brent così presto. Gli rivolsi un cenno del capo. «Piacere di averti visto.» Porsi la mano a Stella. «Dopo di te...»

«In realtà, ha chiesto di vedere te e me, Hudson. Stella può restare qui. Sono sicuro che Brent le terrà compagnia.»

Brent fece un sorriso che avrei voluto colpire con un pugno. «Certamente.»

Appena arrivati in corridoio, Jack mi provocò.

«Brent sta benissimo, non è vero?»

Lo guardai di traverso in risposta.

«Sono una bella coppia, lui e Stella.»

«Hai raggiunto il tuo scopo. Adesso digli di tornare al lavoro, cazzo.»

Lui sorrise. «Non posso farlo. Non lavora per me.»

Fortunatamente per il mio amico, Robyn uscì dal suo ufficio. «Eccovi. Ho delle buone notizie per voi.»

Dovetti fingere un'espressione contenta, anche se non desideravo altro che uccidere il mio amico e usare il suo cadavere come mazza per mettere KO il bellimbusto nello studio.

«Siamo qui, e tu sei stata fantastica sul palco durante la registrazione della sezione su Signature Scent», disse Jack. «Le buone notizie non mancano.»

Robyn mi porse dei documenti. «Di solito testiamo i potenziali prodotti con un focus group prima di mandarli in onda, per capire se interessano al nostro pubblico e per scoprire le loro curiosità sul prodotto. Non abbiamo avuto tempo di farlo con Signature Scent avendolo aggiunto all'ultimo minuto, ma avevamo un gruppo qui oggi per un altro progetto. Mark, il produttore della sezione, è andato da loro con qualche minuto della registrazione di oggi e ha avuto risultati incredibili. Credo che dovremmo aumentare le nostre previsioni di vendita.»

Lessi le cifre. Non stava scherzando.

Con quanta probabilità compreresti il prodotto – Il 94% ha risposto estremamente probabile.

Hai trovato un prodotto simile altrove – Lo 0% ha risposto di sì.

Quanto è stata accattivante la conduttrice ospite – Il 92% ha risposto che lo era.

Seguivano tre pagine di cifre davvero notevoli. Le sfogliai, dando una scorsa a tutte. «È...» Scossi la testa. «È incredibile.»

«Sai cos'altro è?» disse Jack. Lo guardammo entrambi. «È un motivo per festeggiare.»

Quella sera, io e Stella andammo insieme in macchina al ristorante. Avevamo appuntamento lì con Robyn e Jack, ma arrivammo con dieci minuti di anticipo.

«Prendiamo un drink al bar?» le chiesi.

«Va benissimo.»

Trovammo due sgabelli uno accanto all'altro. Il barista si avvicinò e mise due tovaglioli di fronte a noi. «Cosa vi porto?»

Guardai Stella.

«Per me un merlot, per favore.»

«Vuole vedere la carta dei vini per sceglierne uno?»

Scosse la testa. «Il vino della casa va benissimo.»

«E per lei?»

«Per me una Coors Light.»

Quando si allontanò, guardai Stella provocatoriamente. «Niente annusatina di gin?»

Sorrise. «Stasera no. Non credo sia una buona idea mischiare affari e superalcolici.»

«Non pensi che sia una buona idea neanche mischiare affari e relazioni. Eppure mi chiederai di uscire.»

Rise. «Ah, è così?»

Avevo trascorso l'intera giornata osservandola a distanza. I truccatori l'avevano truccata molto più di quanto non facesse lei di solito, compreso un rossetto rosso acceso che non si era ancora sbiadito dopo tutte quelle ore. Non riuscivo a distogliere lo sguardo dalle sue labbra.

Fissandole, deglutii. «Alcune regole sono fatte per essere infrante.»

Fece una risatina nervosa. «Sei uno che infrange le regole, Hudson? Mi sembra che tu conosca tanto di me, eppure io non so molto di te.»

«Cosa vorresti sapere?»

Il barista ci portò i drink, e Stella si portò il calice alla bocca.

«Non so. Sei divorziato. Com'è andata?»

«Dovrebbe essere un festeggiamento, non un funerale.»

Sorrise. «È andata così male?»

«Le ho dato l'anello di mia nonna quando le ho chiesto di sposarmi. Qualche giorno dopo, sono tornato a casa e indossava un anello diverso. Aveva venduto il mio e ne aveva comprato uno che le piaceva di più.»

Stella mi guardò sconvolta. «Oh, mamma.»

Bevvi un sorso di birra. «Mi stava bene, visto che l'ho sposata comunque.»

«Perché lo hai fatto?»

Era un'ottima domanda. La gente mi chiedeva sempre perché ci eravamo lasciati, mai perché avevo sposato Lexi. «Se me lo avessi chiesto prima delle nozze, ti avrei detto che ero giovane e che avevamo molte cose in comune: a entrambi piaceva viaggiare, frequentavamo la stessa cerchia...»

«Ma adesso la risposta non è la stessa?»

Scossi la testa. «Col senno di poi, è tutto più chiaro. Mia madre era morta un anno prima. Lavoravo nell'azienda di famiglia, facendomi carico di sempre più responsabilità perché mio padre si era ritirato dagli affari dopo il suo primo infarto. Mi sembrava il passo successivo da fare. Suona davvero scortese a dirsi oggi, ma la mia famiglia stava cadendo a pezzi, e credo volessi soltanto quello che avevo avuto, perciò me ne sono creato una mia. Stavo con Lexi da qualche anno, così ho fatto il passo successivo. In sostanza, sono stato un idiota.»

«Non credo tu sia stato un idiota. Credo sia dolce che stessi cercando di aggrapparti alla tua via famigliare. I tuoi genitori avevano un forte legame, immagino.»

«Sì. Si tenevano ancora per mano, e ogni volta che uno dei due notava che erano le cinque e tredici, si auguravano buon anniversario. Si erano sposati il tredici maggio.»

«Oh… è davvero romantico.»

«Che mi dici di te? I tuoi sono ancora sposati?»

«Sì. Ma il loro matrimonio è… interessante…» Esitò. «I miei genitori sono poliamorosi.»

La guardai sorpreso. «Wow. Quindi tuo padre ha più mogli?»

Scosse la testa. «No, quella è la poligamia. Hanno solo una relazione aperta. Da sempre.»

«Come funziona?»

«Sono cresciuta in una casa a due piani in Westchester. Avevamo cinque camere da letto, due al piano di sotto e tre di sopra. Al piano superiore, io e mia sorella avevamo una stanza ciascuna, e i miei dormivano nell'altra. Ma c'erano sempre molti amici dei miei genitori che restavano a dormire nelle stanze degli ospiti di sotto. Non ci hanno mai nascosto il loro stile di vita, ma solo all'età di otto o nove anni mi sono resa conto di quanto fosse diversa la loro relazione. Stavano facendo dei lavori nel bagno del piano principale, e mi sono svegliata nel cuore della notte. Dovevo fare pipì, quindi sono scesa di sotto. Mentre andavo verso il bagno, è uscita una donna in biancheria intima. Ci eravamo già conosciute, ma non mi aspettavo di incontrare nessuno, perciò ho urlato. Mio padre è uscito di corsa dalla stanza da letto in fondo al corridoio, in mutande anche lui. Il giorno dopo, i miei genitori hanno spiegato tutto a me e a mia sorella.»

«Dev'essere stato difficile da capire a quell'età.»

«Ho decisamente fatto fatica ad accettarlo. Nessuno dei miei amici aveva genitori così, e neanche le coppie in TV lo erano, specialmente vent'anni fa. Quindi non capivo perché i miei genitori dovessero essere diversi. Mi ha portata a chiedermi se anche la mia vita sarebbe stata così. Ricordo di aver chiesto una volta a mia mamma se fosse ereditario.»

La guardai sorpreso. «Tu non… non sei…»

Stella ridacchiò. «Decisamente no. Ho accettato il matrimonio dei miei genitori per quello che è, ma ho capito presto che non era lo stile di vita che volevo. Sono una persona piuttosto gelosa se si tratta delle mie relazioni. Sono troppo territoriale per condividere.»

Sorrisi, pensando a come mi ero sentito quando Jack le aveva presentato Brent. Dannazione, io e Stella non uscivamo neppure insieme, e volevo comunque dargli un pugno in faccia. «Lo capisco.»

Mi ricordai che avesse alluso a un brutto rapporto con il padre il giorno in cui era venuta nel mio ufficio per riprendersi il cellulare. «Vivono ancora in Westchester?»

Annuì. «Stessa casa. Per quanto ne so, hanno la stessa camera da letto coniugale e quelle di sotto per le attività extracurriculari. Ma non ci vado da più di un anno.» Bevve un sorso di vino. «Abbiamo… litigato, potremmo dire. Se non ti dispiace, preferirei non parlarne. Oggi è stata una giornata fantastica, e non sono pronta a smorzare l'entusiasmo.»

«Sì, certo.»

Sorseggiò il vino. «Che mi dici della tua famiglia? Hai altri fratelli a parte Olivia?»

«Solo lei. Grazie a Dio. Non potrei permettermi un altro matrimonio.»

«Un matrimonio alla biblioteca costerà una piccola fortuna. Anche una delle donne di cui ho letto il diario si è sposata lì. Mi sono innamorata della sua descrizione. In quel periodo lavoravo lì vicino, così andavo a sedermi sulla scalinata in pausa pranzo ogni giorno e leggevo qualche pagina. Mi sono sempre guardata intorno chiedendomi se l'uomo che aveva sposato stesse passando di lì, visto che avevano vissuto in zona.»

«Mi hai detto che i diari sono la tua versione dei reality show. Ma sembra più una fantasia romantica che una realtà, per come la vedo io.»

«Veramente», disse, «proprio quel diario è finito per diventare più una storia dell'orrore. È stato uno dei motivi per cui ho scoperto che Aiden mi tradiva.»

«In che senso?»

«Il diario aveva molte lacune temporali e si estendeva in più anni. Ma dopo il matrimonio spettacolare alla biblioteca, evidentemente le cose si sono messe male. L'autrice è passata dal descrivere la bellissima location e i fiori, a descrivere il modo in cui stava nascondendo una tresca. Alcune delle cose che faceva hanno colpito nel segno perché avevo notato gli stessi cambiamenti in Aiden – per esempio aveva iniziato a tornare tardi dal lavoro e a fare la doccia appena arrivato a casa. La donna descriveva quanto odiasse lavare via l'odore del suo amante, e diceva che provava risentimento verso suo marito perché doveva fare la doccia appena tornata a casa dopo una delle sue scappatelle. Così ho cominciato a fare delle domande a Aiden. All'inizio mi ha dato della paranoica. Ha incolpato i diari che leggevo di mettermi pulci nell'orecchio infondate. Ma ho continuato a sospettare che ci fosse sotto qualcosa. In realtà, mi vergogno abbastanza delle follie che ho fatto alla fine.»

«Cosa hai fatto di cui vergognarti? Sembra che sia il tuo ex a doversi vergognare.»

Stella distolse lo sguardo per un momento. «Come siamo arrivati a parlare di nuovo di me? Dovremmo parlare di te.»

«Credo che aver citato il matrimonio di mia sorella alla biblioteca ci abbia portati lì. Non credo di avertelo detto, ma anch'io mi sono sposato lì.»

«Davvero? Tua sorella si è sposata dove ti sei sposato tu?»

Annuii. «Anche i nostri genitori si sono sposati lì. Fin da bambina, Olivia ha sempre detto che entrambi i nostri matrimoni sarebbero stati lì. Sono contento che la fine del mio non l'abbia dissuasa dal farlo.»

Terminammo i nostri drink, ma né Jack né Robyn erano ancora arrivati. Guardai l'orologio e mi resi conto che erano in ritardo di venti minuti.

Stella lo notò. «Avevamo appuntamento alle sette, giusto?»

Annuii e lanciai un'occhiata all'ingresso. Non c'era nessuno ad aspettare. «Fammi controllare. Magari ho capito male l'orario.» Tirai fuori il cellulare e aprii il messaggio che mi aveva mandato Jack. Eravamo nel posto giusto al momento giusto, perciò inviai un messaggio al mio amico.

HUDSON: *Hai cambiato ristorante, per caso? Ci siamo solo io e Stella al* NoMad.

Il bicchiere di Stella era vuoto. Lo indicai. «Ne vuoi un altro?»

«Non dovrei.»

«Ma lo vuoi?»

Rise. «Passo. Voglio mantenermi lucida durante la cena con Robyn.»

Un attimo dopo, mi arrivò una notifica con la risposta di Jack.

JACK: *Ho forse dimenticato di dirti che il festeggiamento è saltato stasera? Robyn non ha trovato una babysitter. Mi farà sapere quando può la prossima settimana.*

Risposi.

HUDSON: *Ma che cazzo? L'hai dimenticato eccome.*

JACK: *Immagino mi sia passato di mente. Festeggiate senza di noi stasera. A meno che non ti scocci. Posso sempre scrivere a Brent per liberarti di Stella...*

Scrollai la testa.

HUDSON: *Sei proprio un coglione. L'hai fatto apposta, non è così?*

JACK: *Prego, amico mio.*

Lasciai cadere il cellulare sul bancone del bar.

«È tutto okay?» chiese Stella.

«A quanto pare c'è stato un contrattempo e la cena la faremo un'altra volta. Quell'idiota del mio amico si è dimenticato di dirmelo.»

«Oh. Wow. Okay.»

Le tattiche di Jack potevano anche essere state subdole, ma non potevo dire di essere dispiaciuto del risultato.

«Siamo dalla stessa parte adesso, no?»

«In che senso?» mi chiese perplessa.

«Non volevi un altro drink perché avremmo cenato con dei colleghi. Ma io e te non siamo colleghi, siamo coproprietari. Quindi siamo dalla stessa parte.»

Sorrise. «Immagino di avere meno di cui preoccuparmi, considerato che mi sono già resa ridicola varie volte davanti a te.»

«Che ne dici di prendere il secondo drink mentre ordiniamo la cena? Dovremmo comunque festeggiare.»

Si morse il labbro inferiore.

Allungai la mano, accarezzandoglielo con il pollice finché non lasciò la presa. «Smettila di preoccuparti. Non è un appuntamento. Siamo solo due soci e amici che cenano insieme. Non ci proverò con te finché non sarai tu a chiedermi di uscire.»

16

Stella

«NON ne vuoi un altro?»

Hudson alzò una mano. «Io guido.»

Mi venne il singhiozzo. «E io sono brilla. Piacere, Guido.»

Ridacchiò. «Sei carina quando sei ubriaca.»

Scossi la testa. «Non sono ubriaca. Sono brilla.»

«E qual è la differenza?»

«Da brilla, ho ancora il controllo.»

«Quindi da ubriaca perdi il controllo?» Hudson fermò la cameriera, che passava di lì. «Potremmo avere un altro calice di vino? E bello pieno, per favore.»

Risi. «Stasera è stata decisamente più divertente del mio ultimo appuntamento. Aspetta…» Agitai la mano. «Questo non è un appuntamento.»

«Certo che no.» Fece un sorrisetto e bevve un sorso d'acqua. «Le cose non vanno molto bene con Ken?»

«Ben.»

«Fa lo stesso. Problemi in paradiso?»

Sospirai. «È davvero un bravo ragazzo. È solo che non c'è… chimica, suppongo.»

Il suo sguardo si posò sulle mie labbra. «Non c'è chimica, eh?»

L'atmosfera si fece talmente carica di elettricità che mi sorprese che i clienti del ristorante non avessero preso la scossa. Era… era quello che mancava tra me e Ben. A Hudson bastava guardarmi in un certo modo e mi faceva alzare la temperatura corporea.

Deglutii. «Al primo appuntamento mi ha portato dei fiori e al secondo dei cioccolatini. È molto premuroso. Spero che l'intesa si possa sviluppare...»

Lo sguardo di Hudson si fece più cupo. «Non succederà.»

«Come lo sai?»

«Perché non si può forzare la chimica dove non c'è, allo stesso modo in cui non si può cancellare dove non vuoi che ci sia. Ci sono delle cose su cui non abbiamo potere.»

Sentivo di non avere molto potere su di me, al momento. Se Hudson avesse fatto scivolare la mano sotto il tavolo e poi su per la mia gonna, non sarei stata capace di convincermi a farlo smettere. Per fortuna, la cameriera portò il mio calice di vino, che era praticamente colmo fino all'orlo.

Fece l'occhiolino ad Hudson con aria complice. «Vi andrebbe di vedere la lista dei dolci?»

«Sarebbe magnifico. Grazie.»

Quando tornò con i menu, disse che ci avrebbe dato qualche minuto. Pensavo che l'interruzione avrebbe potuto aiutare me e Hudson a cambiare argomento, ma lui aveva messo giù il bicchiere ed evidentemente aveva altre idee.

«Allora, quand'è che scarichiamo Len?»

Sorrisi. «Scarichiamo? Hai intenzione di buttarlo giù insieme a me?»

«Sarei lieto di farlo per te.» Allungò una mano. «Dammi il tuo telefono.»

Ridacchiai. «Grazie, ma credo di potermela cavare da sola.»

«Ma lo farai? Dirai ciao ciao al nostro Benny?»

«Ovviamente sei in grado di dire il nome giusto quando stiamo parlando di mollarlo.» Alzai gli occhi al cielo. «E poi, io e te abbiamo un'idea diversa delle relazioni.»

Hudson mi guardò storto. «Cioè?»

«Hai detto tu stesso che ti piace passare del tempo in compagnia di una donna, ma avete aspettative differenti su dove andrà a finire.»

«Intendo dire che chiudo la cosa se non riesco a vedere un futuro e la donna con cui esco sembra sviluppare dei sentimenti. Non sono contrario alle relazioni, se è questo che pensi.»

«Oh.»

Fece un sorrisetto. «Tra me e te i sentimenti sono reciproci. Quindi non è un problema.»

Ridacchiai. «Quindi immagino che tu non stia frequentando nessuna al momento.»

«Non al momento, ma ci sto lavorando.» Gli occhi gli brillarono.

«Quand'è stata l'ultima volta che hai avuto un appuntamento?»

«Il weekend prima del matrimonio di mia sorella.»

«E com'è stato?»

«Be', siamo andati in un ristorante messicano. Mi ha chiesto se avrei voluto condividere un antipasto e mi ha detto di sceglierne uno, quindi ho ordinato patatine e guacamole. Dopo che ho ordinato, la donna con cui ero si è rivolta al cameriere e ha detto: 'Guatemala. Intende dire patatine e Guatemala'.»

Risi. «Te lo stai inventando?»

Scosse la testa. «Magari.»

«Immagino che tu non ci sei più uscito.»

«No. Anche se ho conosciuto qualcuno che ha suscitato il mio interesse il weekend successivo, in ogni caso. È un po' difficile togliermela dalla testa, quindi non sarebbe giusto uscire con un'altra, persino se conoscesse la differenza tra Guatemala e guacamole.»

Cercai di raffreddare la sensazione di calore che sentivo dentro con un po' di vino. Ma il modo in cui Hudson mi stava guardando non me lo rendeva facile.

«Hai conosciuto Miss Guatemala su un sito di incontri?»

«No. In realtà l'ho conosciuta a una raccolta fondi. Non frequento i siti d'incontri.»

«Davvero? E come fai a conoscere le donne? Alla vecchia maniera?»

«Sì, pago le prostitute.»

«Bugiardo.» Sorrisi. «Non hai mai dovuto pagare per farlo nella tua vita. Intendevo dire nei locali. Le conosci lì le donne?»

«A volte. Non lo so. Non ha importanza.»

Alzai gli occhi al cielo e agitai la mano verso la sua faccia. «Non hai problemi a conoscere le donne perché sei così.»

«Stai dicendo che ti piace quello che vedi?»

«Sai di essere sexy. Hai uno specchio a casa, no? Sono certa che ti basta entrare in un locale, schioccare le dita, e le donne corrono.»

Lui ridacchiò. «E chi sono, Fonzie?»

«Forse?» Ridemmo entrambi.

Il suo sorriso si spense mentre mi scrutava il viso. «Sei davvero bella quando ridi.»

Abbassai lo sguardo, un po' intimidita. «Grazie.»

Mi stava ancora guardando intensamente quando la cameriera tornò. Sembrava avere un tempismo impeccabile... per me, in ogni caso. Perché appena lo sguardo di Hudson si posò sulle mie labbra, ero a tanto così dal suggerire una cosa che non era sul menu dei dessert.

«Avete visto qualcosa che vi piacerebbe provare?» ci chiese.

Lo sguardo di Hudson si illuminò, e una leggerissima contrazione agli angoli della bocca confermò che eravamo sulla stessa lunghezza d'onda. «Lascio alla signora decidere cosa vuole.»

Deglutii e mi concentrai sul menu. «Mmm... hanno una cheesecake alla crème brûlée. Vuoi dividerne una fetta?»

Ancora una volta i suoi occhi guizzarono sulle mie labbra per un momento. «Qualsiasi cosa di cui tu abbia voglia.»

Era decisamente il mio ultimo bicchiere di vino. Annuii alla cameriera.

Hudson prese il mio menu e glielo restituì. «Grazie.»

Appena si allontanò, sorseggiai il mio vino e continuammo a chiacchierare. Non riuscivo a ricordare l'ultima volta che, a un appuntamento, la conversazione fosse stata così facile. Avevo anche sorriso per tutta la sera. Benché, naturalmente, quello non fosse un appuntamento... Continuavo a dimenticarmene.

Quando il mio calice di vino fu di nuovo vuoto, avevo ormai percorso la breve strada che andava da brilla a ubriaca. E probabilmente era lì che avevo perso ogni filtro.

«Per quanto tempo si considera normale non fare sesso?»

Gli occhi di Hudson per poco non gli uscirono fuori dalle orbite. «Me lo chiedi perché credi di aver superato qualunque sia il limite accettabile?»

Feci un sorriso sbilenco. «Forse.»

Emise un gemito. «Ho detto che non ti avrei chiesto un'altra volta di uscire. Ma potrei offrirti il mio aiuto per risolvere questo problema.»

Risi. «Dico sul serio. Per quanto tempo è normale?»
«Non ne ho la più pallida idea.»
«Be', quanto tempo è passato per te?»
«Non lo so. Qualche mese ormai, credo. Per te?»
«Diciamo più di un anno», dissi morta d'imbarazzo.
«Non sei una fan del sesso occasionale, quindi?»
«Theo James conta?»
«L'attore? Sei stata con lui?»
«Be', no. Non l'attore vero. Ma ho chiamato il mio vibratore come lui.»
Hudson emise un altro gemito. «Non raccontarmi questa roba.»
«Che c'è? È troppo personale? Di sicuro non ti sconvolge che una donna single ne abbia uno.»
«No, non è questo. Ma adesso voglio dare un pugno a Theo James.»
Risi.
«Suppongo tu lo abbia chiamato così perché è lui che... immagini?»
Mi morsi il labbro. Theo era stato la mia fantasia preferita per anni, anche se ultimamente il mio fidanzato a batterie avrebbe dovuto essere rinominato come l'uomo i cui occhi stavano attualmente diventando più scuri.
Fui grata alla cameriera per essere stata veloce ed essere tornata con il dessert. Almeno la mia boccaccia sarebbe stata impegnata per un po'.
Poco più tardi, mi guardai intorno e mi resi conto che il ristorante era quasi vuoto. «Che ore sono?»
Hudson guardò l'orologio. «Quasi le undici. Non mi ero accorto che fosse così tardi. Ecco perché la cameriera ci ha chiesto se andasse tutto bene tre volte da quando ha portato il dessert. Probabilmente vuole che ci togliamo dalle palle.»
«Credo tu abbia ragione.»
Uscimmo dal ristorante, e Hudson mi riaccompagnò a casa. Come al solito, non c'era posto davanti al mio palazzo, quindi parcheggiò a qualche portone di distanza.
«Ti accompagno.»
«Non è necessario.»

«Sì, invece.»

Uscì e mi venne ad aprire lo sportello, e poi mi porse la mano.

«Grazie.»

Annuì.

Ci incamminammo in silenzio verso il mio palazzo. Mi chiesi se invitarlo a salire per un caffè o qualcosa del genere, e non avevo ancora deciso quando entrammo e arrivammo davanti all'ascensore. Naturalmente, quel trabiccolo di solito ci metteva dieci minuti, invece quella sera le porte si aprirono nell'istante in cui premetti il pulsante. Hudson infilò una mano per evitare che si chiudessero e con l'altra mi fece cenno di entrare, ma non mi seguì.

«Congratulazioni ancora per oggi. Sei stata grande.»

Sorrisi. «Grazie. Di tutto, Hudson: di avermi dato un'occasione, l'opportunità alla rete televisiva, grazie di ciò che hai fatto per realizzare tutto, e anche di aver festeggiato con me stasera. Non credo di essermi ancora resa pienamente conto che apparirò su Home Shopping Channel e che mostrerò al mondo Signature Scent. Davvero, devo tutto a te.»

Scosse la testa. «Ho solo aperto qualche porta. Tutto il resto è dipeso da te.»

Ci fissammo finché l'ascensore non cercò di chiudersi. La mano di Hudson lo fermò, ma poi lui lo prese come segnale per andare via. «Buonanotte, Stella.»

«Buonanotte, Hudson.»

Fece un passo indietro, togliendo la mano.

Trascorsero i quindici secondi più lunghi del mondo mentre ero in piedi nella cabina, aspettando che le porte dell'ascensore si chiudessero di nuovo. Una sensazione di panico mi pervase nell'istante in cui iniziarono finalmente a muoversi, e all'ultimo minuto infilai la mano in mezzo, facendole riaprire.

Hudson si era voltato per andare via, ma si girò di nuovo quando sentì l'ascensore aprirsi.

«Vorresti... salire per un caffè o qualcosa del genere?» Il cuore mi batteva all'impazzata.

«Caffè?» chiese alla fine.

Mi morsi il labbro e annuii.

Hudson mi scrutò il viso. «Sei sicura di volere che io salga?»

Quando ci misi troppo a rispondere, fece un sorriso triste. «È quello che pensavo.»

Feci un sospiro di sollievo. «Mi dispiace.»

«Non hai niente di cui dispiacerti. Ti prendo in giro dicendoti che aspetto che sia tu a chiedermi di uscire, ma il punto non è davvero che sia tu a fare la prima mossa. È che tu sia sicura di cosa vuoi. Non è finita. Sto solo aspettando che quel sussurro nella tua testa diventi abbastanza forte da farsi ascoltare da te.»

«Quale sussurro?»

«Quello che continua a dirti che, nonostante i tuoi problemi di fiducia e le tue preoccupazioni sul nostro rapporto di lavoro, mi desideri tanto quanto io desidero te.»

Sorrisi con scarsa convinzione, e Hudson prese entrambe le mie mani tra le sue. Fece un cenno del capo verso l'ascensore vuoto alle mie spalle.

«Adesso perché non rientri, prima che io perda quell'ultimo briciolo di autocontrollo che ho e decida di salire con te.» Si portò una delle mie mani alle labbra e la baciò. «Vai.»

Annuii e rientrai. Premendo il pulsante, dissi piano: «Grazie, Hudson».

Mi strizzò l'occhio mentre le porte iniziarono a chiudersi. «Goditi Theo.»

17
Stella

Il resto della settimana era volato. Io e Olivia avevamo lavorato giorno e notte per definire la migliore strategia di marketing, mentre Hudson si era concentrato sulla componente legata agli ordini e su quella finanziaria. Per sabato mattina, erano arrivate soltanto alcune delle spedizioni che avevamo velocizzato, perciò era piuttosto scoraggiante che l'intervento che avevo registrato sarebbe andato in onda alle tre di quel pomeriggio, e gli ordini avrebbero potuto iniziare ad arrivare in massa. O perlomeno speravo che lo facessero. Era tutto in moto, ma non avrei tirato un sospiro di sollievo finché il magazzino non fosse stato pieno di tutti i prodotti necessari per cominciare le spedizioni.

Come se quello stress non fosse stato abbastanza, ero un fascio di nervi all'idea di vedermi in TV. Negli ultimi due giorni, ero terrorizzata al pensiero che Signature Scent potesse fare fiasco. Sapevo che il programma mandava in sovrimpressione il quantitativo rimanente, e avevo fatto un incubo ricorrente che mentre era in onda fossero vendute soltanto tre scatole e che ce ne fossero rimaste 49.997 alla fine della mia ora.

Avrei proprio voluto restare a casa a seguire la trasmissione da sola, alternando tra mordermi le unghie e nascondere la testa sotto le coperte. Ma Olivia aveva organizzato una festa per guardarlo insieme nel suo appartamento. Era stata così gentile e incoraggiante che era stato impossibile dirle di no. Perciò adesso eccomi qui, in taxi verso il centro con una ventina di cupcake fatti in casa sulle gambe per andare a guardare lo show con una decina di persone dell'ufficio.

Ovviamente sapevo che la famiglia Rothschild non era povera, dal momento che il loro lavoro era prestare soldi ad altre attività, ma quando accostammo all'indirizzo che Olivia mi aveva dato in Murray Street, restai senza fiato. *Wow.* Viveva in uno dei nuovi grattacieli di Tribeca, una moderna torre di vetro curvato che si allarga man mano che sale. Il design era davvero elegante, il tipo di edificio che appare su *Architectural Digest* o altre riviste patinate. Anche l'ingresso incuteva timore. Si protendeva sulla strada in modo imponente, come a mostrare alla gente chi dovesse spostarsi per chi. Uscendo dal taxi e alzando lo sguardo, improvvisamente desiderai di non aver preparato i cupcake ma di aver scelto invece qualcosa di più professionale da una delle decine di pasticcerie troppo care che erano saltate fuori in giro per Manhattan negli ultimi anni. Veramente desideravo anche che Fisher non fosse andato fuori città per lavoro proprio quel weekend. Quel giorno avrei voluto averlo al mio fianco.

Sospirai, e feci del mio meglio per non sentirmi inferiore solo perché non potevo permettermi neppure le enormi piante fuori dall'ingresso. L'appartamento di Olivia era al cinquantatreesimo piano, ma dovetti registrarmi all'ingresso. La guardia di sicurezza mi diede una chiave elettronica da far passare nel pannello dell'ascensore, piuttosto che premere un pulsante. Appena la inserii, le porte si chiusero e il pulsante del cinquantatré si illuminò. Feci un respiro profondo mentre l'ascensore saliva velocemente, ma, a ogni piano che superava, il mio nervosismo aumentava. Quando le porte si aprirono, mi sarei aspettata di avere qualche minuto per ricompormi in corridoio, invece mi ritrovai direttamente nell'appartamento di Olivia.

Mi salutò con il suo solito entusiasmo vivace e mi strinse in un abbraccio. «Ehi! Sono così entusiasta! Non vedo l'ora! Sei arrivata per prima.»

«Allora siamo in due, ma penso che potrei vomitare.»

Olivia ridacchiò come se stessi scherzando, ma avevo davvero una certa nausea in quel momento. Mi accompagnò dall'ingresso alla cucina. Per quanto elegante avessi immaginato il suo appartamento sulla base dell'edificio dall'esterno, lo avevo sottovalutato. La cucina era bellissima, corredata di elettrodomestici all'avanguardia, granito brillante e due grandi isole. Ma il salotto era il pezzo forte.

«Wow. Questa vista è...» dissi meravigliata. «È incredibile.»

Finestre a tutta altezza chiudevano il salotto adiacente, mostrando ampie viste sul fiume e sulla città.

Olivia minimizzò con un cenno della mano. «Non è nulla di che... Questi cupcake invece sembrano deliziosi. Ti dispiace se ne assaggio subito uno? Solo un morso...»

Risi. «Certo che no. E credo che tu non debba limitarti a un morso: sono senza zuccheri. Ho trovato la ricetta su un sito dedicato al diabete. Ne ho mangiato uno per colazione stamattina mentre li preparavo, e sono maledettamente buoni, se posso dire.»

«Sei un angelo!» Sollevò il coperchio di uno dei contenitori di plastica e ne scelse uno alla vaniglia con glassa al cioccolato. Staccando la carta dal fondo, indicò le enormi finestre da cui non riuscivo a distogliere lo sguardo. «Credevo che fosse tutto ciò che potessi desiderare. E poi Hudson ha comprato la sua casa in arenaria a Brooklyn l'anno scorso. Non si vede questo panorama, ma c'è un piccolo giardinetto sul retro, e l'edificio ha così tanto carattere. Vive in una vera casa. Questo appartamento...» Scosse la testa e leccò della glassa dalla parte superiore del cupcake. «Non lo so... mi sento come se abitassi in un hotel a cinque stelle o qualcosa del genere. Charlie sta con suo padre solo qualche giorno alla settimana, e ha già degli amichetti che vivono nel suo isolato. Io abito qui da due anni, e non conosco neanche una persona del palazzo. Mi sento un po' come se vivessi in una torre d'avorio quassù.» Rise. «Non riferire a Hudson queste cose. Non vorrei incasinare la nostra delicata dinamica. Lui pensa che sia compito suo insegnarmi le cose della vita, e io faccio finta di non averne bisogno.»

Sorrisi. «Il tuo segreto è al sicuro con me.»

Suonò un campanello, e Olivia si diresse verso un citofono a parete e premette un pulsante. «Ho una consegna da Cipriani», disse una voce.

«Ottimo. Li mandi su, per favore, Dave.»

Appena lasciò andare il pulsante, un uomo che riconobbi – ma che non mi avevano mai davvero presentato – entrò da un corridoio dall'altra parte del salotto. *Uff.* Ero stata così impegnata a preoccuparmi di vedermi in TV e di come sarebbe andata con Signature Scent che non mi ero fermata a pensare che il marito di Olivia sarebbe stato in casa il sabato pomeriggio. Naturalmente mi ero scusata con Olivia diverse volte. Per la maggior parte, non ero più in imbarazzo quando parlavo con lei. Eravamo in qualche modo riuscite a lasciarci alle spalle quello che avevo fatto. Ma non avevo mai parlato con suo marito, e pregai che non fosse troppo imbarazzante. Anche se il suo sorrisetto, mentre veniva verso la cucina, mi mandò un po' nel panico.

Olivia fece le presentazioni. «Mason, questa è l'ospite d'onore, Stella. Stella, questo è mio marito, Mason. Mase, il catering è arrivato. Perché non prepari un drink a Stella e io nel frattempo mi occupo della consegna?»

Sentii il volto scaldarsi per la rinnovata vergogna quando mi porse la mano. «Piacere di conoscerti, finalmente.»

«Ciao.» Morta dall'imbarazzo, scossi la testa. «Mi dispiace davvero per il matrimonio. Mi sono scusata con tua moglie, ma avrei dovuto inviare un biglietto anche a te.»

«Non è affatto necessario. Tutta la situazione è stata piuttosto divertente, specialmente la storia che hai raccontato. E poi, Liv non fa che parlare di te, quindi è andato tutto per il meglio. Non credo di averla mai vista così entusiasta per qualcosa che abbia a che fare con il lavoro. È davvero coinvolta in quello che hai creato.»

«È vero», risposi sollevata. «Sono molto fortunata. A essere onesta, non ero affatto sicura di mettermi in affari con un investitore. Ma mi ha dato molto di più che un sostegno finanziario. Sento di avere un partner a cui importa tanto quanto a me.»

Mason annuì. «È così.» Guardò alle mie spalle, verso di lei, per poi abbassare la voce. «Ha passato un brutto periodo dopo la morte di suo padre l'anno scorso. L'unica cosa che sembrava averla fatta riprendere è stata l'organizzazione del nostro matrimonio. In effetti ero un po' preoccupato di cosa sarebbe successo dopo. Ma poi sei arrivata tu, e mi sembra di aver ritrovato la mia vecchia Liv ultimamente. Quindi, mentre tu potresti pensare di dovermi delle scuse, in realtà sono io a doverti ringraziare.»

Wow. «Non so cosa dire… anzi, lo so. Siete fatti l'uno per l'altra. Siete entrambi meravigliosi.»

Sorrise e guardò di nuovo alle mie spalle. «Vedo che sta cercando dei soldi per la mancia nella sua borsa. Non porta mai soldi, quindi non so perché stia cercando lì. Tra circa dieci secondi, mi chiamerà per poter frugare nel mio portafogli. Allora, cosa posso offrirti da bere? Un cocktail, birra, vino?»

«Gradirei un bicchiere di vino. Merlot, se ce l'hai.»

«Arriva subito.»

Olivia urlò dalla cucina. «Mason?»

Lui fece un sorrisetto e tirò fuori il portafogli. «Tornerò con il tuo vino dopo aver dato la mancia al fattorino. Fa' come se fossi a casa tua.»

Avrei potuto restare in piedi ad ammirare il panorama di Manhattan per tutto il giorno, ma la mensola sul caminetto attirò la mia attenzione. C'erano diverse fotografie incorniciate, perciò mi avvicinai per ficcanasare un po' e dare un'occhiata.

La grande cornice d'argento al centro circondava una fotografia del loro matrimonio. Olivia rideva chinata accanto a una torta nuziale a più livelli, una fetta della quale aveva evidentemente appena spiaccicato in faccia al marito. Mason aveva la lingua di fuori mentre cercava di leccarsi la torta dalla faccia sorridendo. Adoravo che avessero scelto di incorniciare quello scatto, invece di uno in cui erano perfettamente in posa. Mostrava davvero la loro felicità, e più li guardavo più i loro sorrisi erano contagiosi.

Da un lato della fotografia ce n'era un'altra di una coppia più adulta. Erano sotto la pioggia con indosso impermeabili gialli, ma i sorrisi sui loro volti erano come raggi di sole. Dovevano essere i genitori di Olivia e Hudson, perché l'uomo era sostanzialmente una versione più matura di Hudson. Accanto a quella foto ce n'era una di Olivia e Mason in spiaggia, con indosso dei cappellini da baseball e a bere birra. Anche lì i loro sorrisi erano contagiosi.

Guardai velocemente qualche altra immagine della coppia felice con vari amici, e poi il mio sguardo si posò sull'ultima foto incorniciata in fondo. La presi per guardare più da vicino i due bambini, due piccoli Olivia e Hudson. Lui doveva avere nove o dieci anni, ma i suoi meravigliosi occhi blu intenso erano senza alcun dubbio quelli di Hudson. Aveva anche un sorrisetto che mi era diventato fin troppo familiare. Era chinato su una torta di compleanno, sul punto di spegnere le candeline. Olivia era seduta alla sua sinistra, e Hudson con una mano le copriva la bocca.

Una voce profonda alle mie spalle mi fece sussultare. «Certe cose non cambiano mai.»

Hudson. «Gesù. Mi hai spaventata. Non hai imparato la lezione di non arrivare alle spalle? Non ti ho sentito entrare.»

«Sono salito con il fattorino. A proposito, dovresti essere grata del fatto che oggi Olivia ha ordinato il catering e non ha cucinato.»

«Sono sicura che non cucina male.»

«Lo scorso Natale ha preparato due teglie di parmigiana di gamberetti. Al primo morso, abbiamo tutti sentito qualcosa di duro.»

«Aveva cotto troppo i gamberetti?»

Scosse la testa. «Credeva di dover lasciare i gusci nei gamberetti e li ha cucinati così.»

Risi. «Oooh…»

Fece un cenno del capo verso la fotografia che avevo in mano. «Mi viene ancora voglia di farlo almeno una volta alla settimana.»

«Perché le stavi coprendo la bocca?»

«Perché credeva le torte di compleanno fossero tutte per lei e spegneva le candeline. I miei genitori pensavano che fosse buffo e glielo lasciavano fare. Ma quell'anno avevo un desiderio che volevo davvero si avverasse, e non volevo correre alcun rischio.»

Risi. «Qual era il desiderio?»

«Volevo un cane da pastore.»

«Lo hai ricevuto?»

«Nossignore.»

«Be', è una fotografia adorabile.»

«Mia madre la teneva incorniciata sul comodino. Diceva che riassumeva perfettamente il nostro rapporto, e non aveva torto. Mia sorella deve averla presa quando abbiamo messo via le cose dei nostri genitori.»

Mason si avvicinò e porse il bicchiere di vino a me e una birra al cognato. Alzando la sua bottiglia, la inclinò verso di noi. «Buona fortuna a voi per oggi.»

Hudson fece cin cin con lui e io lo seguii a ruota. «Grazie.»

Il resto degli ospiti arrivò in massa poco dopo, e io e Hudson fummo trascinati in direzioni opposte. Vidi un paio di persone del marketing che sapevo aver lavorato per noi su alcune cose, ma con cui non avevo avuto occasione di trascorrere molto tempo. Perciò mi assicurai di andare a ringraziarli per tutto quello che avevano fatto.

Più di una volta, mentre io e Hudson stavamo parlando entrambi con altre persone, il mio sguardo incrociò il suo. Le sue labbra si contrassero e gli brillarono gli occhi, ma nessuno dei due fece un tentativo di riprendere la chiacchierata. Qualche minuto prima delle tre, Olivia puntò il telecomando verso la TV sul caminetto, e poi lo usò per far tintinnare il suo bicchiere.

«Ci siamo, gente. È quasi l'ora! È molto più entusiasmante di una stupida festa per il Superbowl, giusto? Chi vuole altro da bere prima dell'inizio?»

Ero davvero maledettamente nervosa, perciò mi diressi verso la cucina per accettare la sua offerta prima di dover vedere la mia faccia su una gigantesca TV. Mason era in piedi vicino alla bottiglia di merlot e la sollevò vedendomi arrivare.

«Hai tutta l'aria di sentirti come mi sentivo io quando hanno cominciato a suonare la marcia nuziale.»

Aprii e richiusi le mani. «A te si sono intorpidite le punte delle dita per la tensione nervosa?»

Mason mi riempì il bicchiere fino all'orlo e me lo porse con un sorriso. «Ero intorpidito dalla testa ai piedi. Sono abbastanza sicuro che sia per questo che chi accompagna la sposa all'altare le alza anche il velo, e il testimone dello sposo tiene l'anello. Le mani dello sposo tremano troppo per poter fare alcunché.»

Sorseggiai il vino. «Be', spero di essere brava quanto te a non darlo a vedere. Perché sembravi fresco come una rosa.»

Qualcuno mi prese a braccetto. «Andiamo», disse Olivia. «Voglio sedermi accanto a te!»

Trangugiai più vino che potei mentre ci sistemavamo insieme sul divano. Appena ci fummo sedute, la sigla iniziale del programma cominciò, e la conduttrice, Robyn, entrò in scena, salutando con la mano il pubblico in studio. Era piuttosto divertente da guardare, perché ero lì quando aveva fatto quell'entrata, e le uniche persone nel pubblico erano Hudson e il suo amico Jack. Eppure adesso la telecamera inquadrava un pubblico che applaudiva.

Olivia intrecciò le dita alle mie e mi strinse la mano. «Ci siamo!»

Alzò il volume, e il brusio nella stanza scemò. Robyn fece la sua solita introduzione dal lato del palco, poi si diresse verso il bancone dove presentava l'intero programma. Scatole e campioni di Signature Scent erano impilati dappertutto. Era assolutamente surreale. L'adrenalina prese a scorrermi nelle vene, facendomi girare un po' la testa.

Nei minuti successivi, Robyn aveva dato il suo meglio come conduttrice, sollevando le scatole e agitando le mani perfettamente curate, il che adesso sapevo essere una strategia per mantenere gli sguardi del pubblico sul prodotto piuttosto che su di lei. Quando presentò la coconduttrice ospite della giornata, trattenni il respiro.

Era assolutamente folle vedermi in televisione, accanto a un personaggio così noto. Robyn Quinn era una celebrità. Durante la registrazione, il regista mi aveva fatto salire sul palco salutando con la mano almeno una decina di volte. Ed ecco che sullo schermo sorridevo guardando in camera e agitando la mano come se il mio fan club fosse tra il pubblico.

Oh, mio Dio, sembro proprio un prosciutto!

Tutti i colleghi iniziarono a fischiare e schiamazzare, e io mi nascosi il viso con le mani, troppo imbarazzata. Avevo sentito degli attori dichiarare che non guardavano mai i propri film, e credevo fosse una follia. Ma adesso capivo perché. Ero consapevole di ogni mia abitudine nervosa, nonché di quanto fosse forte il mio accento di New York, e tutto questo mi impedì di concentrarmi su nient'altro che i miei difetti, che sembravano incredibilmente amplificati in quel momento.

Morta dall'imbarazzo, scossi la testa. «Dio, è terribile.»

«Stai scherzando?» esclamò Olivia. «Hai un talento naturale, stai andando benissimo!»

Il momento della verità arrivò a dieci minuti dall'inizio del programma. Robyn indicò l'angolo dello schermo, e il prezzo e il numero di telefono apparirono in sovrimpressione lampeggiando. Trenta secondi dopo, apparve anche un conto alla rovescia.

«Bene, signore – e quei signori che ci seguono e vogliono fare colpo sulle loro signore –, adesso apriremo le linee e potrete fare i vostri ordini. Continueremo a parlare di Signature Scent, ma credo che sappiate già tutti di volerlo. Perciò ecco quello che stavate aspettando, il nostro conto alla rovescia all'apertura delle nostre linee e degli ordini online. Sapete come funziona... E cinque, quattro, tre, due, uno. Via agli ordini!»

In pochi secondi, il conto alla rovescia della quantità rimanente iniziò a scorrere. Dapprima lentamente, ma poi prese a volare. Non potrei dire di cosa io e Robyn avessimo parlato per il resto del programma, avevo lo sguardo incollato a quei numeri. Quando le migliaia cominciarono a diminuire a ritmo sostenuto, credetti di poter andare in iperventilazione, e sentii il bisogno di una pausa.

«Ti dispiace se scendo a prendere aria? Solo per qualche minuto.»

Olivia mi rispose con uno sguardo preoccupato: «Certo che no, ma stai bene?»

«Sì. Sono solo un po' stravolta, e ho bisogno di un istante. Non starò via molto.»

«Certo. Certo. Ma non scendere.» Indicò il corridoio da cui era arrivato prima suo marito. «L'ultima a sinistra è la stanza degli ospiti. C'è un balcone privato e anche un bagno.»

«Non ti dispiace?»

«Certo che no. Vai. Prenditi tutto il tempo che ti serve.»

«Grazie.»

L'aria fresca mi diede grande sollievo. Chiusi gli occhi e feci qualche respiro profondo. Dopo un paio di minuti, mi sentii abbastanza calma da aprirli e godermi la vista mozzafiato. Da quell'altezza, Manhattan sembrava insolitamente tranquilla, il che ebbe un effetto calmante sul mio stato d'animo. Perciò mi sentivo già un po' meglio quando la porta si aprì alle mie spalle, e voltandomi scorsi Hudson.

«Stai bene?» chiese.

Annuii. «Ero un po' turbata guardando il conto alla rovescia, e il battito ha incominciato ad accelerare.»

«È comprensibile.» Sorrise e mi porse qualcosa. «Tieni.»

Abbassai lo sguardo, perplessa. «Una banana?»

«L'ho presa dalla cucina di mia sorella. Non aveva arance. Sono più creativo con quelle.»

Ero confusa, finché non mi resi conto che ci aveva scritto sopra.

SEI DAVVERO SBUCCIATA IN TELEVISIONE.

Hudson alzò le spalle. «L'hai capita? Sbocciata, ma con la *u*. Sii clemente: non ho avuto molto tempo per inventarmi qualcosa prima di seguirti qui.»

Risi. «È molto dolce. Grazie. Capisco perché a Charlie piacciono tanto i tuoi messaggi sulla frutta.»

Restammo uno accanto all'altra, la città che si stagliava davanti a noi. Il trucchetto con la frutta che usava con sua figlia mi aveva aiutato a rilassarmi. O forse era soltanto la presenza di Hudson.

Sospirai. «È tutto così surreale.»

«Immagino.» Sorrise.

Ero nel bel mezzo di una crisi di nervi, ma riuscivo comunque a notare quanto Hudson fosse bello. Non solo era vestito in modo casual con dei jeans, ma aveva anche un'ombra di barba sul viso che mi piaceva molto.

Era rimasto in silenzio a osservarmi mentre lo guardavo, perciò mi sentii in dovere di dire qualcosa.

«È la prima volta che ti vedo con un po' di barba e in abbigliamento casual.»

Sfoderò uno dei suoi classici mezzi sorrisi sexy.

Lo scrutai. «Mi piace.»

«Stai dicendo la verità o stai solo cercando di fare il tuo complimento quotidiano per il tuo sistema per la felicità?»

Risi. «No, mi piace. Un filo di barba incolta sulla mascella ti dà un'aria sinistra.»

«È questo il tuo tipo?» mi chiese incuriosito. «Uno dall'aria sinistra? Non è proprio quello che avevo immaginato quando mi hai detto che il tuo ex era un poeta.»

Risi. «Oh, più curati di Aiden non ce n'è. È sempre stato quello il mio tipo. Non sono mai andata dietro ai cattivi ragazzi. Non credo di aver mai frequentato nessuno che avesse cicatrici o tatuaggi.»

«E ti piacerebbe rimediare?»

Alzai le spalle, stando al gioco e provocandolo. «Forse.»

Gli occhi di Hudson si illuminarono. «Bene. Perché posso darti una mano con entrambi.»

«Sì?»

Annuì.

«Dove?»

«Ah… questa è un'informazione per un altro momento.»

Risi. «Top secret, eh?»

Un leggero colpo di vento mi fece andare una ciocca di capelli sul viso. Hudson la spostò con un dito. «Ti senti meglio?»

Tirai un respiro profondo e rilassai le spalle. «Sì. Grazie.»

Fece un cenno del capo verso la porta. «Perché non rientriamo, allora? Per quanto preferirei restare qui, non voglio che tu ti perda nulla.»

Annuii.

Tornati in salotto, presi posto accanto a Olivia sul divano e guardai il conto alla rovescia per vedere come stavano andando le cose. Battei le palpebre più volte per essere sicura di aver visto bene. Non ero stata via per più di cinque minuti, eppure avevamo venduto quasi tutte le scorte.

«Sono due settimane e mezzo che seguo questo programma tutti i giorni», disse Olivia. «E non vendono mai così velocemente. Stai davvero spaccando. Ero preoccupata che ti saresti persa la parte in cui Robyn proclama lo slogan: 'E uno, e due, e tre… esaurito!'»

Come volevasi dimostrare, appena qualche minuto dopo, la parte di schermo con il conto alla rovescia iniziò a lampeggiare.

«Oh oh», esclamò la conduttrice. «Stiamo per vendere gli ultimi articoli. Sbrigatevi a ordinare!» Fece una pausa e scosse la testa. «Farò meglio a dirlo, prima che sia troppo tardi. 'E uno, e due, e tre…'» Alzò una mano e la agitò in aria. «…esaurito!» Un grosso timbro apparve sul conto alla rovescia in sovrimpressione.

ESAURITO

Tutti i presenti esultarono. Olivia mi abbracciò, e i colleghi si alternarono per congratularsi con noi. Quando mi voltai per guardare di nuovo la TV, stavano già presentando il prodotto successivo. Fui pervasa da una sensazione di sollievo: era andata bene, e non avrei più dovuto vedere la mia faccia su quello schermo gigantesco.

Olivia e Mason stapparono lo champagne, e lei distribuì i bicchieri. Me ne porse uno, e il mio sguardo incrociò quello di Hudson dall'altra parte della stanza. Alzò il suo calice in silenzio e sorrise.

Olivia ci guardò entrambi per poi mettermi un braccio intorno al collo. Ci fece voltare in modo che gli dessimo le spalle e parlò a bassa voce. «Gli piaci davvero molto.»

«A chi?»

Alzò gli occhi al cielo. «Ehm, all'uomo che non ti ha staccato gli occhi di dosso da quando è arrivato. Hudson, ovviamente. Vedo il modo in cui ti guarda.»

«È elettrizzato per oggi... per Signature Scent.»

Puntò il dito verso di me. «È elettrizzato per te.»

Mi voltai verso Hudson, e i nostri sguardi si incrociarono di nuovo. Non potevo negare che quel giorno mi sentivo l'oggetto della sua attenzione. Rivolse lo sguardo prima a sua sorella e poi a me, e socchiuse gli occhi. Aveva capito che stavamo parlando di lui.

Sospirai. «È un ragazzo fantastico.»

«Allora...» Olivia alzò le spalle. «Perché state ancora giocando al gatto e al topo?»

«Lavoriamo insieme. È un investitore nella mia azienda.»

«E...»

«Non lo so.» Scossi la testa. «Se non dovesse funzionare, potrebbe essere davvero un casino.»

Olivia bevve un sorso di champagne. «La vita è un casino. Sai l'unico momento in cui non lo è? Quando non la vivi; quando vai avanti per inerzia.»

«Lo so... ma...»

Mi interruppe. «Cos'è successo alla donna che si è imbucata al mio matrimonio ed è scappata ridendo e bevendo champagne?»

Risi. «Dio, quella sera sì che ho combinato un casino.»

«Forse.» Alzò le spalle. «Ma guarda dove ti ha portata quel casino. A una nuova attività e a una nuova migliore amica; e se mi chiedi di chi sto parlando, ti darò un pugno in faccia. Stiamo condividendo un momento importante.»

Ridacchiai. «Capisco cosa vuoi dire, ma ti ho raccontato cos'è successo con Aiden. Molti dei nostri litigi avevano a che fare con il fatto che eravamo soci in affari. Aveva da ridire su come spendevo i soldi, e discutevamo sulla direzione che le cose dovevano prendere. È stato l'inizio dei nostri problemi.»

Olivia scosse la testa. «Ti sbagli, secondo me. Non per essere volgare, ma l'inizio dei vostri problemi è stato quando ha deciso di scopare con un'altra donna.»

«Non che sia una scusa valida, ma è andato con un'altra perché non andavamo più d'accordo.»

«No, non è vero. È andato con un'altra perché è un pezzo di merda. Quella è stata solo la scusa che gli è convenuta di più.»

Sospirai. «Forse hai ragione…»

«Ti ho mai detto che io e Mason ci siamo conosciuti sul lavoro?»

«Davvero? Alla Rothschild Investments?»

Annuì. «Hudson lo ha scelto come direttore informatico. Ha lavorato lì per tre anni, e ci siamo frequentati per due. Abbiamo lavorato insieme a qualche progetto, e non eravamo sempre d'accordo.»

«Ora ha la sua azienda informatica, giusto? È per questo che se n'è andato?»

«No. Non aveva possibilità di crescita alla Rothschild. Il nostro reparto informatico è piccolo, e lui voleva continuare a crescere. Ma il punto è che abbiamo lavorato insieme e litigato. Questo però non lo ha portato a tradirmi.» Olivia guardò il marito e fece un sorrisetto. «A volte ha portato a fare del sesso selvaggio e incazzato per riconciliarci sulla mia scrivania, però…» Alzò le mani e arricciò il naso. «Oh, Dio. Non farlo con mio fratello perché il mio ufficio è troppo vicino. Una volta sono entrata mentre lo facevano i nostri genitori, e non l'ho ancora superato.»

Risi.

«Sul serio, Stella, se non ti piace Hudson, va bene così. Ma non lasciare che ciò che è successo con il tuo ex o la tua paura di fare casino rovinino quella che potrebbe essere una cosa bella. Alcune delle cose più belle della vita sono un casino: il look spettinato, le lenzuola dopo dell'ottimo sesso, il tortino al cioccolato, l'anguria. Devo continuare?»

Sorrisi. «No. Ho capito.»

Hudson venne verso di noi con una bottiglia di champagne e riempì entrambi i nostri bicchieri. Notando l'etichetta, dissi: «Ecco perché era così delizioso. È quello buono. Ho finito le bottiglie che ho rubato al matrimonio di Olivia, perciò faresti meglio a nascondere quelle che ti restano quando andrò via».

Olivia rise. «Aiuterò Mason a servire dell'altro. Voi due continuate a festeggiare senza di me.» Si allontanò, ma mi guardò da sopra una spalla per non farsi vedere dal fratello e mi strizzò l'occhio.

Sorrisi. «Tua sorella è fantastica.»

«Non è poi così male», ammise. «Ma non dirle che te l'ho detto.»

Si era avvicinato per riempire i nostri bicchieri, ma lui non ne aveva uno in mano. «Dov'è il tuo champagne?»

«Ho un impegno», disse guardando l'orologio. «Anzi, devo proprio andare. Ero venuto per salutarti.»

«Oh.» La delusione mi attanagliò, insieme forse a un pochino di gelosia. Forzai un sorriso. «Be', divertiti.»

Mi guardò storto, e alla fine fece un sorrisetto.

«Sei gelosa perché ho un appuntamento?»

«No», ribattei troppo velocemente.

Si mise le mani in tasca e sfoderò un sorriso compiaciuto. «Sì, invece.»

«No.»

Si chinò, quasi toccando il mio naso con il suo, e sussurrò: «Gelosa».

«Ti dai troppe arie. Non sai neanche distinguere l'essere contenta per te dall'essere gelosa.»

Tirò indietro la testa. «Ah, sì? Sei contenta del mio appuntamento?»

Forzai ancora un sorriso e mi indicai la bocca. «Sì. Vedi?»

L'espressione sul volto di Hudson mi disse che il mio tentativo di sorridere era credibile quanto l'immagine riflessa in una casa degli specchi.

«Devo andare a prendere Charlie. La mia ex ha accompagnato la sorella incinta a una visita medica e potrebbe non tornare in tempo, perciò le ho detto che l'avrei riportata a casa io.»

«Oh. Okay.»

«Sei contenta che non sia un vero appuntamento?»

Sì. Alzai le spalle. «Fa lo stesso. Sono affari tuoi.»

Si sfregò il mento. «Stavo pensando di tornare più tardi. Pensi che sarai ancora qui?»

«Magari stasera ho un appuntamento. Ti darebbe fastidio?»

Hudson serrò la mascella. «Non sono io a far finta di non essere interessato, quindi non credo ti sorprenderà sapere che mi darebbe fastidio.»

Lo stavo solo stuzzicando, ma mi si era ritorto contro. Aveva un'espressione troppo seria perché fosse uno scherzo. «Non ho un appuntamento. Probabilmente sarò qui.»

Hudson scosse la testa. «Sei proprio una rompiballe.»

Bevvi un sorso di champagne. «Be', a quanto pare ti piace fartele rompere.»

Posò lo sguardo sulle mie labbra. «Lo sai, sto tenendo il conto di tutte le volte che mi torturi. Prima o poi mi vendicherò.»

«E come lo farai?»

Si chinò e mi diede un bacio sulla guancia, poi spostò le labbra sul mio orecchio. «Con la bocca.»

Rimasi sbigottita, guardando il sorrisetto di Hudson che si allontanava.

Si voltò per parlare. «Ne riparliamo dopo, Stella. Il tuo sussurro sta diventando così forte che riesco quasi a sentirlo anch'io.»

Oh, mamma. Sono nei guai.

18
Stella

AVEVO cominciato a pensare che Hudson non sarebbe tornato. Erano trascorse ore da quando era andato via, anche se, passato lo stress per lo show, mi ero rilassata molto ed ero riuscita a divertirmi. Ma mentirei se dicessi che non guardavo costantemente la porta. Metà degli invitati si era congedata, e qualche altro si preparava a farlo. Andai in bagno e pensai che presto sarei andata via anch'io. Ma quando uscii, Hudson era seduto appoggiato all'isola a bere birra.

«Sei tornato. Pensavo che forse avevi cambiato idea.»

Il suo sguardo si posò per un attimo sulle mie gambe per poi tornare a incrociare il mio. «Decisamente no.»

Sentii le farfalle nello stomaco – ultimamente facevano parte di ogni incontro con lui.

«La mia ex ha pensato bene di farsi fare anche un massaggio, visto che Charlie l'andavo a prendere io. Dev'essere stata una settimana pesante a non far niente.»

Sorrisi. «Quindi non lavora?»

Scosse la testa.

«Al diavolo chiederti di uscire. Forse dovrei chiederti di sposarmi. Sembri un buon ex marito.»

Ridacchiò. «Bentornata.» Lo guardai perplessa, perciò si spiegò: «Eri stressata. E a quanto pare questo aveva messo in pausa la saputella che c'è in te».

«Oh.» Risi. «Sì, ero stressata.»

«Ti senti meglio adesso che la giornata è finita?»

«Sì.» Mi massaggiai dietro il collo. «Anche a me piacerebbe un massaggio, però.»

Agitò le dita. «Potrei aiutarti io. Sono piuttosto bravo con le mani.»

Sorrisi. «Ci scommetto.»

«Ti va di continuare a festeggiare?»

Ero su di giri e neanche lontanamente pronta a tornare a casa. «Che cosa avresti in mente?»

«Andiamo a bere qualcosa. C'è un locale in fondo all'isolato.»

Mi mordicchiai il labbro. «Mmm... mi stai chiedendo di uscire?»

«Nossignora. Porto una collega fuori a festeggiare.»

«Ci penserò.»

Hudson mi guardò perplesso. «Ci penserai?»

«Sì.»

Aveva un'aria un po' contrariata, ma alzò le spalle. Quando riprese la sua birra, gli diedi un colpetto sulla spalla.

«Ci ho pensato.»

«E?...»

«Andiamo a festeggiare ancora un po'.»

«Non riesco ancora a credere che oggi abbiamo venduto cinquantamila scatole di Signature Scent in meno di un'ora.» Scossi la testa. «Un mese fa pensavo che non avrei mai visto il giorno in cui ne sarebbe stata ordinata una scatola.»

«Siamo stati fortunati», disse Hudson.

«No. Non siamo stati fortunati. La fortuna è quando qualcosa ti piove dal cielo. Sei stato tu a renderlo possibile.»

«Non sarebbe stato possibile senza un buon prodotto.»

Sorseggiai il mio vino. «Sai, non mi sarei aspettata che fossi così modesto.»

«Fidati, non lo sono. So solo riconoscere il merito altrui.»

Eravamo seduti a un tavolo in un locale esclusivo a qualche isolato dall'appartamento di Olivia. La cameriera si avvicinò per chiederci se andasse tutto bene. Era bellissima, ma Hudson non la guardò affatto. Anzi, l'aveva a malapena vista, il che mi incuriosì.

«Parlami dell'ultima donna che hai frequentato. Senza contare Miss Guatemala. Una donna con cui sei uscito più di una volta.»

Mi guardò sorpreso. «Perché?»

Alzai le spalle. «Sono solo curiosa. Hai un tipo? Uno stile che ti attrae?»

Fece un sorrisetto. «Sì, capelli biondi e occhiali.»

Risi. «No, sul serio.»

«Non lo so. L'ultima donna con cui sono uscito era bruna. Alta. Occhi scuri.»

«Quanto è durata?»

«Siamo usciti qualche volta.»

«Perché è finita?»

I suoi occhi saettarono avanti e indietro tra i miei. «Vuoi la verità?»

«Certo.»

«Non faceva che parlare della sorella che aveva appena avuto un bambino. Sembrava che non vedesse l'ora di sposarsi e fare figli.»

«E tu non vuoi risposarti o avere altri figli?»

Bevve un sorso di birra. «Non ho detto questo. È solo che non lo vedevo con lei.»

«Quindi se lei avesse voluto una relazione occasionale, non sarebbe finita?»

«Non lo so, perché non era questa la situazione. Ma non sono contrario all'impegno, se è lì che vuoi arrivare. Non ho smesso di frequentarla perché cercava un futuro con qualcuno. Ho smesso di frequentarla perché la persona giusta per lei non ero io.»

Annuii. «La cameriera è bella...»

Hudson mi guardò incuriosito. «Ah, sì?»

«Molto.»

Si sfregò il mento. «Stai cercando di combinarmi un appuntamento?»

«Vorresti che lo facessi?»

«C'è un motivo per cui stiamo parlando solo per interrogativi?»

Sorrisi. «Non lo so, c'è?»

Hudson mi fissò per qualche secondo, poi mise fine al nostro giochetto. «Non sono interessato alla cameriera.»

Sembrava perplesso. «Non mi chiedi perché?»

Considerato il modo in cui mi guardava, conoscevo già la risposta alla sua domanda.

Finii il mio bicchiere di vino e sorrisi. «No.»

Ridacchiò. «Come vanno le cose fra te e Ken?»

«Si chiama Ben e lo sai.» Sorrisi e scossi la testa. «Non ci vediamo più. Non c'era chimica.»

Il sorriso di Hudson si allargò. «Mi dispiace.»

Alzai gli occhi al cielo. «Sì, sembri proprio dispiaciuto.»

Hudson fermò la cameriera mentre passava. «Mi scusi. Ci porterebbe un altro giro?»

«Certo.»

Dopo che si fu allontanata, mormorò: «Non c'è paragone». Poi finì la sua birra e si alzò in piedi. «Scusami un momento. Vado in bagno.»

Inviai un messaggio a Fisher aggiornandolo sul resto della serata. Ci eravamo scambiati qualche messaggio poche ore prima, e lo avevo informato del successo di Signature Scent. Il mio amico rispose subito.

FISHER: *Com'è il* Rose*?*

STELLA: *Come fai a sapere dove sono?*

FISHER: *Ho usato Trova Amici mezz'ora fa, visto che non mi rispondevi da due ore. Non ci metti mai tanto a rispondere, quindi mi sono preoccupato. La festa si è spostata lì, immagino.*

Ad alcune persone poteva non piacere usare quella funzionalità, ma io avevo dato a Fisher l'accesso alla localizzazione del mio cellulare per un motivo, e apprezzavo il suo interessamento.

STELLA: *Una parte della festa si è spostata qui...*

Sorrisi, vedendo che stava subito rispondendo.

FISHER: *Solo tu e l'adone?*

STELLA: *Siamo andati a bere qualcosa dopo la festa.*

FISHER: *Gli salterai addosso finalmente?*

STELLA: *Non penso sia una possibilità...*

FISHER: *Tesoro, con gli uomini è sempre una possibilità. È semplice. Digli che sei in vena di andare a letto – con lui, però.*

Scossi la testa sorridendo.

STELLA: *Questa me la segno. Grazie.*

Vidi Hudson tornare dal bagno, perciò misi via il cellulare. Si risedette di fronte a me. «Allora, che novità ci sono con Marco?»

«Marco?»

«Il toy boy.»

«Oh.» Risi. «Sta leggendo *Uccelli di rovo*. Ha chiesto ad Amalia quali fossero i suoi libri preferiti, e ogni settimana va in biblioteca e ne restituisce uno per prenderne un altro. Poi inizia una conversazione con lei sul libro che ha appena finito. Sta cercando di dimostrarle il suo impegno e di trovare delle cose in comune tra loro. È così romantico.»

«*Uccelli di rovo*? Mi suona familiare, ma non credo di averlo letto.»

«Oh, dovresti. È anche uno dei miei preferiti, in realtà.»

«E... come si chiama... Be', lei, ci sta cascando?»

«Amalia... credo di sì. Marco ha iniziato ad andare in biblioteca quando lei ha l'ultimo turno, e lei gli permette di riaccompagnarla a casa.»

«A quando risale il diario? Sembra un sacco di lavoro. Immagino non avessero ancora Tinder...»

Risi. «Be', penso sia molto più facile fare swipe a sinistra, o a destra, quello che è. Ma probabilmente è per questo che le persone che conosci in quel modo di solito non sono l'amore della tua vita.»

«Cosa ne è stato del piano per farla ingelosire facendosi vedere con un'altra ragazza?»

«Per fortuna, ha deciso di comportarsi in modo maturo e dimostrarle invece che si vuole impegnare con lei.»

Un cellulare iniziò a vibrare. Pensai si trattasse del mio, ma non lo era. «È il tuo telefono che vibra?»

«Merda.» Infilò una mano in tasca. «Non me n'ero neanche accorto.» Leggendo il nome sullo schermo, Hudson si accigliò. Guardò l'orologio. «È la mia ex moglie. Devo rispondere. Non telefona mai così tardi.»

«Certo. Fai pure.»

«Che succede?»

Sentii una voce femminile, ma non riuscii a capire cosa diceva.

«Dov'è Mark?» chiese Hudson dopo un momento.

Pausa.

«Merda. Okay. Sì. Arrivo il prima possibile.»

Riattaccò e alzò immediatamente la mano per chiamare la cameriera. «Mi dispiace. Devo andare.»

«Charlie sta bene?»

«Sì, sta bene. La sorella di Lexi ha iniziato ad avere le contrazioni, e a quanto pare suo marito è in California per lavoro. Lexi vuole andare in ospedale con lei, e ha bisogno che ci vada anch'io a prendere Charlie.»

«Oh, che emozione. Scommetto che Charlie non vedrà l'ora di conoscere Lombrico.»

Hudson ridacchiò. «Mi pregherà sicuramente di restare in ospedale tutta la notte.»

La cameriera arrivò, e lui le porse la carta di credito.

«Aspetta.» Presi la borsetta e tirai fuori il portafogli «Lascia fare a me, per favore.»

Scosse la testa e fece cenno di andare alla cameriera, che non aspettò neppure che obiettassi.

«Hai offerto la cena l'altra sera», protestai. «Volevo pagare io questa volta.»

«Facciamo così, ti lascerò pagare quando mi chiederai di uscire.»

«E se non te lo chiedessi mai? Non sarebbe giusto.»

«Una ragione in più per chiedermelo. Anche se non è in cima alla lista delle motivazioni.»

«No?»

La cameriera tornò con la sua carta di credito e una ricevuta da fargli firmare. Hudson estrasse dal portafogli una mancia generosa e la mise nel portaconto in pelle.

Gettò la penna sul tavolo. «Sei pronta?»

«Sì, ma sto anche aspettando di sapere qual è il motivo in cima alla lista.»

Lui mi porse una mano per aiutarmi ad alzarmi. La presi, ma una volta in piedi non la lasciò andare. Invece, mi tirò a sé e posò le labbra sul mio orecchio.

«Preferirei di gran lunga mostrartelo piuttosto che dirtelo. Accetta questo rischio, Stella.»

19
Stella

HUDSON non venne in ufficio nei due giorni successivi.

Olivia mi aveva riferito che la sorella della sua ex moglie aveva partorito nel pomeriggio dopo un travaglio piuttosto lungo, perciò immaginai che quello fosse il motivo. Quel mercoledì avevo chiesto di lui alla sua assistente perché volevo fargli rivedere i termini di un ordine, ma mi aveva detto che sarebbe stato fuori sede tutto il giorno, in un'azienda in cui avevano investito.

Per quanto odiassi ammetterlo, mi mancava quando non era in ufficio. Non vedevo l'ora di vederlo, e non soltanto perché era intelligente e un buon banco di prova per la mia attività. Quindi probabilmente non era poi così male che stessimo un po' separati. Avevo bisogno di tenere sotto controllo i sentimenti che stavo sviluppando per lui. Il nostro rapporto non era cambiato: eravamo soci in affari. Anche se facevo sempre più fatica a ricordarmi che era tutto quello che dovevamo essere.

«Ehi, buone notizie.» Olivia entrò nel mio ufficio. «Sono riuscita a ingaggiare Phoenix Mets per scattare le fotografie che ci servono per gli ultimi contenuti di marketing.»

«Oh, è fantastico!» Sorrisi, ma poi non potei fare a meno di ridere. «Scusa. Non ho idea di chi sia Phoenix Mets.»

«È un fotografo delle celebrità. Ha scattato quella fotografia di Anna Mills incinta che era sulla copertina di *Vogue*.»

«Oh. Wow. Era una foto bellissima.»

«La tua verrà ancora meglio.»

«La mia?» Arricciai il naso.

«Esatto. Dopo averti vista spaccare su Home Shopping Channel, ho fatto qualche modifica alle bozze delle pubblicità.» Aprì un fascicolo e poggiò dei disegni sulla mia scrivania. «Li ho fatti abbozzare a Darby, ma non credo dovremmo usare una modella.»

Presi i fogli. Era la bozza di un disegno, ma la donna nell'annuncio assomigliava molto alla persona che avevo visto allo specchio quella mattina. «Vuoi che io sia il volto delle pubblicità?»

Annuì. «Sei il volto di Signature Scent. Le persone rispondono bene a te.»

«Ma sono strana nelle foto. Non ho mai fatto un servizio fotografico professionale o cose del genere.»

Olivia alzò le spalle. «Non eri neanche mai stata in TV e sei stata fantastica.»

«Non lo so...»

«Questa campagna parla di bellezza e scienza, e chi potrebbe vendere tutto questo meglio di te?»

Continuai a fissare le pubblicità. La donna raffigurata nel disegno che doveva rappresentarmi aveva occhiali spessi e i capelli raccolti. Era seduta di fronte a un tavolo di laboratorio con becher e apparecchiatura scientifica di ogni tipo sparsi sopra. La sua gamba sporgeva da sotto il tavolo, e indossava scarpe con la suola rossa. Era decisamente una pubblicità che mi sarei fermata a guardare, ma d'altronde sono una nerd in fatto di scienza.

«Facciamo così...» propose Olivia. «Faremo quello che abbiamo programmato all'inizio e anche queste. La decisione finale spetterà a te.» Indicò la bozza della pubblicità. «Ma credimi, questa potrebbe rivelarsi davvero incredibile.»

Non potevo dire di no a quell'offerta. Olivia era stata meravigliosa, e sapevo che doveva credere in quell'idea o non avrebbe spinto per realizzarla. Era mossa dalle migliori intenzioni per fare di Signature Scent un successo.

Feci un respiro profondo e annuii. «Okay. Farò un tentativo.»

«Fantastico», esclamò battendo le mani. «Il servizio fotografico è dopodomani: venerdì mattina.»

«Fammi sapere solo cosa devo fare per prepararmi. Vuoi che porti dei vestiti?» Nella bozza la donna indossava una camicia bianca e quella che sembrava una gonna nera a tubino. «Ho di sicuro una camicia bianca e una gonna scura.»

«No. È tutto sistemato.» Olivia sorrise con apprensione. «Ho già ordinato tutto quello che ci serve. I vestiti, gli oggetti di scena scientifici, persino le scarpe. Non ero sicura della tua taglia, quindi ho ordinato un po' di tutto.»

«Okay», risposi divertita.

Si alzò in piedi. «Non devi far altro che esserci.»

«Questo posso farlo.»

«Faccio subito fare le prenotazioni alla mia assistente. Prenoterò il volo di ritorno per domenica, se per te va bene – giusto per sicurezza, nel caso sia necessario un secondo giorno sabato.»

La guardai perplessa. «Volo? Dov'è il servizio fotografico?»

«Oh. Il fotografo lavora a Los Angeles. Non te l'avevo detto?»

«No. Ma va benissimo. Non sono mai stata in California.»

«L'adorerai. Probabilmente avremo molto tempo libero. Posso farti da guida.»

«Certo! Grandioso. Grazie, Olivia.»

La mattina seguente, ero in piedi e pronta di buonora. Avevo preso della melatonina prima di andare a letto, sapendo che sarei stata in ansia e avrei avuto difficoltà a dormire. Era già abbastanza brutto che la mia faccia sarebbe stata stampata su tutto il materiale pubblicitario e promozionale; non volevo avere anche le borse sotto gli occhi, se potevo evitarlo.

Il nostro volo era alle nove e mezzo, ma dovevamo partire per l'aeroporto alle sei e mezzo. Alle sei e un quarto stavo bevendo la mia seconda tazza di caffè fissando fuori dalla finestra, guardando il sorgere del sole, quando una limousine nera accostò davanti al mio palazzo. Non c'era mai parcheggio, perciò corsi in cucina e buttai il resto del mio caffè, poi sciacquai la tazza e presi la valigia. In corridoio, premetti il pulsante dell'ascensore, ma mi resi conto di aver dimenticato l'altra borsa con il portatile. Perciò lasciai lì la valigia e corsi di nuovo in casa.

Sentii il suono dell'ascensore dall'altra parte del corridoio, mentre chiudevo a chiave la mia porta per la seconda volta. Non volevo che la macchina dovesse fare il giro dell'isolato, perciò corsi per prendere la valigia mentre le porte si aprivano. Non aspettandomi che ci fosse qualcuno in ascensore, mi fiondai dentro senza fare attenzione e sbattei dritta contro qualcuno che cercava di uscire.

«Merda.» Lasciai il manico della valigia che mi stavo trascinando dietro, che si rovesciò e cadde a terra. Chinandomi per raccoglierla, continuai: «Mi scusi! Sta be...» Mi interruppi nell'istante in cui alzai lo sguardo. «Hudson?»

«Immagino di doverti essere grato per non avermi dato un cazzotto.»

«Che ci fai qui?»

«Ti vengo a prendere per andare in aeroporto. Cos'altro ci starei facendo qui?»

Ero confusa. «Ma dov'è Olivia?»

«Oh, giusto. Ho detto a Olivia che ti avrei avvertito che sarei venuto io e non lei. Devo essermene dimenticato. Scusa.»

«Ma perché vieni tu invece di Olivia?»

«Ha avuto un cambio di programma. È un problema?»

A parte il mio cuore che aveva già iniziato a battere all'impazzata dopo essere stata vicina a quell'uomo per un minuto – e adesso avrei dovuto passare dei giorni accanto a lui –, quale poteva essere il problema? Lo guardai negli occhi, non sapendo bene cosa stessi cercando. Poi finalmente mi ricomposi. Ero una professionista; potevo gestire la situazione.

Raddrizzando la schiena, dissi: «No. Nessun problema».

Avrei giurato di aver visto una scintilla nei suoi occhi. Ma non avevo tempo di approfondire, visto che Hudson aveva preso il mio trolley e mi aveva fatto cenno con la mano di entrare nell'ascensore ancora in attesa. «Dopo di te.»

La mia mente fu invasa da mille pensieri mentre scendevamo, tuttavia emerse una domanda in particolare. Il mio palazzo non aveva un portiere. Avevamo il citofono, e i visitatori dovevano farsi aprire il portone. «Come sei entrato?»

«Fisher. Stava uscendo a correre quando sono arrivato.»

Dovevo ricordarmi di ringraziare il mio amico per avermi avvertita. Sapeva che sarei partita con Olivia. Aveva saccheggiato il mio frigorifero la sera prima mentre preparavo la valigia e gli raccontavo del mio viaggio. Ma non aveva importanza; avevo altro a cui pensare. Tipo come avrei fatto a mantenere le distanze dall'uomo accanto a me in ascensore, visto che era così dannatamente attraente. Hudson indossava un semplice paio di pantaloni blu e una camicia bianca. Ero a meno di un passo da lui, ed era impossibile non notare che quel tessuto gli faceva davvero un bel sedere. Avrei scommesso che faceva un casino di squat.

Mi guardò, e io alzai lo sguardo appena in tempo. O almeno così speravo. Anche se l'angolo della sua bocca forse non era d'accordo. *Fantastico. Semplicemente fantastico. Sarà un viaggio dannatamente lungo.*

Hudson fece una chiamata con l'estero sulla strada per l'aeroporto, e una volta arrivati fu mandato in un'altra fila perché doveva superare i controlli di sicurezza preliminari. Fui grata della tregua. Solo dopo l'imbarco riuscimmo a trovare il tempo per parlare. Eravamo seduti uno accanto all'altra nella fila tre della prima classe, cosa che non mi aspettavo.

«Be', è davvero comodo.» Mi allacciai la cintura. «Non sono mai stata in prima classe.»

«Riuscivo a viaggiare in economica anni fa quando c'era più spazio tra i sedili, ma da dieci anni hanno reso impossibile che qualcuno alto più di un metro e ottanta stia seduto comodo – specialmente su un volo di sei ore per la Costa occidentale.»

Un'assistente di volo si avvicinò con un vassoio di succo d'arancia in bicchieri di champagne. «Mimosa?»

«Oh, certo», dissi. «Grazie.»

Mi passò un bicchiere e poi guardò Hudson.

Fece cenno di no con la mano. «No, grazie. Ma vorrei un caffè appena possibile.»

«Certamente.»

Dopo che si fu allontanata, alzai il mio bicchiere verso Hudson. «Non sei uno che beve al mattino?»

Sorrise. «In genere, no.»

«Probabilmente avrei dovuto saltarlo anch'io, ma sono un fascio di nervi.»

«Ti innervosisce volare?»

«No… non proprio. Anche se a volte mi viene un po' di nausea con le turbolenze.»

«Ottimo.» Indicò il corridoio. «Inclina la testa da quella parte.»

Risi. «Immagino che tu sia il tipo che non si accorge nemmeno di essere su un aereo. Probabilmente lavori per metà volo e poi chiudi gli occhi e fai un pisolino.»

«Quasi. Di solito lavoro per la maggior parte del tempo.»

La hostess tornò con il suo caffè. Il servizio era decisamente migliore che in economica.

«Allora, cosa ti rende nervosa?» chiese. «Se non è il volo?»

«Oh, non lo so… magari farmi fare fotografie da un famoso fotografo perché possano essere stampate su tutto il materiale pubblicitario di Signature Scent?»

Gli occhi di Hudson saettarono avanti e indietro tra i miei. «Vuoi sapere un segreto?»

Sorrisi. «Certo.»

Si chinò su di me e sussurrò: «Puoi fare qualsiasi cosa».

«È questo il segreto?»

«Be', tecnicamente non è un segreto, visto che l'unica persona che sembra non saperlo sei tu.»

Sospirai. «È molto gentile da parte tua, ma non sono così sicura che sia vero.»

Di nuovo, Hudson si prese un momento per guardarmi. Sembrava che si stesse chiedendo se dire o meno qualcosa.

«Ricordi il tuo primo giorno di lavoro in ufficio?» chiese alla fine.

«Alla Rothschild? Sì, perché?»

«Hai voluto sapere perché avessi cambiato idea sull'investire nella tua azienda.»

«Hai detto che tua sorella era persuasiva, o qualcosa del genere.»

Annuì. «Non era tutta la verità.»

«No?»

Scosse la testa, e il suo sguardo si posò sulle mie labbra. «Volevo conoscerti. La settimana dopo il matrimonio di mia sorella, non riuscivo a smettere di pensare a te. Non era perché eri bellissima – non mi fraintendere, lo sei. Ma ero attratto dalla tua forza. Non sei una donna che ha bisogno di un uomo. Sei una donna di cui un uomo ha bisogno. Non ero sicuro di conoscere la differenza, anni fa. Ma tu mi rendi impossibile dimenticarla, adesso.»

Lo guardai stupita. «Wow. Credo possa essere il più bel complimento che abbia mai ricevuto.»

«Immaginavo che quel coglione del tuo ex fosse un idiota per quello che ti ha fatto. Ma ora ho la certezza che è un deficiente totale.»

L'assistente di volo interruppe la nostra conversazione per riprendere i nostri bicchieri, visto che stavamo per entrare in fase di rullaggio. Poi iniziarono le dimostrazioni di sicurezza, e osservammo la donna a pochi passi da noi indossare un giubbotto salvagente di plastica sgonfio e mostrarci come allacciare le cinture che stavamo già indossando.

Mentre rullavamo sulla pista dietro una serie di aerei che si preparavano a decollare, Hudson mi offrì un giornale. Rifiutai, preferendo mettermi gli auricolari e cercare di rilassarmi. Nell'istante in cui chiusi gli occhi, però, sapevo che non sarebbe successo. Non riuscivo a smettere di pensare a quello che mi aveva detto. Mi vedeva bella e forte, come non mi ero sentita da molto tempo. E sapete una cosa? Aveva ragione, almeno per quanto riguardava la forza. Negli ultimi tempi, mi ero sentita quasi euforica per tutto quello che avevo realizzato. Ero stata nervosa all'idea di collaborare con un investitore, ma aveva finito per essere la decisione migliore che avessi mai preso. Poi ero stata terrorizzata all'idea di apparire su Home Shopping Channel, e anche quello era stato un successo strepitoso. Allora perché avrei dovuto avere paura di farmi fare qualche fotografia e di prestare il volto al marketing della mia compagnia? Non avrei dovuto esserlo. Era quella la risposta.

Feci qualche respiro profondo e sentii le spalle rilassarsi. Mi serviva soltanto Vivaldi, e avrei potuto anch'io essere una di quelle persone che riescono a fare un pisolino in aereo. Chi l'avrebbe mai detto?

Quando la musica iniziò, guardai l'uomo seduto accanto a me. Hudson notò quel mio sguardo e fece un'espressione adorabile, una via di mezzo tra un sorriso sbilenco e un'aria confusa, come se stesse cercando di capire a cosa stessi pensando, ma comunque contento che la mia attenzione fosse su di lui. Mi tolsi l'auricolare del lato più vicino a lui e mi chinai.

«Grazie», dissi.

«Per cosa?»

«Per vedermi come mi vedi. So che posso essere difficile da gestire a volte.»

«Sei difficile da gestire. Ma non preoccuparti.» Mi strizzò l'occhio. «Sono bravo a gestire le cose.»

«Benvenuti all'*Hotel Bel-Air*. Dovete fare il check-in?»

«Sì, a nome Rothschild», disse Hudson. «Dovrebbero esserci due prenotazioni.»

La donna dietro la reception ticchettò con le lunghe unghie sulla tastiera mentre mi guardavo intorno meravigliata nella hall dell'albergo. Immaginavo che avremmo alloggiato in centro a Los Angeles in qualche hotel alla moda, ma quel posto era più un santuario nascosto nei boschi. L'*Hotel Bel-Air* possedeva un'atmosfera vecchio stile. Aveva tutti i dettagli di lusso standard – colonne e ripiani in marmo, pavimenti in arenaria, soffitti in legno naturale –, ma qualcosa lo rendeva sereno e intimo, piuttosto che pacchiano.

Hudson notò che mi guardavo in giro. «L'area è bellissima. Si può quasi dimenticare di essere a Los Angeles. Sono già stato qui, ma questa volta è stato il fotografo a sceglierlo. Sarà la location del servizio.»

«Oh, wow. Molto comodo. Non vedo l'ora di guardarmi intorno.»

La receptionist sollevò due quadrati di cartoncino. Ce ne porse uno. «Questa è per la suite Stone Canyon.» Sollevò l'altra. «E questa per la camera deluxe.»

Hudson prese la scheda della camera e mi porse quella della suite.

«Cosa? No. Non ho bisogno della suite. Prendila tu.»

«Verranno a farti i capelli e il trucco domani. Ti servirà lo spazio. E poi, il fotografo vuole fare qualche scatto nella terrazza della tua stanza. È stato lui a richiedere quella suite in particolare.»

«Oh...» Mi sembrava comunque strano prenderla, ma aveva senso. «Okay.»

Hudson mi accompagnò alla mia camera. Portò dentro il mio trolley mentre io andai dritta verso le due porte finestre in salotto. Portavano direttamente su una terrazza privata.

«Mamma mia! Ci sono un caminetto e un'enorme Jacuzzi qui fuori.»

Hudson mi seguì all'esterno. Indicò un angolo soggiorno con piante rigogliose e vegetazione sullo sfondo. «Credo che domani voglia fare le foto qui. Mi ha inviato via e-mail delle bozze ieri sera con dell'arredamento che ha affittato per la giornata.»

Indicai la Jacuzzi. «Sapevo che avrei dovuto portare un costume da bagno.»

«È una terrazza privata.» Alzò le spalle. «Non credo ti serva.»

«Oooh. Ancora meglio.»

Un'altra porta doppia dava su una camera da letto, perciò andai a dare un'occhiata anche a quella, prima di esplorare il bagno più lussuoso che avessi mai visto. Hudson sembrava divertito dal mio entusiasmo.

«Non voglio andarmene più da questa stanza», scherzai.

Guardò prima il letto e poi me. «Siamo in due.»

Risi, eppure il mio sguardo indugiò sul letto. Quando lo sollevai, vidi che Hudson mi stava fissando.

Si schiarì la voce. «Dovrei andare. Devo mettermi in pari con del lavoro. Il fotografo ha pensato che fosse una buona idea cenare insieme stasera, ma non sapevo se te la saresti sentita.»

«Sto bene. Mi farebbe piacere.»

«Gli dirò alle cinque», suggerì Hudson, «dato che sarebbero le otto per noi con il fuso orario di New York.»

«Buona idea.»

«Pensi di andare da qualche parte?» mi chiese congedandosi. «Vuoi farti portare in giro con l'auto che abbiamo noleggiato?»

«Mmm... Devo lavorare un po', ma poi potrei andare a comprare un costume. Siamo passati davanti a delle boutique carine non troppo distanti.»

«A ripensarci», disse Hudson, «non devo lavorare. Probabilmente hai bisogno di qualcuno che ti dica come ti stanno.»

Risi. «Penso di poterlo scegliere anche da sola.»
Prese le chiavi che aveva in tasca e me le porse. «Peccato. Ma fammi sapere se vuoi compagnia nell'idromassaggio più tardi.»
«Hai portato un costume?»
Hudson fece un sorrisetto. «Nossignora.»

20
Stella

Mi ero cambiata tre volte.

Quando Hudson bussò alla mia porta con cinque minuti d'anticipo per la cena, non ero pronta.

«Ehi...» Spalancai la porta. «Oh... sei in jeans.»

Abbassò lo sguardo. «Non dovrei?»

«No, no. Va bene. È solo che non ero sicura di cosa indossare. Avevo messo i jeans, ma temevo che potesse essere un po' troppo casual. Quindi sono scesa al ristorante per vedere quanto fosse elegante. È molto chic, così mi sono cambiata... due volte.»

Hudson mi squadrò. Avevo scelto un semplice vestitino nero senza maniche e dei sandali con cinturino e tacco a spillo.

«Non so cosa avessi messo prima», disse, «ma non riesco a immaginare che potesse starti meglio di quello che indossi ora. Sei bellissima.»

Provai quella sensazione di calore alla bocca dello stomaco. «Grazie. Anche tu stai benissimo. Mi piaci davvero con un velo di barba.»

«Subito dopo cena getterò i miei rasoi.»

Risi e mi feci da parte. «Ci metterò solo un minuto. Devo mettermi il rossetto e cambiare i gioielli.»

Hudson si sedette sul divano in salotto mentre andavo in bagno a finire di prepararmi. «Ho ricevuto le notifiche di spedizione per un bel po' di nuovi prodotti», urlai mettendo la matita per il contorno labbra. «Se tutto va bene, dovremmo essere pronti a spedire le scatole anche prima del previsto.»

«Be', allora immagino che faremo meglio a finire il servizio fotografico domani», disse dall'altra stanza.

Misi una collana di turchesi per aggiungere un po' di colore, insieme a un bracciale abbinato. Mi passai le dita tra i capelli un'ultima volta e feci un respiro profondo, guardandomi allo specchio. Come se stare con Hudson non mi rendesse abbastanza nervosa, cenare con un fotografo abituato a fotografare modelle e celebrità aggiungeva un altro livello di pressione. Non volevo che mi guardasse e pensasse: *Oh, merda... come farò a farla sembrare abbastanza bella da vendere profumo da donna?*

Conclusi che continuare ad agghindarmi per altri cinque minuti non avrebbe cambiato la situazione. Perciò andai in soggiorno e presi la borsa dal tavolino. Ci gettai dentro qualcosa e la chiusi. «Sei riuscito a fare tutto il lavoro che dovevi oggi pomeriggio?»

Hudson si alzò. «Sì. E tu?»

«Per la maggior parte. Ma poi non ho resistito e ho provato la Jacuzzi.»

«Hai comprato un costume?»

Scossi la testa e feci un sorrisetto. «L'ho provata come mamma mi ha fatto.»

Lo sguardo di Hudson percorse il mio corpo, e borbottò: «Dovremmo andare».

La sua frustrazione mi diede l'iniezione di fiducia che mi serviva in quel momento. Hudson aprì rapidamente la porta della mia suite, il che mi divertì. Ci avviammo fianco a fianco al ristorante dell'hotel.

«Hai già conosciuto Phoenix?» chiesi.

«No. Ho pensato che non sarà troppo difficile individuarlo. I fotografi di solito hanno un certo stile, e sarà da solo.»

Entrati al ristorante, la direttrice di sala ci avvisò che il nostro commensale era già arrivato e stava bevendo un drink al bar. Lo raggiungemmo, ma c'era più di un ragazzo seduto da solo.

«Chi credi che sia?» chiesi.

Hudson si guardò intorno e indicò un ragazzo in fondo al bancone del bar. Aveva i capelli arruffati, una camicia sgargiante, e braccialetti che gli coprivano mezzo braccio: aveva un'aria assolutamente trendy.

«Lui.» Lo indicò.

Riuscivo a vedere gli altri due uomini solo di spalle, però uno aveva i capelli grigi e indossava una giacca sportiva di tweed, e l'altro aveva spalle abbastanza larghe da essere un giocatore di football, perciò immaginai che Hudson avesse ragione. Gli lasciai prendere l'iniziativa.

Si avvicinò e chiese: «Phoenix?»

Scosse la testa. «Mi dispiace, credo abbiate sbagliato persona.»

«Scusi.»

Guardammo gli altri uomini al bar, che adesso potevamo vedere di fronte, e... wow, il ragazzo con le spalle da giocatore di football era incredibilmente bello. Notò che lo guardavamo e sorrise.

Lo indicai con un cenno del capo. «Credo sia lui.»

«Non sembra un fotografo», disse Hudson.

«Lo so. Sembra più un modello.»

Il ragazzo si alzò e camminò nella nostra direzione.

«Siete di Signature Scent?» chiese.

«Sì, siamo noi.» Sorrisi. Non avevo intenzione di sembrare così allegra o ansiosa, ma immagino che lo sembrai, perché Hudson mi lanciò un'occhiata stranita mentre porgevo la mano al fotografo. «Stella Bardot. Piacere di conoscerti.»

«Ah. La mia musa.» Mi prese la mano e baciò il dorso. «Vedo che sarà un lavoro facile.»

Hudson decise di assumere un'espressione impassibile quando si presentò e strinse la mano a quell'uomo bellissimo, tuttavia riuscii a vedere un'espressione accigliata nei suoi occhi.

Chiedemmo di sederci al tavolo, e io mi avviai per prima, seguendo la direttrice di sala. Notai più di una donna voltarsi a guardare gli uomini dietro di me. Non potevo biasimarle. Hudson e Phoenix erano molto diversi, ma entrambi stupendi ciascuno a modo suo.

Hudson fece per spostare la mia sedia, ma Phoenix lo batté sul tempo.

«Grazie», dissi.

Una volta accomodati, Phoenix iniziò la conversazione.

«Allora, da quanto tempo fai la modella?»
«Oh, non sono una modella. Ho creato io Signature Scent.»
«Davvero? Non l'avrei mai detto.»
Hudson prese il menu dei drink e borbottò: «Le informazioni su chi avresti fotografato erano nel documento che ti abbiamo inviato dal marketing. Non le avrai viste».
Cercai di alleggerire il suo commento. «Da quanto tempo sei un fotografo?»
«Professionalmente, da circa cinque anni. Ho fatto il modello nei dieci anni precedenti, quindi è così che ho imparato il mestiere. La carriera di modello dura poco, tuttavia mentre ero ancora sotto ingaggio, ho fatto dei corsi per avere un'alternativa.»
«Furbo.»
«Quindi hai inventato il prodotto e sarai anche la modella? Bellezza e intelligenza. Tuo marito è un uomo fortunato.»
«Grazie.» Arrossii. «Ma non sono sposata.»
Phoenix sorrise, e Hudson alzò gli occhi al cielo.
Cercai di inserire Hudson nella conversazione ed evitare di flirtare ulteriormente. Pur essendo lusingata dalle attenzioni di Phoenix, e per quanto fosse divertente scorgere un po' di gelosia nell'uomo alla mia sinistra, quella era una cena di lavoro. E poi, non importava quanto Phoenix fosse attraente, non ero interessata a lui.
Non ero sicura se fosse per i miei sforzi o forse per i due scotch che Hudson si era scolato durante la cena, ma sembrò essersi rilassato mentre mangiavamo. Parlammo di Signature Scent, dal suo sviluppo ai piani di marketing ideati da Olivia.
Quando la cameriera suggerì di passare al caffè e al dessert, Hudson rifiutò, quindi feci lo stesso.
«Che ne dite di iniziare alle nove domattina?» chiese Phoenix. «Truccatori e acconciatori possono venire da te per le otto. Sai già cosa indosserai?»
«Olivia mi ha scritto che gli ultimi pacchi sono stati consegnati in albergo da poco», rispose Hudson.
«Perfetto», disse Phoenix. «Credo che potremo finire per il primo pomeriggio, quindi ti resterà del tempo per goderti un po' il sole californiano.»

«Oh, bene. È la mia prima volta qui, quindi mi piacerebbe visitare la città.»

«Io sono nato e cresciuto a Los Angeles. Se ti va, potrei farti da cicerone al termine del servizio fotografico.»

Guardai di sbieco Hudson. Capii che era incazzato, ma si trattenne dal dire alcunché.

«In realtà…» Sorrisi educatamente a Phoenix. «Ho già dei programmi. Ma grazie mille per l'offerta.»

Camminammo tutti e tre verso la hall. Hudson fu silenzioso, ma professionale, nel salutare il nostro commensale.

«Devo passare alla reception per prendere i pacchi che Olivia ti ha fatto recapitare», mi disse quando Phoenix se ne fu andato.

«Oh, okay.»

Non riuscivo a capire se fosse incazzato con me o semplicemente di cattivo umore. Mantenne il suo atteggiamento severo mentre chiedeva alla receptionist della consegna.

Lui digitò qualcosa e guardò lo schermo. «Sembra che sia stato consegnato nella sua camera. Camera duecentotrentotto.»

«Okay, grazie.»

Visto che la camera duecentotrentotto era la sua, e che dovevo provare i vestiti e le scarpe, gli dissi: «Ti dispiace se le prendo adesso? Voglio prepararmi il più possibile stasera in modo da non fare perdere tempo a nessuno domattina».

«Va bene.»

Durante il tragitto verso la sua stanza continuò a rimanere in silenzio. Aprì la porta e la tenne aperta per farmi entrare, ma, una volta richiusa, il silenzio si fece talmente assordante che non riuscii più a sopportarlo.

«Sei… arrabbiato con me?»

Gli occhi di Hudson saettarono avanti e indietro tra i miei. «No.»

«Okay… Sei stanco? È stata una giornata lunga, con il viaggio e tutto il resto.»

Scosse la testa. «Non sono stanco.»

Annuii, e decisi di lasciarlo tranquillo. Ma durò solo pochi secondi. Non riuscii a trattenermi. «Quando ho detto che non ero mai stata a Los Angeles e volevo visitare la città, non l'ho fatto perché mi chiedesse di uscire. Non so nemmeno se me l'abbia chiesto, ma qualsiasi fosse la sua offerta, non stavo cercando di fare in modo che mi facesse da guida.»

Mi fulminò con lo sguardo. «Oh, ti stava chiedendo di uscire eccome. Non ci sono dubbi.»

«Ma io…»

Mi interruppe. «Tu sei stata perfettamente educata e professionale. Non hai fatto nulla di male.»

«Allora perché mi sento come se tu pensassi che l'abbia fatto?»

Hudson si fissò i piedi per quelli che probabilmente furono solo pochi secondi, eppure mi sembrò un'ora. Alla fine, il suo sguardo incrociò il mio. «Sono solo uno stronzo geloso. Non volevo prendermela con te. Mi dispiace.»

Oh… *wow*. Non credevo che sarebbe stato così onesto. Sorrisi triste. «Grazie. Per quello che vale, se i ruoli fossero invertiti e la fotografa fosse stata una bellissima ex modella che si fosse offerta di farti da guida, anch'io sarei stata gelosa.»

«Sai, non siamo gelosi delle cose che non vogliamo.»

«Non è che io non voglia. È solo che… così tanto potrebbe andare storto.»

«O così tanto potrebbe andare per il verso giusto.» Hudson forzò un sorriso e annuì. «Ma lo capisco.» Si guardò intorno. «Non vedo scatole in giro. Fammi cercare in camera da letto. Hai una lista di quello che avresti dovuto ricevere?»

«Sì…» Sospirai. «Ce l'ho nel cellulare.»

Mi sedetti sul divano e tirai fuori il telefono dalla borsetta. A un tratto notai qualcosa sporgere tra i cuscini all'angolo del divano. Sembrava un libro. Senza pensarci, lo presi e lo misi sul tavolino perché non si perdesse. Ma quando vidi il titolo sulla copertina, non riuscii a credere ai miei occhi.

Uccelli di rovo.

Io e Hudson avevamo parlato di quel libro, e mi aveva detto di non averlo letto.

Ripresi il libro e iniziai a sfogliare le pagine. A circa tre quarti, c'era infilato un biglietto da visita di Hudson come segnalibro.

«Hanno consegnato due scatole…» Hudson si bloccò. Sollevò lo sguardo per incrociare il mio, ma non disse nulla.

«Lo stai leggendo?»

Posò le scatole sul tavolino davanti a me. «Hai detto che ti piaceva l'altro giorno. Di solito leggo molto quando viaggio.»

Mi si allargò il cuore nel petto, lasciandomi un po' senza fiato. Scossi la testa. «Sapevi che pensavo che fosse romantico il fatto che Marco leggesse i libri preferiti di Amalia.»

Restò in silenzio per un momento prima di dare qualche colpetto sulle scatole. «Quante ne mancavano?»

«Mmm...» Non avevo finito di controllare la lista. Diedi una scorsa alle e-mail cercando quella di Olivia con le conferme di spedizione. «Credo che quelle siano le ultime due. Tutti gli oggetti di scena saranno consegnati domani da una ditta locale.»

Annuì. «Le porto in camera tua.»

«Non preoccuparti. Sono solo pochi vestiti. Posso portarle io.»

Hudson si infilò le mani in tasca e tenne gli occhi bassi. Quel comportamento timido non era affatto da lui.

Fui pervasa da una marea di emozioni, e mi alzai, senza sapere cosa dire, anche se la conversazione sul libro mi sembrava rimasta in sospeso. Alla fine diventò imbarazzante, perciò presi le scatole immaginando che fosse il momento di andare.

«Grazie ancora per la cena. Ci vediamo domani mattina?»

«Verrò in camera tua per l'inizio del servizio.»

«Okay. Grazie.»

Aprì la porta e i nostri sguardi si incrociarono ancora una volta. Perché sentivo come se mi si stesse spezzando il cuore? «Buonanotte, Hudson.»

Arrivai alla mia camera ma non riuscii a entrare. Avevo due scatole in mano, eppure mi limitai a fissare la porta.

Che diavolo sto facendo?

Nelle ultime settimane, avevo letto un diario e tifato perché un uomo conquistasse la donna dei suoi sogni con i suoi gesti dolci. Eppure nella mia vita c'era un uomo che mi ascoltava, un uomo che mi aveva perdonato per essermi imbucata al matrimonio della sorella e per avergli fatto gli occhi neri. Lo avevo chiamato stronzo in più di un'occasione, tuttavia non aveva fatto altro che aiutarmi a far decollare la mia attività stando al mio fianco per tutto il tempo. Era un padre devoto, il che dice molto di un uomo. Per non parlare del fatto che ero follemente attratta da lui.

Allora perché diavolo non correre il rischio?

Mi ero detta più di una volta che non era una buona idea mischiare lavoro e piacere per com'erano andate le cose con Aiden. Ma il lavoro aveva già superato tutte le mie aspettative, e non avevamo nemmeno ancora pubblicato il sito. Perciò non era per quello. Ripensai alla mia conversazione con Hudson di qualche minuto prima.

Così tanto potrebbe andare storto, avevo detto.

Ma forse era più importante quello che aveva detto lui.

O così tanto potrebbe andare per il verso giusto.

La verità era che avevo paura di correre il rischio. Ma mi resi conto che non correndolo, avrei potuto perdermi qualcosa di veramente bello.

I palmi delle mani iniziarono a sudarmi, perché sapevo cosa dovevo fare. Sapevo anche che se fossi entrata in camera e avessi iniziato a rimuginare, avrei potuto tirarmi indietro. Quindi doveva succedere in quel momento.

Proprio in quel momento.

Posai le scatole sul pavimento davanti alla mia stanza e corsi indietro verso la camera di Hudson. Di fronte alla sua porta, il mio primo istinto fu quello di prendermi un momento per ricompormi. Ma farlo mi avrebbe dato tempo per perdere il coraggio. Perciò mi costrinsi a bussare, anche se con tutta l'adrenalina e il nervosismo che avevo in corpo, più che bussare picchiai sulla porta, molto velocemente e rumorosamente.

Hudson la spalancò. Aveva l'espressione arrabbiata, ma vedendo che ero io andò in modalità protettiva.

«Cos'è successo? Stai bene?» Uscì dalla sua camera e guardò in corridoio, prima a destra e poi a sinistra. «Stella, che succede? È tutto a posto?»

«Va tutto...»

Dimenticai cosa stavo dicendo a metà frase. Quando aveva spalancato la porta e mi aveva colta di sorpresa, non avevo visto altro che la sua espressione arrabbiata. Ma adesso...

Non riuscivo a togliergli gli occhi di dosso.

Mio Dio.

La camicia di Hudson era sbottonata. La cintura era aperta, e la cerniera dei pantaloni abbassata, lasciando intravedere i boxer scuri. Ma non era il fatto che fosse mezzo nudo a rendermi incapace di formulare una frase, era ciò che vedevo sotto i vestiti.

Dalle nostre conversazioni, sapevo che si allenava, perciò mi aspettavo che fosse in forma. Ma Hudson era molto di più. Era... magnifico. Una bellissima pelle liscia e abbronzata, pettorali scolpiti, addominali da statua greca. Una sottile striscia di peli che andava dall'ombelico fino ai boxer, la cui vista mi fece aumentare la salivazione.

«Stella? Stai bene?»

Sentendo la preoccupazione nella sua voce, battei le palpebre più volte.

«Oh... sì, sto bene.» *Ma non bene quanto te a petto nudo.*

«Hai picchiato alla mia porta come se ci fosse un incendio o qualcosa del genere.»

«Scusa.» Scossi la testa. «Ero solo ansiosa.»

«Ansiosa per cosa? Il servizio fotografico di domani?»

«No... sì... no... Be', sono ansiosa per il servizio fotografico di domani, però non è il motivo per cui ero ansiosa quando ho bussato alla tua porta.»

Hudson aveva ancora un'aria confusa.

Ma certo, perché non avrebbe dovuto, dato che stavo blaterando come un'idiota? Perciò feci un respiro profondo e mi diedi una calmata.

«Verresti... verresti a cena con me domani sera?»

«A cena?»

Annuii e deglutii. «Sì... un appuntamento per cena.»

Tutta la confusione e la rabbia sparirono dal suo viso. Scosse la testa. «Era ora, cazzo.»

Alzai gli occhi al cielo. «Non essere così arrogante. Ti va o no?»

Sorrise. «Sì, mi piacerebbe eccome uscire con te, Stella.»

Ebbi un tuffo allo stomaco. Improvvisamente mi sentivo come se fossi stata alle medie e il ragazzo più popolare mi avesse detto che gli piacevo anch'io. Nervosa, abbassai lo sguardo. «Okay, allora domani? Dopo il servizio fotografico. Una cena o qualcosa del genere?»

Hudson aveva un'aria divertita. «Sì, è così che funziona di solito: una cena o qualcosa del genere.»

«Non è facile, sai. Non devi renderla ancora più difficile facendo lo stronzo.»

I suoi occhi si illuminarono. «Ci lavorerò su.»

«Bene.» Non avevo mai chiesto di uscire a un uomo in vita mia, perciò non ero sicura di cosa sarebbe successo dopo. Ma appena mi ritrovai a cercare l'anello che mi rigiravo sempre ogni volta che ero nervosa, immaginai che la cosa migliore sarebbe stata dargli la buonanotte. «D'accordo, a domani, allora.»

Stavo per andarmene, ma Hudson fece un altro passo fuori dalla stanza e mi prese la mano. «Aspetta un momento. Hai dimenticato una cosa.»

Lo guardai perplessa. «Cosa?»

Mi tirò verso di sé, così inciampai e atterrai sul suo petto. Poi, in un rapido movimento, si chinò, mi sollevò, e ci voltò in modo che la mia schiena fosse appoggiata alla porta della sua camera. Avvolsi le gambe intorno alla sua vita, e Hudson si spinse contro di me, bloccandomi con il suo corpo. Mi prese il viso tra le mani e mi guardò negli occhi.

«Questo, tesoro, hai dimenticato questo.»

La sua bocca si abbatté sulla mia. Il respiro che stava per uscire dalle mie labbra venne ingoiato, insieme a ogni briciolo di timidezza che avevo provato un minuto prima. Gli passai le dita tra i capelli folti e tirai, desiderando che fosse ancora più vicino.

Hudson gemette. Mi inclinò la testa per baciarmi ancora più in profondità, e le nostre lingue si intrecciarono disperatamente. Dopodiché, scoppiò il finimondo. Hudson si strusciò tra le mie gambe mentre mi metteva una mano dietro la nuca, tirandomi i capelli. L'aggressività delle sue azioni insieme alla sensazione del suo corpo tiepido e duro che spingeva contro di me mi fecero uscire un gemito da qualche parte nel profondo.

«Cazzo», ringhiò Hudson mentre la sua bocca si spostava sul mio collo. Lo succhiò fino alla clavicola per poi baciarlo fino a tornare alle mie labbra. «Fallo di nuovo. Fai di nuovo quel suono.»

Non era un suono che avevo fatto intenzionalmente, quindi non ero sicura di poterlo ripetere. Anche se, quando mi strusciò il cazzo tra le gambe aperte, non dovetti preoccuparmi di cercare di rifarlo, perché ancora una volta uscì da una parte profonda e sconosciuta di me.

Hudson gemette. «Sì, cazzo.»

Non ero certa di quanto tempo fossimo rimasti così, ad afferrare, tirare, strusciarci e palpeggiarci, ma quando ci staccammo, stavamo entrambi ansimando. Sollevai una mano e mi toccai le labbra gonfie. «Wow.»

Un sorriso si allargò sul volto di Hudson mentre appoggiava la fronte alla mia. «Ce ne hai messo di tempo.»

Risi. «Sta' zitto. Avevo dei buoni motivi per aver paura.»

Spostò una ciocca di capelli dalla mia guancia, e la sua espressione si addolcì. «Non aver paura. Non ti farò del male. A parte forse qualche morso.»

Un rumore dall'altra parte del corridoio interruppe quel momento intimo. Una coppia più matura stava percorrendolo verso di noi.

«Merda», disse Hudson, facendomi scendere. Con una mossa davvero adorabile, mi abbassò il vestitino e me lo sistemò.

Risi e posai lo sguardo sui suoi pantaloni. «Mmm... non credo dovresti preoccuparti che sia io ad avere un aspetto indecente.»

Aggrottò la fronte finché non abbassò lo sguardo e vide la sua erezione sporgere dai pantaloni. «Merda.»

«Non preoccuparti», dissi. «Ci penso io.» Mi misi davanti a lui in modo da coprirlo finché la coppia non se ne fu andata. Poi si tirò su la cerniera e si sistemò un po' la cintura.

«Andiamo», disse. «Ti accompagno in camera.»

«Non ce n'è bisogno.»

«È di strada.»

Lo guardai perplessa. «Di strada per dove?»

«La reception. Mi sono chiuso fuori dalla mia.»

Ridacchiai. «Niente male, Rothschild. Niente male.»

Rispose dandomi una pacca sul sedere. «Fa' la brava o non sarò un gentiluomo una volta arrivati alla tua porta.»

«Forse non voglio che tu sia un gentiluomo.»

Avviandoci, mi mise un braccio intorno alla spalla. «Ho detto che sarei stato un gentiluomo arrivati alla tua porta. Fidati di me, sarà tutta un'altra storia quando saremo in un posto più privato, ora che sei mia.»

«Oh, sono tua adesso?»

Davanti alla mia porta, Hudson mi baciò delicatamente sulle labbra. «Lo sei già da un po', tesoro. Lo hai solo ammesso, finalmente.»

Alzai gli occhi al cielo come se quello che aveva detto fosse arrogante, ma era la verità.

Lo presi per la camicia. «Ti va... di entrare?»

Mi accarezzò la guancia. «Sì, mi va. Ma no, non lo farò. Devi alzarti presto domani. E poi, ti meriti un appuntamento come si deve, e te lo darò prima di andare oltre. Se andiamo in camera tua, finirò per spogliarti. È impossibile resisterti. Fidati di me, ci ho provato, cazzo.»

Sorrisi e mi misi in punta di piedi per un altro dolce bacio. «Buonanotte, Hudson.»

«Sono contento che tu abbia finalmente dato ascolto al sussurro, tesoro.»

«Non avevo molta scelta. Il mio sussurro era diventato più un urlo ultimamente.»

21
Hudson

La mattina seguente, mi presentai alla porta di Stella alle sette e mezzo.

La aprì avvolta in un telo. «Ehi. Sei in anticipo.»

Il mio sguardo percorse dalla testa ai piedi un casino di pelle di porcellana nuda. Scossi la testa. «Sembra che io sia arrivato esattamente al momento giusto.»

Ridacchiò, e giuro che quel suono avrebbe potuto anche essere meglio della vista, e la vista era fottutamente spettacolare.

«Truccatori e acconciatori arriveranno alle otto, quindi ho aspettato per farmi la doccia in modo che i miei capelli siano ancora umidi.»

La sensazione di trovarmi nella sua suite era completamente diversa da com'era stata il giorno prima. Per esempio, adesso potevo fare…

Nell'istante in cui si chiuse la porta, la presi tra le braccia e premetti le labbra sulle sue. La notte precedente mi ero addormentato pensando al suo sapore, e quella mattina mi ero risvegliato affamato. Il dolce gemito che qualche ora prima per poco non mi aveva fatto crollare era tornato: passò dalle sue labbra alle mie ed era arrivato dritto al mio cazzo.

Merda.

Probabilmente non mi avrebbe fermato se le avessi sfilato il telo, anche se avrebbe solo peggiorato le cose. Se soltanto un bacio riusciva a far venire fuori la bestia che c'era in me, era assolutamente impossibile che vederla nuda mi sarebbe bastato. Perciò staccai la bocca dalla sua.

Stella alzò una mano e si passò due dita sul labbro inferiore. «Non credo di avere mai letto nel pensiero di qualcuno soltanto baciandolo.»

«Che intendi dire?»

«I tuoi baci. Dicono così tanto. Che sia solo un dolce bacetto sulle labbra o quello che abbiamo appena fatto, riesco a capire subito cosa ti passa per la testa quando le nostre labbra si incontrano.»

«Ah, sì?» dissi. «Che cosa stavo pensando adesso?»

«Volevi sfilarmi il telo, ma sapevi che non era una buona idea perché a minuti qui sarà pieno di gente.»

La guardai sorpreso. «Come diavolo fai a saperlo?»

Scosse la testa. «Non lo so. Lo sapevo e basta.»

«È pericoloso, per me.»

Sorrise e si risistemò il telo. «Dovrei andare a prepararmi prima che arrivino.»

Per quanto odiassi l'idea che si coprisse, non avrei mai voluto condividere il suo aspetto in quel momento con nessun altro – specialmente con quella testa di cazzo del fotografo. Annuii. «Vai.»

Stella si allontanò, ma all'ingresso della camera da letto urlò: «Hudson?»

«Sì?»

Lasciò cadere il telo sul pavimento.

Gemetti. Si prospettava una lunga giornata.

Prima che Stella finisse di prepararsi, arrivò Dig – o perlomeno ero abbastanza sicuro che fosse quello che aveva borbottato quando si era presentato – uno stilista. Portò con sé un baule con le ruote e si guardò intorno per decidere dove sistemarsi.

Un minuto dopo arrivò il truccatore, seguito da tre tizi che consegnarono degli arredi in affitto, dal servizio in camera, da un tecnico delle luci e da un tizio a caso il cui accento era così forte che non avevo idea di chi mi avesse detto di essere. Si fiondarono tutti su Stella appena emerse dal bagno.

Dopo quarantacinque minuti circondata da un team di persone lì per metterla in ghingheri, aveva un'aria un po' stravolta. Perciò raccolsi un po' di frutta e un croissant portati dal servizio in camera in un piatto e glielo misi davanti.

«Hai mangiato qualcosa?»

Stella scosse la testa.

Guardai l'acconciatore – che le aveva appena ricoperto tutta la testa di bigodini – e poi gli altri due ragazzi che la circondavano. «Potreste darle cinque minuti, per favore?»

«Oh... certamente.»

Indicai i vassoi di cibo con un cenno del capo. «Perché non prendete qualcosa da mangiare? C'è un tavolo fuori, in terrazza.»

Una volta rimasta sola, Stella tirò un sospiro di sollievo. «Grazie. Come hai capito che mi serviva una pausa?»

«Allo stesso modo in cui tu hai capito che ero a tanto così dallo strapparti il telo di dosso durante quel bacio.»

Sorrise e prese la banana che le avevo messo sul piatto. Quando fece per sbucciarla, notò il mio scarabocchio e lo lesse ad alta voce: «'Non vedo l'ora di mostrarti la mia, di banana.' Ooh...» Ridacchiò. «Credo che questi messaggi mi piaceranno ancora di più d'ora in poi.»

Sorrisi, ma indicai il suo piatto. «Mangia. Torneranno qui a dipingerti roba sulla faccia tra pochi minuti.»

«Ripensandoci, questa la conservo per dopo.» Stella posò la banana e prese un pezzo di melone.» «Allora, cosa faremo stasera per il nostro appuntamento? So di averti chiesto io di uscire, ma è la mia prima volta in California.»

«Ho pensato che dopo cena ti avrei mostrato Los Angeles, visto che non ci sei mai stata.»

«Oh, mi sembra fantastico.» Diede un morso al melone ed emise un «Mmm» prima di esclamare: «È davvero buono».

«Ho un appuntamento telefonico alle quattro del pomeriggio che non potevo rimandare, però se qui finiamo abbastanza presto, posso sempre organizzarmi.»

«Se sei troppo impegnato per uscire più tardi...» Fece un sorrisetto. «Posso sempre chiedere a Phoenix di mostrarmi la città.»

La guardai torvo. Stella si portò la fetta di melone alla bocca per dare un altro morso, ma la presi per il polso e lo avvicinai invece alla mia bocca, mordicchiandole le dita.

«Oh...»

«Sei fortunata che abbiamo un pubblico e che non posso metterti sulle mie ginocchia e sculacciarti per questo commento.»

Ridacchiò. «Potremmo andare nell'altra stanza...»

«Non tentarmi, tesoro.» Il mio sguardo si posò sulle sue labbra. «Non ho alcun problema a far uscire tutti da questa suite se vuoi fare questo gioco.»

Lo sguardo di Stella si illuminò, sfidandomi a tenere fede alla minaccia. Ma qualcuno bussò alla porta, interrompendo la nostra chiacchierata.

Mi dovetti sforzare per non guardarlo torvo, quando vidi che alla porta c'era Phoenix. Gli diedi il benvenuto con un secco cenno del capo. «'Giorno.»

Il coglione andò dritto da Stella senza nemmeno calcolarmi.

Chiudendo la porta alle sue spalle, borbottai: «È un piacere rivederti anche per me».

Decidendo che probabilmente non era una buona idea comportarmi da ragazzo geloso ancora prima del nostro primo appuntamento, andai a vedere cosa succedeva fuori. Gli addetti all'arredo e agli oggetti di scena avevano lavorato in terrazza fin dal loro arrivo.

La piccola area all'aperto era stata trasformata in una specie di laboratorio di chimica, con l'aggiunta di piccoli dettagli che lasciavano spazio all'immaginazione. C'era un tavolo da laboratorio con becher e attrezzatura varia, ma anche barattoli con petali di rosa di un rosso acceso, sabbia e vari fiori colorati. La parte frontale del tavolo aveva il logo di Signature Scent, e un vassoio specchiato presentava tutte le diverse boccette di profumo disponibili.

Dig mi venne incontro asciugandosi il sudore dalla fronte. «Che ne pensi?»

«Mi sembra fantastico.»

«Sì, non ero sicuro di quale diavolo sarebbe stato il risultato sulla base della lista di oggetti che ci era stato detto di mettere insieme. Sembrava una strana combinazione. Ma adesso lo capisco, specialmente con la modella.»

Sapevo che a quell'ora mia sorella era già sveglia e avrebbe apprezzato vedere tutto pronto, quindi feci qualche foto e gliela inviai.

OLIVIA: *È fantastico! Sono un genio.*

Ridacchiai e le risposi.

HUDSON: *E modesta.*

OLIVIA: *Dov'è Stella? Voglio vederla.*

Guardai di nuovo nella suite e vidi che l'acconciatore le stava togliendo i bigodini mentre una donna continuava a dipingerle la faccia.

HUDSON: *Ci stanno ancora lavorando.*

OLIVIA: *Mandami delle foto quando iniziano! Scommetto che Stella spaccherà.*

Certo che lo farà. Cercai ancora all'interno della suite, e il mio sguardo incrociò quello di Stella. Gli angoli della sua bocca si incurvarono in un sorriso dolcissimo, che stava cercando di trattenere, ma invano. Lo sapevo, perché anche il mio viso aveva provato esattamente la stessa cosa praticamente tutti i giorni da quando l'avevo conosciuta.

Il resto della mattinata fu caotico e volò. Stella era stata stupenda durante il servizio fotografico. Il buon vecchio Phoenix gliel'aveva detto a sufficienza. Capivo che i fotografi dovevano incoraggiare i loro soggetti con dei complimenti, farli uscire dal guscio per il servizio fotografico, ma c'è una differenza tra il dire a una persona che sta andando benissimo e che è bellissima, e flirtare con la modella dicendole quanto è sexy, chiamandola «amore» e «piccola». Ogni volta che aveva sistemato i capelli o il colletto di Stella, avevo guardato quel coglione come un'aquila.

In pausa pranzo, lo stilista le aveva suggerito di cambiarsi per non rischiare di macchiare il suo outfit. Andò in bagno e ne uscì con indosso dei pantaloncini e un top senza maniche.

«Come sono andata? Non è facile sorridere così a lungo. Ho iniziato a pensare di assomigliare un po' al Joker di Joaquin Phoenix.»

«Macché. Sei stata grande. Magari Heath Ledger, ma non così male come Joaquin.»

Stella mi diede uno scherzoso colpetto sull'addome. Dal punto in cui era, non notò che Phoenix si era seduto a un tavolo pieghevole fuori in terrazza, proprio dall'altra parte delle porte a vetri scorrevoli. Ma io me ne ero decisamente accorto. Prendendole la mano, tirai Stella a me e le scostai una ciocca di capelli dal viso.

«Stai andando alla grande. Sei bellissima, e le pubblicità saranno perfette.»

«Lo stai dicendo soltanto perché vuoi venire a letto con me.»

Le misi due dita sotto il mento e le sollevai la testa. «Lo sto dicendo perché è la verità. Anche se, è vero, voglio venire a letto con te. Baciami.»

Sorrise e si mise in punta di piedi, premendo le sue labbra morbide sulle mie. Avrei preferito baciarla come si deve, ma non volevo farlo con un'intera troupe nella stanza accanto e fuori in terrazza. Quando alzai lo sguardo incrociai quello di Phoenix, che aveva appena visto l'intera scena. *E lui è sistemato…*

La sessione pomeridiana andò liscia come quella mattutina, a parte il fatto che il fotografo fu decisamente più professionale. Scattai qualche fotografia di Stella con tutti gli oggetti di scena e la mandai a mia sorella. Ma quella che avevo scattato di lei chinata in avanti che annusava dei fiori viola appoggiandosi alla ringhiera quando pensava che nessuno la stesse guardando? Quella era solo per me.

Alle tre, il fotografo disse finalmente che il servizio era finito. Tutti iniziarono a sistemare e Stella andò in bagno a cambiarsi di nuovo.

Phoenix stava smontando la sua macchina fotografica e mettendo i pezzi in una custodia quando mi fece un cenno del capo. «Ho fatto molte buone foto. Darò un'occhiata a tutte e farò dei ritocchi alle migliori. Vi manderò anche quelle non modificate perché possiate vederle nel caso che uno scatto che non ho scelto vi piaccia particolarmente. So che vi servono al più presto, quindi vi farò avere tutto entro lunedì.»

Annuii. «Grazie.»

Chiuse la custodia della macchina fotografica. «E… ti devo delle scuse. Non avevo capito che tu e Stella…»

Avrei potuto dire che era una cosa nuova o che la sera prima a cena non aveva ancora neppure accettato di uscire con me, avrei potuto toglierlo dall'imbarazzo. Invece mi limitai a dire: «Nessun problema».

«Grazie.» Mi porse la mano. «Sembra una ragazza fantastica.»

Gli strinsi la mano, un po' più forte di quanto fosse socialmente accettabile. «Donna. È una donna fantastica.»

Alzò entrambe le mani. «Capito.»

Quando tutti se ne furono andati erano quasi le quattro, e avevo da fare quella telefonata. Per farla, mi serviva il portatile, che era nella mia camera.

Presi una mano di Stella tra le mie. «Te la senti ancora di uscire stasera?»

«Decisamente. Ma vorrei fare una doccia veloce, se non ti dispiace. Mi sembra di avere una maschera di fango con tutto questo trucco, e sui capelli ho una tonnellata di lacca.»

«Devo fare quella chiamata di cui ti dicevo, quindi ho bisogno del mio portatile. Perché non vieni tu in camera mia quando sei pronta?»

«Okay.»

Stella mi accompagnò alla porta. «Dove andiamo stasera? Giusto per sapere cosa mettermi.»

«Metti qualcosa di sexy.»

«È un posto elegante, quindi?»

«No, in realtà. Voglio solo che indossi qualcosa di sexy.»

Rise. «Ci proverò.»

Mi chinai e le diedi un bacio sulla guancia. «Non ce n'è bisogno, ti viene naturale.»

«Wow. È meraviglioso.» Stella si mise a sedere, guardando l'oceano. L'avevo portata da *Geoffrey's* a Malibu, perché era una serata bellissima, e lì c'era una vista panoramica imbattibile sul Pacifico. Anzi, no: non c'era paragone tra la vista che stava guardando lei e quella che stavo guardando io.

«Tu sei bellissima.»

Stella arrossì. «Grazie.»

Adoravo che fosse così modesta. Quella donna non aveva davvero idea di aver fatto voltare tutti entrando al ristorante.

«Hai già mangiato qui?»

«Sì. Un cliente mi ci ha portato qualche anno fa. Nella maggior parte dei posti, o c'è una bella vista o si mangia bene. Questo è uno dei pochi che ha entrambe le cose.»

Prese il tovagliolo di stoffa dal tavolo e se lo mise sulle gambe. «Sto morendo di fame.»

Il mio sguardo si posò sulle sue labbra, su cui indossava lo stesso rossetto rosso acceso del servizio fotografico. Immagino di dover essere grato che di norma indossasse trucco più discreto, altrimenti non sarei riuscito a lavorare in ufficio.

Sollevai il mio bicchiere d'acqua, senza mai distogliere gli occhi da lei. «Anch'io sto morendo di fame.»

Stella colse il mio tono di voce allusivo, e il suo sguardo si illuminò incrociando il mio. «Ah, è così? Mi dica, Mr. Rothschild, qual è la sua idea di un pasto soddisfacente?»

Avvertivo che mi stava venendo duro sotto il tavolo. Starle intorno mi faceva sentire come un quindicenne vergine arrapato. E quando mi aveva chiamato Mr. Rothschild? Non mi erano mai piaciuti i giochi di ruolo prima d'ora, ma riuscivo a vedere una scena capo-impiegata nel nostro prossimo futuro.

Mi schiarii la voce. «Faremo meglio a cambiare argomento.»

Mi guardò con aria sinceramente innocente. «Perché?»

Mi guardai intorno. I tavoli erano vicini tra loro, perciò mi chinai e abbassai la voce. «Perché mi sta venendo duro soltanto al pensiero di come voglio soddisfarmi davvero.»

Arrossì. «Oh.»

La cameriera venne a prendere l'ordinazione dei nostri drink. Stella diede un'occhiata alla carta dei vini e io mi sentii sollevato di avere un momento per ricompormi. Sembravo pensare a una cosa sola quella sera, e non volevo che avesse l'impressione che fare sesso con lei fosse l'unico oggetto del mio interesse – anche se mi ero senz'altro sentito così ultimamente. Era il nostro primo appuntamento, probabilmente avrei dovuto trattenermi dal dirle che ogni volta che arrossiva non riuscivo a smettere di pensare al colore che avrebbe assunto la sua pelle di porcellana quando veniva.

Rimasti soli, spostai la conversazione su un terreno più sicuro. «Allora, quale sarà la tua prossima conquista adesso che Signature Scent è quasi pronta al lancio?»

Stella si appoggiò allo schienale della sedia. «Sai, Robyn mi ha chiesto la stessa cosa durante una delle pause sul set un paio di settimane fa. Mi ha chiesto se avessi in programma di vendere dei prodotti complementari, come una colonia personalizzata per uomo o qualcos'altro di legato alla cosmesi.»

«E ti piacerebbe farlo?»

Alzò le spalle. «Forse. Ma non ho fretta. Mi piacerebbe assicurarmi che tutto proceda bene con Signature Scent. Ci ho lavorato mentre avevo anche un impiego full time, e poi dopo aver lasciato il lavoro mi ci sono buttata ancora più a capofitto.» Fece una pausa e guardò verso l'oceano. Sorridendo, concluse: «Mi piacerebbe che la mia prossima conquista fosse la felicità».

La cameriera ci portò la bottiglia. Stella infilò il naso nel bicchiere per annusare il vino che le aveva versato e sorrise, perciò ero certo che fosse buono. Poi, la cameriera ci riempì i bicchieri e disse che sarebbe tornata per prendere l'ordinazione.

«Vuoi dire che il tuo sistema per la felicità non sta funzionando?» scherzai.

«No, affatto. È solo che... lavorare quattordici ore al giorno potrà anche portare soddisfazione economica, ma non è l'unica cosa che conta.»

La scrutai. «Sì, sto iniziando a rendermene conto anch'io.»

Mi guardò incuriosita. «Sei felice?»

«Al momento, lo sono molto.»

Rise. «Mi fa piacere. Ma intendevo in generale, nella vita.»

Sorseggiai il vino e ci pensai un po'. «È una domanda piuttosto importante. Immagino ci siano cose nella mia vita di cui sono veramente felice: il mio lavoro, la mia stabilità economica, i miei amici, la mia famiglia, la mia attuale situazione sentimentale.» Le strizzai l'occhio. «Ma poi ci sono delle cose di cui non sono felice, come non vedere mia figlia tutte le sere quando torno a casa, rientrare e trovare la casa vuota...»

Stella annuì. «Credo che buona parte della ragione per cui ho fatto fatica a essere felice nell'ultimo anno o due sia stata che la mia vita è molto diversa da come l'avevo immaginata. Avevo bisogno di lasciarmi alle spalle il modo in cui pensavo che dovesse essere così da poter scrivere una nuova storia.»

E pensare che la prima volta che avevo conosciuto quella donna avevo pensato che fosse inaffidabile. A distanza di pochi mesi, mi stavo rendendo conto che era lei ad avere capito veramente la vita, ed ero io ad avere ancora molto da imparare. E, cosa ancora più folle, speravo che quando avesse scritto la nuova storia, avrei potuto farne parte.

22
Hudson

NON potei fare a meno di baciarla.

Dopo un'intera giornata e una serata passate a guardarla senza quasi poterla toccare, avevo iniziato a sentirmi come un uomo che non aveva mangiato per giorni, e a vedere lei come una grossa bistecca succosa. Perciò, dopo che il ragazzo del parcheggio era corso via a prendere l'auto che avevo noleggiato, presi la mano di Stella e la trascinai dietro un angolo.

«Che vuoi fare?»

«Mangiarti la faccia.»

Ridacchiò. «Mangiarla? Non è molto romantico.»

«Fidati di me.» Le avvolsi un braccio intorno alla vita e la tirai a me, mentre con l'altra mano le stringevo il collo e le inclinavo la testa come volevo. «Ti corteggerò: ti sussurrerò nell'orecchio, ti manderò dei biglietti per farti sapere che ti penso. Ti consiglio di coprire il telefono se sei con altre persone prima di aprire i miei messaggi.»

Si morse il labbro inferiore, e io gemetti.

«Dammelo.» La mia bocca si posò sulla sua, e mi lasciò di sasso appena mi prese il labbro tra i denti e mi diede un morso.

Tirando un po' indietro la testa con la mia carne tra i denti, sfoderò un sorriso diabolico. «Potrei mangiartela prima io.»

Stavamo ancora ridendo quando premetti la bocca sulla sua per un bacio lunghissimo. I passi di una coppia nelle vicinanze fu l'unica cosa che mi trattenne dal palpeggiarla lì, fuori dal ristorante.

Tornammo indietro. Il ragazzo accostò con la nostra auto, gli porsi una mancia mentre lei saliva a bordo.

Ero contento che il giro turistico fosse lungo, perché avevo bisogno di un po' di tempo per riprendermi da quel bacio.

Sistemandomi al volante, mi allacciai la cintura di sicurezza. «Stavo pensando che potremmo vedere la scritta HOLLYWOOD e poi fare una passeggiata su Hollywood Boulevard. È lì che c'è la Walk of Fame. Magari domani potremmo andare al molo di Santa Monica, a Venice Beach e in qualche altro posto.»

«Ti dispiacerebbe cambiare programma?» chiese. «Pensavo che potremmo semplicemente tornare in hotel.»

Per quanto odiassi i giri turistici, ci tenevo davvero a farle vedere la città. Non ero affatto pronto a finire il nostro primo appuntamento ufficiale. Ma era stata una lunga giornata per lei, quindi nascosi la delusione.

«Certo. Naturalmente. Devi essere stanca. Non ci avevo riflettuto.»

«In realtà...» Allungò una mano e la posò sulla mia coscia. «Non sono affatto stanca.»

Quella donna non faceva che stupirmi. Mi voltai e incrociai il suo sguardo. «Ne sei sicura?»

Annuì con un sorriso timido. «Quanto è lunga la strada di ritorno? Non ci ho fatto caso all'andata.»

«Circa mezz'ora.» Ingranai la marcia. «Ma posso farcela in venti minuti.»

Immaginai Stella che mi diceva di voler tornare in hotel ancora e ancora nella mia testa, mentre violavo una decina di volte il codice della strada. Aveva messo le carte in tavola. Desiderava stare da sola con me, ma non volevo presumere che significasse che voleva fare sesso. Avrei dovuto ricordarmene, perché tendevo a schizzare da zero a cento ogni volta che le mie labbra sfioravano appena le sue.

Eravamo andati a cena presto, dal momento che avevamo programmato di fare il giro turistico subito dopo, quindi arrivammo in hotel che erano a malapena le otto.

«Vuoi prendere un drink al bar?» chiesi.

«Non ho toccato il bar in camera, ed è assai ben fornito.»

Sorrisi. «Alla tua camera, allora…»

Arrivati alla suite, Stella si sfilò le scarpe mentre andavo dietro il bar a verificare. Non aveva esagerato: lì dentro c'era più scelta che in qualunque altra camera d'albergo in cui fossi mai stato.

Sollevai una bottiglia di merlot e una di gin. «Vuoi ancora vino, o qualcos'altro?»

Stella stava frugando nella sua borsetta. Sospirò esasperata gettandola sul divano. «Hai preservativi?»

Okay, allora. *E qualcos'altro sia.*

Posai le bottiglie e venni fuori da dietro il bar, mantenendo qualche passo di distanza tra noi.

«Sì.»

«Adesso, con te?»

Ridacchiai. «Sì. Adesso, con me.»

Deglutì. «Ho ricominciato a prendere la pillola qualche settimana fa, ma devi assumerla per un mese intero prima di essere protetta.»

Mi avvicinai a lei. «Siamo a posto.»

«Quanti ne hai?»

La guardai sorpreso. «Grandi piani per la serata?»

Fece un sorriso impacciato. «È passato un po' per me. Un bel po'.»

Sorrisi e annullai la distanza tra noi. Scostandole i capelli dalla spalla, mi chinai e la baciai delicatamente sulla pelle di porcellana. «Ne ho due qui. Ma ne ho altri in valigia in camera mia.»

«Okay…» Distolse lo sguardo per qualche secondo, e riuscii a vederla ragionare mentre fissava il vuoto.

«C'è qualcos'altro di cui vuoi parl…»

Non riuscii a finire la frase perché Stella mi si lanciò addosso. Colto alla sprovvista, barcollai all'indietro di qualche passo ma riuscii a tenerla tra le braccia. Avevo sentito dire «Mi è saltata addosso», ma non mi era mai effettivamente capitato. Di colpo, aveva fatto un salto, mi aveva stretto le gambe intorno alla vita e le braccia intorno al collo, e le sue labbra si erano abbattute sulle mie.

«Ti voglio», mormorò tra le nostre labbra unite.

Alla faccia dell'essere incerto sulla piega della serata. Il suo desiderio mi colse di sorpresa, eppure mi fece impazzire. Ci sarei andato piano, mi sarei preso il mio tempo senza fretta. Ma questo? Questo era molto meglio. Avevamo tutta la notte per andarci piano. Ad ampie falcate, attraversai il salotto portandola fino in camera da letto. Stella premette le tette contro di me e si strusciò a gambe aperte contro il mio cazzo già duro.

Gemetti. «E io che credevo che volessi essere corteggiata.»

«Credo che preferirei che mi mangiassi la faccia adesso.»

La misi giù sul letto e mi inginocchiai. «Tesoro, non è quella che sto per mangiare...»

Ero così fottutamente consumato dall'idea di seppellire la faccia tra le sue gambe che non riuscii a essere delicato nel toglierle le mutandine. Arrivando a toccarlo, strinsi il sottile tessuto del suo tanga e glielo strappai direttamente di dosso. Il gemito che venne fuori dalla sua bocca bastò quasi a farmi venire, e non mi aveva ancora neppure toccato.

Le feci aprire di più una delle gambe e sollevai l'altra per appoggiarla sulla mia spalla. Il suo sesso era splendidamente nudo e umido, facendomi aumentare la salivazione. Non potevo più aspettare: dovevo divorarla. Appiattendo la lingua, la sfiorai con una lunga pennellata, leccando da un'estremità all'altra. Quando raggiunsi il clitoride, lo succhiai fino in fondo.

«Aah...» Inarcò la schiena sul letto.

Quel suono mi fece impazzire. Ero così su di giri che non era abbastanza che partecipasse solo la mia lingua. Perciò premetti tutto il viso sul suo sesso bagnato, usando naso, guance, mascella, denti e lingua. E mentre ero lì, mi fermai a inspirare profondamente. Avrei dovuto ricordarmi di chiedere a Stella di sviluppare quello come uno dei suoi profumi personalizzati: soltanto per la mia collezione privata.

Premette i fianchi contro di me mentre leccavo e succhiavo, e quando gridò il mio nome sapevo che stava per venire. Quindi infilai due dita dentro di lei. I muscoli di Stella si contrassero mentre le spingevo su e giù.

La sua schiena si inarcò di nuovo sul letto e le premetti i fianchi sul materasso, tenendola ferma mentre continuavo a godermela.

Gemette. «Ah… sto… ah…»

Iniziai a preoccuparmi di venire nello stesso momento. Se così fosse stato, l'avrei fatto in un paio di pantaloni da trecento dollari e avrei rievocato un adolescente. Ma il suono di lei che perdeva il controllo era così fottutamente bello che non me ne sarebbe fregato un cazzo se fosse successo, perché non avrei mai potuto fermarmi.

Stella ficcò le unghie tra i miei capelli. Me li tirò, e nel frattempo gemeva sempre più forte. E poi… all'improvviso si lasciò andare, e sapevo che stava per venire.

«Oh, Dio… oooh… Dio…»

Continuai, leccandola finché l'ultima scossa non le attraversò il corpo. Poi mi pulii la bocca con il dorso della mano e mi arrampicai sul letto, sovrastandola.

Stella aveva serrato gli occhi, ma sul suo viso si allargò il sorriso più ampio che mai. Si mise un braccio sugli occhi per nasconderli. «Oh, mio Dio. Sono così in imbarazzo.»

«Per cosa sei in imbarazzo?»

«Praticamente ti ho assalito.»

«Ed è stata la cosa migliore che mi sia mai capitata da che io ricordi, cazzo.» Le spostai il braccio dal viso, e lei sbirciò con un occhio. «Assalimi pure ogni volta che ti va.»

Si morse il labbro. «Sei… sei davvero bravo in quello.»

Sorrisi. «Sono molto bravo in molte cose. La notte è appena cominciata, tesoro.»

Aprì l'altro occhio e la sua espressione si addolcì. «Mi hai chiamata 'tesoro'. Mi piace.»

«Bene.» La baciai delicatamente sulla bocca prima di tirarmi su dal letto.

Stella si appoggiò sui gomiti e mi guardò infilarmi le scarpe. «Dove stai andando?»

«In camera mia.»

«Perché?»

Mi avvicinai di nuovo e la baciai sulla fronte. «Per andare a prendere gli altri preservativi. Due non basteranno neanche lontanamente.»

23
Stella

NON dormivo mai fino a quell'ora.

Poggiando di nuovo in silenzio il telefono sul comodino, ripensai alle ragioni per cui avevo dormito fin quasi a mezzogiorno. Quante volte avevamo fatto sesso io e Hudson? Tre? Quattro? Erano anni che non facevo sesso più di una volta in ventiquattr'ore. Anche all'inizio della relazione con Aiden, riuscivo a ricordare solo qualche episodio in cui avevamo fatto sesso due volte – sicuramente non di più. Un sorriso mi si allargò sul viso ricordando la notte prima… e anche la mattina.

Hudson era insaziabile. Anzi, lo eravamo entrambi. L'avevamo fatto con lui sopra, con me sopra, mentre mi abbracciava da dietro… Ma la mia volta preferita era stata la mattina presto mentre eravamo sdraiati su un fianco a parlare. Non dimenticherò mai l'intesa che avevamo ogni volta che scivolava dentro e fuori di me e ci guardavamo negli occhi. Molto probabilmente era stata l'esperienza più intima che avessi mai avuto. Anche solo a pensarci in quel momento mi toglieva il fiato.

Sorridendo ancora al ricordo, decisi che forse avrei svegliato Mr. Dormiglione con la bocca. Mi voltai, aspettandomi di trovare Hudson che dormiva, invece trovai soltanto un letto vuoto.

Mi appoggiai su un gomito e chiamai: «Hudson?»

Nessuna risposta.

Adesso che ero sveglia, avevo bisogno di alzarmi per rispondere a madre natura. Saltando giù dal letto, sentivo il corpo dolorante.

Ma avrei scambiato volentieri qualche dolorino con quelle ore di piacere.

Una volta finito in bagno, decisi di prendere il cellulare per vedere se Hudson mi avesse lasciato un messaggio. Camminando intorno al letto, notai una cosa appoggiata sul cuscino: una scatola bianca con un fiocco rosso e un post-it giallo appiccicato sopra.

Avevo una call alle undici e mezzo.
Non volevo svegliarti. Tornerò quando sarà finita.
Resta nuda.
H
P.S. Iniziamo a scriverla.

Iniziamo a scriverla?

Cosa diavolo voleva dire?

Non ne ero sicura, eppure avevo un sorriso a trentadue denti mentre scioglievo il fiocco rosso e aprivo la scatola. Dentro c'era un bellissimo quaderno rilegato in pelle. Mi ci volle un minuto per rendermi conto del significato, ma appena capii, gli occhi mi si riempirono di lacrime.

Iniziamo a scriverla. La sera prima, avevo detto a Hudson che facevo fatica a essere felice perché la mia vita non era andata come avevo immaginato, che avevo bisogno di lasciarmi il passato alle spalle e scrivere una nuova storia.

Dio, prima l'esperienza sessuale più bella che avessi mai avuto, adesso un bellissimo regalo. Mi sarei davvero potuta abituare a tutto quello.

Nella mezz'ora successiva, praticamente fluttuai mentre facevo una doccia e mi preparavo per la nuova giornata. Proprio quando avevo iniziato a truccarmi, sentii la porta della mia suite aprirsi e richiudersi.

«Hudson?»

«Stella?»

Ridacchiai. «Sono in bagno, mi sto preparando.»

Entrò con in mano due buste. Ne sollevò una e si rivolse al mio riflesso nello specchio. «Colazione.» Sollevò l'altra. «Pranzo. Non ero sicuro di cosa ti andasse.»

«Se c'è del caffè in una delle due, sarò la tua migliore amica per sempre.»

Aprì una busta e tirò fuori un bicchiere in polistirolo. «Jack è stato spodestato, immagino. Glielo dirò.»

Sorrisi mentre mi voltavo e accettavo il caffè. «Grazie mille per il quaderno. È bellissimo, e il significato che c'è dietro è davvero importante per me.»

Hudson annuì. Prese un altro caffè dalla busta e aprì il coperchio di plastica. «Avevano anche dei diari. Ma non ero sicuro se li scrivessi o se preferissi soltanto ficcare il naso in quelli altrui.»

«In realtà, non ho mai scritto un diario. Il che è ironico, perché ho comprato il primo con l'intenzione di farlo. E invece mi ha portata a fare un percorso completamente diverso.»

«Oh, eccome se fai un percorso diverso...»

Risi. «Sta' zitto. Quando lo hai comprato, in ogni caso? Devi esserti alzato piuttosto presto per andare al negozio e lasciarmelo prima ancora che mi svegliassi.»

«L'ho preso dopo essere andato a correre stamattina.»

«Sei andato a correre? Io sono già fortunata se sono passata dal letto alla doccia.»

Hudson ridacchiò. «Be', sbrigati e vieni qui a mangiare qualcosa per avere un po' di energie. Voglio mettermi in macchina e visitare la città per poter tornare presto in hotel.»

«Okay. Devo solo asciugarmi i capelli, ci vorranno più o meno dieci minuti. Anzi... meglio quindici. Adoro questo bagno.»

Hudson mi guardò perplesso. «Adori il bagno?»

«Mmm, tu che ne dici?» Agitai le braccia per indicare ciò che per me era ovvio. «È tipo dieci volte più grande di quello di casa mia, ha una vasca, e guarda com'è illuminato bene.»

«Credo che ti piacerà casa mia.»

«Stai dicendo che hai un bagno grande con una vasca?»

Annuì.

«Sei decisamente il mio nuovo migliore amico.»

Mi teneva la mano. Non l'avrei mai detto.

Sorrisi a Hudson. Lui mi osservò con sospetto.

«Che c'è?»
«Niente.» Alzai le spalle. «Mi stai tenendo per mano.»
«Non dovrei?»
«No, lo adoro. È solo che non credevo fossi il tipo.»
Mi guardò divertito. «Non so se prenderlo come un complimento o come un insulto.»
Avevamo trascorso l'ultima mezz'ora a camminare lungo Hollywood Boulevard, leggendo i nomi sulle stelle del selciato. Fino ad allora eravamo stati a Muscle Beach a Venice – credevo fosse più sofisticata i pesi erano tutti arrugginiti –, alla scritta Hollywood – mi aveva fatto fare trekking a tradimento – e al molo di Santa Monica – appunto mentale: gli uomini virili preferiscono salire su una ruota panoramica sgangherata piuttosto che ammettere di soffrire un po' di vertigini, la carnagione olivastra di Hudson assume una deliziosa tonalità di verde.
«È una cosa molto da coppia.»
«E allora?»
«Non lo so.» Alzai le spalle. «È questo che siamo?»
Hudson si fermò d'improvviso. «Sul serio?»
«Cosa? Non volevo darlo per scontato solo per ieri notte.»
Hudson mi guardò accigliato. «Be', mettiamo le cose in chiaro. Lo siamo.»
Non riuscii a nascondere il sorriso che si allargò sul mio viso. «Okay… fidanzatino.»
Scosse la testa e riprese a camminare.
Dopo un'altra ora e dopo aver camminato per almeno una decina di isolati, andammo al *Roosevelt Hotel* in un posto elegante che serviva hamburger e le migliori patatine al tartufo per cena.
«Qual è il tuo cibo preferito?» Agitai una patatina nella sua direzione.
«Facile. Maccheroni al formaggio.»
«Davvero?»
«Sì. Io e Charlie abbiamo provato… credo che siamo arrivati a quarantadue tipi diversi di preparati.»
Risi. «Non avevo idea che esistessero quarantadue tipi diversi di maccheroni al formaggio confezionati.»
«Ne facciamo uno quasi tutti i weekend in cui è con me. Abbia-

mo finito quelli del supermercato, quindi adesso li compro online. Charlie tiene una classifica con i nostri voti.»

«Divertentissimo.»

Sorseggiò la sua birra. «E il tuo?»

«Queste patatine al tartufo ci vanno vicino. Ma dovrò dire tortellini alla carbonara – quelli con i piselli e i pezzettini di prosciutto.»

«Li prepari tu?»

Mi accigliai. «No, me li faceva la mamma. In realtà, faceva anche dei fantastici maccheroni al formaggio. Non ho nessuna delle due ricette.»

Abbassando lo sguardo, intinsi la patatina nel ketchup. Mi intristiva pensare a quanto tempo fosse passato da quando avevo parlato con mia madre.

Hudson dovette aver notato il mio silenzio improvviso.

«Mi hai detto che non parli con tuo padre», disse. «Tu e tua madre non siete unite?»

Sospirai. «Non parliamo da più di un anno. Prima lo eravamo molto.»

Hudson restò in silenzio per un momento. «Vuoi parlarne?»

Scossi la testa. «In realtà, no.»

Annuì.

Cercai di tornare a mangiare e di non rovinare la giornata. Odiavo pensare a quello che era successo, e ancora di più parlarne. Ma adesso che l'argomento era venuto fuori, sapevo che non avrei dovuto perdere del tutto l'occasione. Dire a Hudson almeno parte di quello che era successo tra me, Aiden e la mia famiglia forse l'avrebbe aiutato a capire un po' di più i miei problemi di fiducia.

Perciò feci un respiro profondo. «Ti ho raccontato che il mio ex mi ha tradita, ma non che anche i miei genitori in un certo senso l'hanno fatto.»

Hudson posò il suo hamburger e mi dedicò la sua completa attenzione. «Okay…»

Abbassai lo sguardo. «Sapevano della tresca di Aiden.»

«E non te l'hanno detto?»

Continuai a guardare in basso, imbarazzata. «No, nemmeno una parola. È stato un disastro.» Non riuscii a spiegare il resto di quella sordida storia.

Hudson scosse la testa. «Merda. Mi dispiace.»

«Grazie. Onestamente, col senno di poi, non è stato il tradimento di Aiden la parte difficile da superare. È stato il fatto di aver perso anche la mia famiglia allo stesso tempo.» Mi accigliai. «Mi manca parlare con mia mamma.»

Hudson si passò una mano tra i capelli. «Pensi di poterla perdonare e di superare tutto?»

Nell'ultimo anno, non avevo creduto che sarebbe mai stato possibile. Ero stata così piena di risentimento e tristezza su tutto che, in una certa misura, forse avevo ritenuto i miei genitori responsabili quanto Aiden. Forse il fatto di essere felice per la prima volta dopo tanto tempo, non mi faceva sentire più così piena di risentimento, forse sarei riuscita a non portare rancore per sempre nei confronti della mia famiglia.

Scossi la testa. «Non so se posso dimenticare. Ma magari posso provare a perdonare. Tu saresti capace di fingere che non fosse mai successo se fossi nella mia situazione?»

«Non mi sono mai trovato in una situazione simile da esserne sicuro, ma avendo perso entrambi i genitori non vorrei avere rimpianti. Non credo che perdonare i tuoi genitori significhi che giustifichi il loro comportamento. Credo che il perdono sia più legato al non lasciare che distrugga più il tuo cuore.»

Sentii le sue parole nel mio cuore. «Wow. Da dove sei saltato fuori, Hudson Rothschild? Questo pensiero era profondo e maturo. Gli uomini che sembro attrarre di solito sono superficiali e immaturi.»

Fece un sorrisetto. «Mi pare di ricordare che tu mi abbia trovato a un matrimonio in cui ti sei imbucata.»

«Oh, sì… mi sa di sì. Be', almeno uno di noi due è maturo.»

Nelle ore successive ci godemmo il tramonto, il buon cibo e il buon vino di Malibu, e la reciproca compagnia. Adesso che avevo ceduto ai miei sentimenti, mi sembrava che qualcuno li avesse cosparsi di un fertilizzante miracoloso, invece di farli crescere soltanto con acqua. Il mio cuore era così pieno e soddisfatto che continuai a sentirmi in quel modo per tutta la sera e anche dopo, nella mia suite.

Mi sdraiai sul letto, guardando Hudson spogliarsi e ammirandolo. Quando si sbottonò la camicia e la gettò su una poltrona, non sapevo dove guardare prima: i pettorali scolpiti, gli addominali da statua greca o quella profonda V che mi faceva aumentare la salivazione. Si slacciò la cintura e si abbassò la zip, facendo assaporare ai miei occhi un'altra delle mie parti preferite del suo corpo: la sottile striscia di peli dall'ombelico al pube. Quell'uomo era così bello che pensai che forse avrebbe dovuto stare semplicemente lì, in piedi, tutto nudo per un po'.

Si chinò per sfilarsi i pantaloni, e intravidi il tatuaggio sul suo fianco. L'avevo visto la notte prima, ma in quel momento eravamo stati troppo impegnati a sfinirci a vicenda per potergli chiedere qualcosa.

Indicai il tatuaggio con un cenno del capo. «È il battito cardiaco di qualcuno?»

Hudson annuì. Si girò e alzò un braccio per farmi vedere meglio. «Mio padre aveva un grande senso dell'umorismo e una risata particolare. Era proprio di pancia: un suono che sembrava provenire dal profondo. Chiunque lo conoscesse la riconosceva, e faceva sempre sorridere le persone intorno a lui, anche gli estranei. Ha trascorso l'ultima settimana della sua vita in ospedale. Un giorno, gli ho fatto visita mentre gli stavano facendo un elettrocardiogramma. Aveva fatto una battuta scema e aveva iniziato a ridere. La battuta non era neanche così divertente, ma il suono della sua risata aveva fatto scoppiare a ridere tutti e tre: l'operatrice, mio padre e me. Per qualche ragione, non riuscivamo a smettere di ridere. Aveva dovuto rifare l'ECG perché il tracciato aveva una serie di picchi. Gli elettrodi avevano sentito il cuore di mio padre ridere. Ho chiesto all'infermiera di poter avere la stampa che avrebbe buttato via, e ho fatto questo tatuaggio qualche giorno dopo la sua morte.»

«Che cosa incredibilmente dolce.»

Hudson sorrise triste. «Era davvero una brava persona.»

«Allora, dov'è la tua cicatrice?»

«Cicatrice?»

«La settimana scorsa ho detto di non essere mai uscita con qualcuno con un tatuaggio o una cicatrice, e tu mi hai detto di avere entrambi.»

«Ah.» Si girò dall'altra parte e alzò le braccia per mostrarmi una cicatrice irregolare di circa otto centimetri. «Ne ho un po', ma questa probabilmente è la peggiore.»

«Come te la sei fatta?»

«Festa di una confraternita. Alcol, uno scivolo e uno spuntone sotto lo scivolo.»

«Ahia.»

«Non è stato il mio momento migliore. All'inizio non era così lunga. Jack mi ha aiutato a fasciarmela, ma poi si è aperta ancora di più quando ho continuato ad andare sullo scivolo.»

«Perché non hai smesso dopo esserti tagliato?»

Alzò le spalle. «Avevamo fatto una scommessa.»

Lo guardai divertita. «Hai vinto, almeno?»

Il suo sorriso era adorabile. «Sì.»

Finì di spogliarsi, e io continuai ad ammirare il suo fisico incredibile.

Sorprendendomi a fissarlo ancora una volta, Hudson mi guardò sospettoso. «Cosa ti passa per la testa?»

Parlai al suo corpo, non avendo ancora intenzione di alzare lo sguardo. «Ho perso mesi andando a letto da sola, quando avrei potuto passare il mio tempo a toccare quello. Che ne penseresti di stare lì in piedi in modo che possa guardarti bene e a lungo? Magari due o tre ore? Dovrebbe bastare.»

Ridacchiò e si sfilò i pantaloni per poi salire sul letto e sovrastarmi. Portando le dita sulle sue labbra, ne tracciai il contorno. Hudson mi prese la mano e la baciò delicatamente.

«Perché mi hai rifiutato per così tanto tempo? E non insultare la mia intelligenza dicendo che è perché sono un investitore nella tua attività. Sappiamo entrambi che sono tutte stronzate.»

«Mi hai chiesto di uscire solo una volta.»

Hudson fece un'espressione come a dire: *Sono stronzate, e lo sai anche tu.* «Questioni di semantica. Sapevi fin dall'inizio che ero interessato. Ho lasciato a te la mossa, ma ti ho comunque ripetuto spesso di essere interessato.»

Sospirai. «Lo so. Ero solo spaventata… suppongo.»

«Di cosa?»

Scossi la testa. «La mia ultima relazione e le sue conseguenze sono state davvero difficili da superare. Ho paura di rimanere ferita di nuovo… ho paura di te…»

«Di me?»

«Sì. Mi rendi nervosa sotto molti aspetti. Anche adesso, Hudson. Dall'esterno, la maggior parte delle cose nella mia vita sembravano fantastiche: il matrimonio dei miei genitori, il mio fidanzamento. Sono il tipo di donna che crede nel lieto fine, nella favola. A volte questo mi acceca e mi impedisce di vedere cose che non voglio vedere. Credevo di essere un'idealista, ma dopo essere rimasta scottata dal mio ex mi sono chiesta se non fossi soltanto un'idiota. E poi, sei praticamente il principe azzurro: bello, con un corpo fantastico, di successo, gentile, maturo quando vuoi, indipendente… Sei quasi troppo bello per essere vero, e credo di aver paura di cascare di nuovo in una favola. Sai, io e Fisher ti chiamavamo così.»

Hudson mi guardò perplesso. «Così come?»

«Principe azzurro.»

Distolse lo sguardo per un attimo, per poi incrociare il mio. «Non sono un principe azzurro, tesoro. Ma mi piaci davvero tanto.»

«Perché?»

«Perché mi piaci?»

Annuii.

«Per molti motivi. Mi piace che quando ti ho dato il microfono al matrimonio di Olivia hai affrontato la sfida e poi mi hai dato dello stronzo con il fuoco negli occhi. Non ti tiri indietro. Sei coraggiosa, anche se a volte pensi di essere una rammollita. Adoro che anche se hai vissuto delle situazioni di merda ti rifiuti di lasciarti abbattere. Invece di permettere che tutta quella negatività nella tua vita ti consumi, hai inventato un sistema per la felicità. Adoro che se vedi una senzatetto le dai una barretta di cioccolato perché sai che potrebbe produrre una sostanza chimica nel suo cervello che la aiuti a sentirsi un po' meglio, anche se solo per qualche minuto. Adoro che tu sia creativa e abbia inventato un prodotto tutto tuo, e che tu sia abbastanza intelligente da aver inventato un algoritmo che io non avrei idea di come formulare. E adoro che tu sia testarda e che non ti arrendi.»

Abbassò lo sguardo e lo posò sul mio corpo, poi si prese un

momento per osservare il mio viso e scuotere la testa. «Tutto questo, più il tuo aspetto. La vera domanda è: che motivo avresti di non piacermi?»

I miei occhi iniziarono a riempirsi di lacrime. Hudson si chinò su di me e premette le labbra sulle mie. «Hai paura in questo momento?» sussurrò.

Il cuore mi batté all'impazzata. «Più che mai.»

Sorrise. «Bene.»

«Bene? Vuoi che abbia paura?»

«No... ma perlomeno non sono il solo. Abbiamo paura soltanto delle cose che significano di più per noi.»

Gli presi il viso tra le mani. «Sono davvero contenta che tu mi abbia aspettata.»

«Sapevo che ne sarebbe valsa la pena.»

Hudson premette la bocca sulla mia e mi baciò appassionatamente. Avevamo trascorso buona parte delle ultime ventiquattr'ore in quel letto con le bocche intrecciate, eppure quel bacio mi sembrò diverso, più carico d'emozione che mai. Mi prese il viso tra le mani, e io gli avvolsi le braccia intorno al collo. Ma dopo aver iniziato lentamente, ci scaldammo presto. Il nostro bacio divenne selvaggio e appassionato mentre ci aiutavamo a vicenda a toglierci gli ultimi vestiti che avevamo ancora addosso.

L'aria si riempì di un'atmosfera frenetica. Eppure, qualcosa nel modo in cui Hudson mi guardava mi disse che sapeva che ero ancora fragile sotto molti aspetti. I nostri sguardi non si separarono mai mentre si spingeva dentro di me. Hudson era ben dotato, ed era passato più di un anno da quando avevo fatto sesso. Perciò fece con calma, andando piano mentre entrava sempre più in profondità con ogni spinta. Quando fu tutto dentro di me, ruotò i fianchi, e riuscii a sentire il suo bacino premermi sul clitoride. Era una sensazione fantastica, perfetta. Il mio cuore era appagato quanto il mio corpo, e divenne quasi impossibile trattenere le emozioni. Mi vennero le lacrime agli occhi, che chiusi nel tentativo di trattenerle.

«Aprili, tesoro.» Hudson aveva la voce roca.

Riaprii gli occhi e incrociai il suo sguardo. Quello che vidi mi impedì di trattenere le lacrime. Gli occhi di Hudson erano carichi d'emozione quanto i miei. Restammo così, legati in ogni modo possibile, mentre ci avvicinavamo entrambi all'orgasmo. Non volendo che quel momento finisse, cercai di trattenermi mentre le sue spinte si facevano più forti e veloci. Ma il rumore che riecheggiava nella stanza mi fece crollare. I nostri corpi bagnati sbattevano uno contro l'altro mentre mi scopava corpo e anima.

«Hudson...»

Serrò la mascella continuando a spingere. «Lasciati andare... lascia andare tutto.»

E lo feci. Con un urlo vorace, il mio corpo prese il sopravvento sulla mia mente, e onde e onde di estasi mi attraversarono. Proprio quando il mio iniziò a scemare, l'orgasmo di Hudson lo investì, e il calore di lui che veniva dentro di me fece sì che il mio corpo continuasse a tremare.

Dopo, non riuscii a capire neppure come potesse tenere su la testa, né tantomeno averlo ancora parzialmente duro mentre continuava a scivolare dentro di me.

«Wow... è stato...»

Hudson sorrise e mi baciò dolcemente. «Troppo bello per essere vero», sussurrò.

Ricambiai il sorriso, e sentii un barlume di speranza accendersi dentro di me.

Forse, e dico forse, sarebbe stato l'unico uomo che non mi avrebbe delusa.

24
Stella

Sedici mesi prima

«Sai cos'è la Drummond Hospitality?» chiesi.

Aiden era seduto nel salotto del suo appartamento a correggere dei compiti mentre io ero al tavolo della cucina a controllare le e-mail. «Mmm?...»

«È sul tuo estratto conto, c'è un addebito di centonovantadue dollari. Gli altri addebiti li riconosco.»

Aiden strinse gli occhi. «Come hai fatto a ricevere il mio estratto conto?»

«Adesso arriva sulla mia e-mail. Ricordi che qualche mese fa ti ho detto di aver ricevuto una notifica che la Bank of America si stava digitalizzando, e che avresti dovuto specificare se avessi voluto riceverlo in forma cartacea da allora in poi? Mi hai chiesto di farlo arrivare sulla mia e-mail visto che quando usi la tua e-mail di lavoro ti va tutto nella cartella dello spam.»

«Pensavo ti riferissi all'estratto conto del nostro conto cointestato.»

«No, a quello della tua carta di credito.»

«Da quanto tempo è che ti arriva?»

«Due mesi, credo. La metà delle volte non ci sono movimenti. Usi raramente la carta. Il mese scorso non c'erano movimenti.»

Lo sguardo di Aiden mi turbò. «È un problema?» chiesi. «Non vuoi che veda le tue transazioni, per caso?»

Lasciò cadere la penna sulla pila di fogli e distolse lo sguardo.

«Certo che no. È solo che non avevo capito che non avrei più ricevuto l'estratto conto cartaceo.»

«Okay... Be', sai cos'è questo addebito? Drummond Hospitality?»

«Non ne ho idea. L'unica cosa che ho pagato è stata la cena da *Alfredo's* qualche settimana fa. Dev'essere un errore. La contesterò online più tardi.»

«Vuoi che lo faccia io visto che sono già online?»

«No, non fa niente. Ci penso io.»

Qualcosa non mi quadrava. Ma lasciai perdere dato che io e Aiden avevamo già litigato più volte per i miei sospetti negli ultimi mesi. C'era stata quella volta in cui avevo letto uno strano messaggio sul suo cellulare, e poi un'altra in cui aveva detto che sarebbe andato nel suo ufficio al college di sabato per correggere dei compiti, cosa che di solito faceva a casa. Avevo deciso di sorprenderlo portandogli il pranzo perché in quel periodo lavorava molto, e non l'avevo trovato. Poi di recente era tornato a casa sapendo di profumo da donna, ed era andato sulla difensiva quando gli avevo chiesto spiegazioni: si era messo a urlare che se il nostro appartamento non avesse odorato di campioni di profumo per un'attività che non esisteva, forse i suoi vestiti non avrebbero odorato come un bordello da quattro soldi.

Dal momento che gli raccontavo sempre di cosa parlavano i diari che avevo, sapeva che la donna nel diario che stavo leggendo stava tradendo il marito, e mi aveva convinta che vedevo cose che non c'erano per il modo ridicolo in cui mi facevo coinvolgere dagli autori. Anche in quel momento, mi chiesi se forse avesse ragione. Proprio la settimana prima, avevo letto nel diario di Alexandria che il marito aveva messo in discussione un addebito sul loro estratto conto. Aveva prenotato una suite in un hotel per uno dei suoi incontri con Jasper, e poi lui aveva pagato in contanti al check-in. Ma l'hotel aveva accidentalmente fatto un doppio addebito.

Perciò imputai la mia paranoia a quello di cui Aiden mi aveva avvertita. Non c'era alcuna differenza rispetto a quando guardavo un film horror, e improvvisamente sentivo il bisogno di controllare sotto il letto prima di coricarmi. Lo stress di certi stimoli fa sì che il tuo cervello pensi cose che normalmente non penserebbe.

«Okay», dissi. «Puoi semplicemente pagare la parte che devi al ristorante, allora. È più dell'importo minimo, in ogni caso.»

«D'accordo.» Aiden riprese a correggere i compiti. Ma un attimo dopo, disse: «Probabilmente rimuoverò la carta dalla fatturazione elettronica e tornerò agli estratti conto cartacei. Mi piace avere le copie cartacee per motivi fiscali, visto che a volte faccio acquisti di lavoro».

Ancora una volta, perché mi aveva dato fastidio? Il suo ragionamento aveva senso. Stavo davvero cercando mostri sotto il letto, e dovevo finirla. «Va bene.»

Un mese più tardi, mi ero completamente dimenticata dell'estratto conto. Eravamo appena tornati dopo aver bevuto qualcosa con i suoi colleghi, e avrei passato la notte da lui. Salendo, presi la posta dalla cassetta. Nella pila c'era il suo estratto conto della Bank of America.

Posai la posta sul tavolo, tenendo quella busta in mano. «Com'è andata quella contestazione con la Bank of America?»

Lo sguardo di Aiden si posò sulla busta, e me la sfilò dalle mani. «Bene. Hanno stornato l'addebito.» Infilò la busta nella tasca interna della sua giacca.

Di nuovo, non avevo idea del perché il fatto che avesse preso la busta mi avesse dato fastidio. Eppure lo fece.

Aiden andò verso la sua camera. «Faccio una doccia veloce.»

«Okay.»

Mi versai un bicchiere di merlot e cercai di non pensarci più. Anche se quella settimana avevo letto tutta una parte del diario in cui Alexandria parlava di quanto stupido e fiducioso fosse suo marito. Sembrava le piacesse rischiare di essere beccata e riuscire a trovare delle scuse per tutto…

Sapevo che probabilmente mi stavo comportando in modo ridicolo. Ma il mese prima ero rimasta sveglia per buona parte della notte per quanto mi era pesata quella stupida storia della carta di credito. Aiden non avrebbe saputo che ero andata online per dare una sbirciatina al suo estratto conto. E una volta fatto, avrei potuto lasciarmi tutto alle spalle, definitivamente.

Tuttavia... avrei comunque tradito la sua fiducia ricontrollando, anche se lui non ne aveva idea. Quindi, mentre cercavo di convincere me stessa a non fare quello che volevo tanto fare, andai in camera a cambiarmi. Aprii la cassettiera di Aiden per prendere una delle sue vecchie magliette, e misi i miei jeans e la mia camicia sulla poltrona nell'angolo. Mentre tornavo in salotto, la giacca di Aiden attirò la mia attenzione dall'anta aperta dell'armadio. Riuscivo a sentire l'acqua della doccia che scorreva ancora nel bagno accanto, perciò presi la giacca. Ma invece di frugare per cercare la busta, mi avvicinai la giacca al naso e ispirai profondamente. L'inconfondibile odore di gelsomino mi riempì le narici. Il gelsomino non era una fragranza che avevo in casa per i miei campioni di Signature Scent. Non era neppure una fragranza su cui avevo lavorato ultimamente.

La stanza si fece silenziosa, e mi ci volle un minuto per rendermi conto che il motivo era che l'acqua della doccia non stava più scorrendo. *Merda.* Riappesi in fretta la giacca nell'armadio e uscii dalla camera. Fui invasa dal panico. Non sarei mai riuscita a dormire sentendomi in quel modo, né sarei stata capace di sdraiarmi accanto a Aiden fingendo che andava tutto bene. La questione non era più se avrei violato la sua fiducia collegandomi alla sua banca online. Dovevo farlo per mantenere la sanità mentale.

Mi tremavano le mani mentre digitavo il sito web sul cellulare. Quel dannato sito ci mise una vita a caricarsi, e ogni due secondi alzavo lo sguardo verso la porta socchiusa della camera da letto. Quando finalmente si caricarono i dati, andai in fretta al suo estratto conto mensile. Mi sentii sollevata vedendo che non c'era alcun addebito. Sopraffatta dal senso di colpa, feci per scollegarmi, ma poi notai che la sezione dei pagamenti ne aveva uno di 261 dollari. Immaginai che fosse solo il modo in cui mostravano gli storni per un addebito errato, ma dal momento che mi aveva lasciato una fastidiosa sensazione, cliccai per controllare.

E rimasi pietrificata vedendo che era davvero un pagamento effettuato qualche settimana prima da un conto che terminava con 588. Impallidii. Era il conto corrente di Aiden.

Doveva essere un errore. Cliccai sulla scheda delle contestazioni. Non c'erano contestazioni negli ultimi novanta giorni. Agitata e confusa, chiusi il sito web e feci una cosa che avrei dovuto fare mesi prima. Cercai su Google Drummond Hospitality.

I risultati mi fecero saltare il cuore in gola.

La Drummond Hospitality possedeva quattro boutique hotel a New York.

25
Stella

«POTREI abituarmici...» Mi ero svegliata e avevo trovato Hudson davanti ai miei fornelli, con addosso nient'altro che un paio di pantaloncini e un cappellino da baseball al contrario. La sua schiena scolpita era così muscolosa e abbronzata... Lo abbracciai intorno alla vita e lo strinsi da dietro, dandogli un bacio sulla spalla.

«Sono appena tornato da una corsa e non ho ancora fatto la doccia. Probabilmente stai baciando sudore secco.»

«Sono abbastanza sicura che la mia pelle non sia molto diversa dopo la notte scorsa.»

Hudson si voltò e mi passò le braccia intorno alla vita. Il sorriso malizioso sul suo viso mi disse che stava ripensando a quanto avessimo sudato.

Fece un sorrisetto. «Hai rotto il letto.»

Mi staccai da lui. «Non ho rotto il letto, l'hai rotto tu.»

«Sono abbastanza sicuro che tu fossi sopra di me quando le doghe hanno ceduto.»

«Forse, ma non è che tu fossi lì immobile. Stai sopra anche da sotto, sai.»

Hudson ridacchiò. «Che diavolo significa?»

«Potrebbe sembrare che tu mi faccia prendere il controllo, ma non lo cedi mai davvero.»

La sua espressione cambiò, e assunse un'aria un po' preoccupata. «E non ti piace?»

«No, mi piace molto. Ma significa che hai contribuito a rompere il letto.»

Hudson sorrise e mi diede una pacca sul culo. «Siediti. I pancake sono quasi pronti.»

«Okay.»

La settimana dopo il nostro ritorno dalla California era stata un sogno. Io e Hudson eravamo inseparabili. Lavoravamo fino a tardi tutte le sere per preparare il necessario per Signature Scent, e ci alternavamo tra il dormire a casa sua a Brooklyn e nel mio appartamento a Manhattan. Probabilmente mi avrebbe dovuto preoccupare che stessimo trascorrendo tutto quel tempo insieme, ma ero troppo felice per lasciare che qualcosa rovinasse il mio stato d'animo.

Hudson mise un piatto davanti a me.

Risi. «È adorabile.»

Aveva fatto un unico grande pancake e l'aveva decorato come un sole sorridente, con fragole tagliate a metà che creavano i raggi a punta e altri pezzi di fragole e banana che formavano il viso.

«È così che piace a Charlie. Ma non ti entusiasmare troppo. È l'unico piatto che so preparare a parte i maccheroni al formaggio. Non vorrei che tu avessi aspettative troppo alte.»

«Okay, non le avrò.»

Hudson avrebbe potuto fare schifo quasi in tutto e sarei comunque impazzita per lui sulla base di quanto era premuroso… e incredibile a letto. Dire che mi stavo innamorando di quest'uomo sarebbe stato un eufemismo. Più di una volta, quella settimana, mi ero ritrovata a sorridere senza motivo apparente seduta alla mia scrivania. Senza neppure pensare a qualcosa in particolare. Mi sentivo solo… felice.

«Nel caso non ti sazi abbastanza…» Hudson mi mise una banana accanto al piatto.

Stavo per dire che non mangiavo mai i pancake e una banana, quando vidi l'inchiostro sulla buccia: MI FAI DIVENTARE MATTO, PIÙ DELLE BANANE A UNA SCIMMIA.

Alzai lo sguardo, Hudson mi strizzò l'occhio e tornò ai fornelli come se non mi avesse appena fatta sciogliere.

Si voltò a guardarmi, indicando il mio piatto con una spatola. «Mangia. Non aspettarmi. Si fredderà.»

Proprio mentre stavo mettendo in bocca il primo boccone, la mia porta d'ingresso si spalancò.

«Tesoro, sono a casa!»

Merda. Fisher. Ero single da quando si era trasferito nell'appartamento accanto al mio.

Hudson si voltò, Fisher lo vide e si bloccò. «Merda. Scusa, amico.»

«Non fa niente. Entra pure.»

Fisher mi guardò e io annuii, perciò entrò in cucina.

Hudson gli porse la mano. «Hudson Rothschild. Non credo ci abbiano presentati ufficialmente.»

Il mio amico gliela strinse. «Immagino che il matrimonio non conti. Fisher Underwood.»

Hudson indicò il tavolo con la spatola. «Siediti. Stella mi ha già informato che darti da mangiare fa parte del pacchetto con lei.»

Fisher sorrise. Prese una manciata di mirtilli dal contenitore aperto accanto ai fornelli e se li mise in bocca. «Hai la mia benedizione per sposarlo.»

Io e Hudson ridemmo.

Preparò a Fisher un piatto di pancake con contorno di frutta, ma non l'elaborato sole sorridente che aveva preparato a me. Sorprendentemente, non era strano fare colazione tutti e tre insieme.

Fisher si ficcò in bocca quasi metà pancake. «Allora, che fate questo weekend?»

«Hudson ha sua figlia. Io devo fare qualche commissione, ma a parte questo, sono libera. Tu ci sei?»

«Stavo pensando di andare al mercato delle pulci», rispose Fisher. «È il compleanno della mia assistente la settimana prossima, e ha adorato le tazze di ceramica fatte a mano che hai scelto per lei l'anno scorso, quindi pensavo di tornarci e vedere cos'altro c'è.»

«Oh, fantastico. Magari vengo anch'io.»

Hudson si accigliò. «Credevo che avremmo portato Charlie a Central Park. Hai detto qualcosa sull'Ancient Playground.»

Ripensai alla conversazione che avevamo avuto poco prima. «Hai detto che stavi pensando di portare Charlie a Central Park, e io ti ho chiesto se l'avevi mai portata all'Ancient Playground. Non mi ero resa conto che tu volessi che venissi anch'io.»

«Ho semplicemente immaginato che saresti venuta, suppongo...»

«D'accordo! Be', mi piacerebbe molto stare insieme a te e Charlie, se non pensi che sia troppo presto.»

Hudson scosse la testa. «Non credo sia ancora pronta a vederti nel mio letto, ma deve iniziare a passare un po' di tempo con noi per esserlo, giusto?»

Wow. Mi fece intenerire sapere che non ero la sola a vedere un futuro per noi. Allungai una mano e strinsi la sua.

«Mi sembra fantastico.»

«Facciamo così, devo passare da casa prima di andarla a prendere alle due. Perché non andate al mercato delle pulci, e noi ci vediamo al parco più tardi?»

Guardai Fisher, che alzò le spalle. «A me va benissimo.»

Dopo colazione, Fisher se ne andò, e Hudson fece una doccia veloce prima di indossare il completo che aveva al lavoro il giorno precedente. Lo osservai dalla porta della camera da letto mentre si infilava un calzino. Doveva aver percepito la mia presenza, perché parlò senza neanche alzare lo sguardo.

«Credi che potremmo tenere alcune cose l'uno a casa dell'altra? Così magari non dovrò indossare i calzini del giorno prima e un completo per la mia camminata della vergogna verso casa del sabato mattina?»

Sorrisi, e fui percorsa da una sensazione di calore. «Mi piacerebbe molto.»

Qualche minuto più tardi, Hudson mi diede un bacio per salutarmi.

«Hai programmi per cena stasera con Charlie?» chiesi.

«Di solito ordiniamo qualcosa se di giorno stiamo fuori.»

«Pensi che sarebbe eccessivo se vi preparassi la cena? Posso prendere quello che mi serve sulla strada per casa tua.»

«Mi piacerebbe molto. Ma posso prendere io quello che ti serve. Mandami la lista.»

«No. Voglio che sia una sorpresa.»

Sorrise e mi baciò sulla fronte. «Non vedo l'ora.»

* * *

«Allora, tu e Hudson mi sembrate molto uniti.»

Io e Fisher passeggiavamo per il mercatino delle pulci uno accanto all'altra.

Sospirai. «È incredibile.»

Mosse le sopracciglia con fare allusivo. «Lo so. Ho dato una sbirciatina a quei pettorali stamattina a colazione.»

Risi. «Non intendevo questo. Ma sì, anche il suo corpo è piuttosto fantastico.»

«Probabilmente non dovrei dirtelo, ma non mi ha detto di non farlo, e tu sai che non so mantenere i segreti, specialmente non con te…»

«Che cosa?»

«Ha bussato alla mia porta prima di andarsene.»

«Perché?»

«Mi ha chiesto se sarei stato a casa domattina. A quanto pare, cercherà di farti consegnare qualcosa.»

«Ha detto cosa?»

«No, ma gli ho dato il mio numero così potrà scrivermi. Spero di non scrivergli per sbaglio dopo qualche drink. Il suo numero è subito sopra quello di Hughes.»

«Il tizio con cui vai a letto ogni tanto?»

«Sì, e andiamo dritti al punto. Credo che l'ultima volta che avevo bevuto un po', gli abbia scritto VUOI SCOPARE, e mi abbia risposto mandandomi la sua posizione.»

Risi. «Okay, be', spero tu non lo faccia. Ma hai idea di cosa voglia far consegnare?»

«No. Spero sia gommapiuma.»

«Gommapiuma?»

Fisher annuì. «Da mettere dietro la testiera del letto. Vi ho sentiti darci dentro la scorsa notte.»

«Oh, Dio, ti prego, dimmi che stai scherzando.»

«La parete del tuo letto è quella dove c'è la mia televisione in salotto. Ho lo scaffale con il decoder e dei libri sotto. Avete fatto cadere a terra Stephen King.»

Mi coprii il viso con le mani. «Dio, non vorrei mai sentire te che fai sesso. Abbiamo rotto le doghe ieri sera. Lo sposterò dal muro.»

«Forte. Io una volta ho rotto una poltrona da dentista quando andavo a letto con un ortodontista. Ma mai un letto.»

Arricciai il naso. «Grazie per avermelo detto. Adesso ogni volta che mi siederò sulla poltrona del dentista mi chiederò quale culo nudo ci si sarà appoggiato prima di me per fare sesso.»

«Prego. Ma sul serio, quanto sembrerei drammatico se ti dicessi che sei radiosa? Qualcosa in te è cambiato, ma non riesco a capire cosa.»

«Probabilmente è perché ho superato il mio anno e passa di magra. Forse quelli che vedi sono solo i muscoli del mio viso rilassati per la prima volta dopo tanto tempo.»

«Mmm…» Mi osservò. «No, quello vale per stamattina. I capelli scombinati da 'ho appena scopato' ti stavano bene, comunque. Ma c'è dell'altro… Sembri più leggera o qualcosa del genere.»

Non c'era nessuno sulla Terra che mi capisse come Fisher, il che la diceva lunga sulla mia precedente relazione. Aiden non mi aveva mai prestato abbastanza attenzione da sapere se qualcosa mi turbava.

Gli presi la mano. Intrecciando le dita con le sue, la strinsi. «Sei davvero un amico fantastico. Non volevo dire niente, perché non volevo farla più grande di quello che è, ma in realtà ho chiamato mia mamma stamattina, poco prima di uscire.»

Fisher mi guardò sconvolto. «Cosa ti ha spinto a farlo?»

«Ho pensato molto al perdono ultimamente… e a cercare di andare avanti con la mia vita.» Alzai le spalle. «Voglio preparare a Hudson una cosa che lei mi cucinava sempre e che adoravo, quindi ho pensato che potesse essere un buon punto di partenza.»

«Dev'essere stata contenta di sentire la tua voce.»

«Sì. Non abbiamo parlato per molto, però. Le ho chiesto la ricetta e poi se stessero bene. Mi è sembrata decisamente esitante. Ho avuto la sensazione che avesse paura di dire qualcosa di sbagliato. Saremo state al telefono cinque minuti. Quando ci siamo salutate, mi ha chiesto se l'avrei richiamata presto, e le ho detto che ci avrei provato.»

Fu la volta di Fisher a stringermi la mano. «Buon per te. Credo sia il momento, Stella Bella mia.»

Dopo aver concluso il nostro shopping, prendemmo la metro per tornare a Manhattan. Andavamo in due direzioni diverse, perciò ci salutammo alla Grand Central Station.

Mi diede un bacio sulla testa e un grosso abbraccio. «Sono felice per te», disse. «Ho davvero una buona sensazione sulla situazione fra te e l'adone. Vedo un futuro luminoso.»

Temendo sempre di portarmi sfortuna da sola, lo ringraziai, invece di dirgli che ero d'accordo. Ma nel profondo, vedevo anch'io un futuro luminoso.

Non mi sarei mai aspettata, però, che tutta quella luce potesse provenire da un'enorme esplosione.

26
Hudson

«CHE cosa state combinando lì dentro voi due?»

Charlie alzò una mano. «Non puoi entrare qui, papino.»

«Perché no?»

«Perché stiamo preparando una sorpresa!»

«Ma sarò sorpreso solo io, visto che voi due la state preparando.»

Mia figlia ridacchiò. «Le sorprese possono anche essere per una persona sola, papino.»

Incrociai lo sguardo di Stella e le strizzai l'occhio. «Che ne dite se metto della musica mentre voi cucinate? Magari Katy Perry o Taylor Swift…»

Come previsto, Charlie si mise a saltare su e giù. Unì i palmi delle mani come se dovesse pregarmi per fare qualcosa che mi chiedeva – come se non mi sarei buttato da una rupe per renderla felice. «Puoi mettere Dolly?»

Ridacchiai. «Certo.»

Misi la musica, mi sedetti in salotto e appoggiai i piedi sul tavolino. Sintonizzai la TV sul canale sportivo con i sottotitoli, e iniziai a leggerli. Stavano intervistando un nuovo corridore selezionato dai Giants per la stagione successiva. I Big Blue erano la mia squadra, quindi ero molto interessato, eppure non riuscivo a concentrarmi. A intervalli di pochi minuti, il mio sguardo tornava in cucina. Riuscivo a vedere Stella e Charlie preparare qualunque cosa stessero cucinando. Stella era in piedi, mentre mia figlia era seduta al bancone e mescolava qualcosa. Non riuscivo a sentire cosa dicevano, ma vidi Charlie coprirsi la bocca ridacchiando. Anche il sorriso di Stella era fottutamente fantastico.

Non per sembrare una femminuccia, ma mi sentii riempire il petto da una sensazione di tepore. Ah... al diavolo, chi prendevo in giro? Non me ne fotteva nulla di sembrare una femminuccia. Ero felice, davvero fottutamente felice. Erano passati anni da quando avevo sentito di avere una vera famiglia, e anche se conoscevo Stella solo da pochi mesi, e questa era la prima volta che eravamo tutti e tre insieme, quel giorno quella mi sembrava davvero una casa.

Avevo lo sguardo rivolto verso la cucina, ma dovevo essermi incantato mentre pensavo, perché quando misi di nuovo a fuoco, Stella mi stava guardando con gli occhi stretti. Aveva un sorrisetto sulla faccia, come a dire: «Cosa ti passa per quella testa?»

Probabilmente pensò che la stessi immaginando nuda nella mia cucina o che stessi ricordando tutti i posti della casa in cui me l'ero scopata nell'ultima settimana, piuttosto che fantasticare di trascorrere serate con le mie due signore divertendoci con i giochi da tavolo e ad accendere il fuoco per loro quell'inverno nel caminetto che non usavo mai.

Mezz'ora dopo, la tavola era apparecchiata, e mi fu finalmente permesso di vedere cosa avevano architettato.

Stella posò sul tavolo una pirofila coperta da un canovaccio, e Charlie si sporse in avanti, guardando Stella, che le fece un cenno del capo.

«Ta-da!» Mia figlia sollevò il canovaccio.

«Maccheroni al formaggio? Avete trovato un nuovo preparato da provare?»

Charlie scosse la testa. «L'abbiamo fatta dal pero!»

Stella sorrise. «Da zero, tesoro. L'abbiamo fatta da zero.»

«Sembra delizioso.» Guardai intorno al tavolo con aria teatrale. «Ma dove sono i vostri? Questi sono solo per me, giusto?»

Charlie ridacchiò. «Dobbiamo condividerli, papino. Ce n'è abbastanza per tutti.»

Mi aumentò la salivazione mentre Stella serviva a ciascuno di noi un piatto colmo del mio cibo preferito. Non riuscii a fare a meno di tuffarmici.

«È davvero buonissimo», dissi qualche momento dopo.

«Grazie. Ho… chiamato mia mamma per chiederle la ricetta, oggi.»

Ero sorpreso e non volevo dire nulla davanti a Charlie, perciò parlai in modo criptico. «Com'è andata?»

Stella alzò le spalle. «È stato piacevole, suppongo.»

Annuii. «Be', grazie. È davvero delizioso.»

Sorrise. «Era il momento.»

Ignara del mio significativo scambio con Stella, mia figlia parlò con la bocca piena. «Papino, dopo cena possiamo mangiare il gelato e giocare ai segreti?»

Indicai il suo piatto con la mia forchetta. «Non sei neppure a metà del piatto che hai davanti, e stai già pensando al dessert? Forse sarai troppo sazia per il gelato.»

Lei ridacchiò come se avessi appena fatto una battuta. «C'è sempre spazio per il gelato, papino. Si scioglie una volta nella pancia, quindi non è neanche cibo vero.»

«Qual è il gioco dei segreti?» chiese Stella. «Non credo di averci mai giocato.»

«Non è proprio un gioco. Mangiamo il gelato e a turno ci raccontiamo i segreti.» Non volevo spiegarle davanti a Charlie che era una cosa che mio padre aveva fatto con me e mia sorella dopo che a mia madre era stato diagnosticato per la prima volta il cancro. Era stato il suo modo per insegnarci che potevamo sempre confidare in lui, che potevamo fidarci del fatto che avrebbe mantenuto i nostri segreti e che ci avrebbe raccontato i suoi.

«Può essere qualsiasi segreto?» chiese Stella.

«Qualunque cosa», dissi.

Fece un sorrisetto. «Ci sto.»

I maccheroni al formaggio ci saziarono, quindi battemmo in ritirata sul divano per guardare un film. Charlie aveva appoggiato la testa sulle mie gambe con il corpo sdraiato alla mia sinistra, e Stella si era seduta alla mia destra. A metà di *Inside Out*, Charlie stava russando. Non potevo biasimarla. Mi sarebbe piaciuto fare un pisolino dopo quella cena, e avevamo visto quel film almeno cinquanta volte.

A un certo punto, Stella si alzò per andare in bagno, perciò scivolai via e appoggiai con attenzione la testa di Charlie sul divano. Poi aspettai in corridoio. Quando Stella aprì la porta, la presi per un braccio e la trascinai nella camera degli ospiti lì accanto.

Ridacchiò, e le misi una mano sulla bocca. «Ssh… sente tutto.» Stella annuì, quindi tolsi la mano.

«Che stai facendo?» sussurrò.

«Volevo ringraziarti per la cena.»

«Lo hai già fatto.»

«Intendevo come si deve.»

Con una mano dietro la sua nuca, la baciai. «Il tuo profumo mi fa sempre impazzire», gemetti.

Mi succhiò la lingua. «E a me il tuo sapore.»

Cazzo. Probabilmente era un'idea stupida. Mi stavo già eccitando. Fino a quel momento non avevo avuto un minuto da solo con lei, e ne avevo bisogno. Premendola contro la porta, le presi la bocca in un bacio impetuoso. Quando finii, avevamo entrambi il respiro corto.

Le asciugai il labbro inferiore dicendole: «Hai chiamato tua madre».

La sua espressione si addolcì. «Sì. Non credo che andrò a cena dai miei molto presto, ma quello che hai detto mi ha davvero colpita. La vita è breve, e non sai mai cosa ti porterà il domani. Non voglio avere rimpianti, e sono pronta ad andare avanti.»

I miei occhi saettarono avanti e indietro tra i suoi. «Sono contento.»

Si voltò e mi baciò il palmo della mano. «Charlie dorme. Forse è meglio che vada.»

«Decisamente no. È questione di minuti perché si svegli e pretenda il gelato.»

Stella sorrise. «E poi potrò sentire uno dei tuoi segreti. Non vedevo l'ora.»

«Ah, sì?»

Annuì.

«Be', lascia che te ne dica uno adesso.» Le feci cenno di avvicinarsi con un gesto della mano. Quando lo fece, accostai la bocca al suo orecchio e le sussurrai: «Sono fottutamente pazzo di te, tesoro».

Mi guardò e sorrise. «Sono pazza di te anch'io.»

* * *

Come previsto, Charlie si svegliò dieci minuti prima della fine del film. Si stiracchiò alzando le braccia. «Possiamo mangiare il gelato adesso?»

«Sei a malapena sveglia.»

«Sono sveglia abbastanza per il gelato.»

«D'accordo. Perché voi due non vi sedete al tavolo? Nel frattempo io preparerò le tazze. Le volete complete?»

Charlie annuì velocemente, raggiante.

Rivolsi un cenno del capo a Stella. «E tu?»

«Come sono complete?»

«Panna montata, zuccherini, noci, fette di banana e cioccolato fuso.»

Si leccò le labbra. «Decisamente.»

Preparai tre tazze. Posandole sul tavolo, dissi: «Allora. Chi vuole iniziare?»

Charlie indicò Stella. «Stella! Voglio sapere il suo segreto.»

«Oh, mamma...» esclamò lei. «Dovete darmi un minuto per pensarne uno.»

Ci rimpinzammo di gelato finché Stella non alzò la mano. «Trovato!» Stella si chinò sul tavolo verso Charlie e abbassò la voce. «Nessuno lo sa. Sei sicura di saper mantenere un segreto?»

Mia figlia spalancò gli occhi di gioia, annuendo velocemente.

«Okay. Be', quando avevo otto o nove anni – non molti più di te – ho trovato una tartaruga al parco. Era grande più o meno così.» Stella fece un cerchio con le mani delle dimensioni di una pallina da golf. «L'ho portata a casa e ho chiesto ai miei genitori se potevo tenerla, ma mi hanno detto di no perché credevano che dovesse stare all'aria aperta. Quindi il giorno dopo sono tornata al parco e ho provato a liberarla. L'ho rimessa sull'erba, dove l'avevo trovata, ma si mimetizzava così bene che rischiò di essere schiacciata da almeno cinque bambini che correvano in giro giocando. Sapevo che se l'avessi lasciata lì, si sarebbe fatta male. Così quella notte l'ho riportata a casa e l'ho messa in un cassetto della mia camera. Una settimana più tardi, mia mamma l'ha trovata mentre sistemava la biancheria. Mi ha detto di riportarla indietro. L'ho fatto, ma ogni volta che potevo, andavo ad assicurarmi che stesse bene. Ho cercato di metterla in un angolo più sicuro del parco, ma la ritrovavo sempre in zone dove i bambini giocavano correndo. Mi preoccupavo molto per lei. Qualche settimana dopo, la mia famiglia doveva andare in Florida in vacanza – a Disney World e SeaWorld. Perciò ho messo la tartaruga nello zaino, l'ho fatta entrare di nascosto a SeaWorld, e l'ho liberata nell'esposizione delle tartarughe. Ho pensato che sarebbe stata più al sicuro lì.»

Alzai un sopracciglio. «Hai contrabbandato un animale a SeaWorld?»

Stella annuì. «Mi piace pensare di averla aiutata a ottenere asilo, ma sì.»

«Papino, possiamo andare a SeaWorld? Magari vedremo la tartaruga che Stella ha salvato.»

Non avevo il cuore di dirle che probabilmente era morta da tempo. «Magari un giorno.»

Charlie si infilò un cucchiaio di gelato in bocca. «Tocca a te, papino.»

Ammisi di non essere mai stato a SeaWorld, e lasciai la parola a mia figlia.

Si tamburellò sulle labbra con l'indice mentre pensava a cosa dire. «Il mio può essere un segreto che solo Stella non conosce? Non riesco a pensare a niente che tu non sai, papino.»

«Certo.»

Si chinò verso Stella, imitando quello che Stella aveva fatto prima. Si mise entrambe le mani intorno alla bocca e sussurrò: «Non mi chiamo davvero Charlie».

«Wow. Okay. È un segreto piuttosto grosso. Non ne avevo idea.» Lo sguardo di Stella incrociò il mio, e annuii per conferma prima che la sua attenzione tornasse su mia figlia.

«Charlie è un diminutivo?» chiese.

Mia figlia scosse la testa. «Mi hanno chiamata come le mie nonne. Il mio secondo nome è Charlotte, come quello della mamma di papà.»

«Quindi Charlie è il diminutivo di Charlotte, che è il tuo secondo nome? Ma allora qual è il tuo nome?»

«Il nome della mamma di mia mamma: Laken.»

«Laken?» Stella fece un'espressione perplessa. «Quindi ti chiami Laken Charlotte?»

Charlie annuì. «Papino, posso avere altra panna sul mio gelato?» Inclinò la tazza verso di me con espressione imbronciata. «La mia è finita.»

«Questo perché l'hai mangiata. Ma va bene. Vai a prendere la bomboletta nel frigorifero, okay?»

Charlie saltò su dalla sedia, avendo già superato il gioco dei segreti, ma Stella sembrava confusa.

«Si chiama Laken Charlotte? Non può essere una combinazione comune.»

Alzai le spalle. «Probabilmente no. La mamma della mia ex moglie è morta pochi mesi prima della nascita di Charlie. Voleva chiamarla come sua madre, quindi abbiamo combinato i nomi delle nostre madri per fare omaggio a entrambe. Ma dopo la nascita di Charlie, Lexi ha sofferto di depressione post partum, e ogni volta che chiamava la bambina Laken, si commuoveva e si turbava. Così abbiamo iniziato a chiamarla con il suo secondo nome, Charlotte, ma usando il diminutivo Charlie. È rimasto. Quando ormai aveva uno o due mesi, Charlie era Charlie, e chiamandola in qualunque altro modo non ci sembrava lei.»

«Laken Charlotte», ripeté Stella. Sembrava turbata per qualche motivo.

«Non è una cosa a cui penso, perché lei è semplicemente Charlie per me. Ti dà fastidio che non te l'abbia detto prima?»

Stella scosse la testa. «No... non è questo. È solo che...»

Aspettai che proseguisse, ma si limitò a fissare il vuoto, con la testa altrove. «Anche Lexi è un diminutivo?»

La guardai perplesso. «Lexi, cioè la mia ex moglie?»

Stella annuì.

«Il suo nome per esteso è Alexandria, ma tutti la chiamano Lexi. Perché?»

Impallidì e spalancò gli occhi. Sembrava sconvolta.

«C'è qualcosa che non va?»

Scosse di nuovo la testa. «No. No, ho... ho solo mal di testa.»

«Mal di testa?» domandai perplesso. «Quando ti è venuto?»

«Mmm... proprio adesso.»

Il mio istinto mi diceva che erano tutte stronzate, ma Charlie tornò al tavolo con la bomboletta di panna montata e mi mise davanti la sua tazza. Gliene spruzzai più di quanta avrei dovuto e le restituii la tazza per poi rivolgere di nuovo l'attenzione a Stella.

«Vuoi del paracetamolo?»

«No. Anzi… credo che sia meglio che vada.»

C'era sicuramente qualcosa che non andava. «Non hai nemmeno finito il tuo gelato.»

«Lo so. Mi dispiace.» Si alzò e portò la sua tazza in cucina.

La seguii, parlando a bassa voce perché Charlie non potesse sentirci. «C'è qualcos'altro che non va? Perché mi sento come se ti avessimo turbata in qualche modo?»

Sorrise, ma era evidentemente forzato. «Non mi avete turbata. Devo solo… dormire un po', credo.»

I miei occhi saettarono avanti e indietro tra i suoi, poi annuii. «D'accordo. Ti chiamo un taxi.»

«Posso prendere la metro.»

«No, ti chiamo un taxi. Non ti senti bene.»

Tirai fuori il cellulare e aprii l'app dei taxi. Dopo aver digitato l'indirizzo di Stella, l'app mi avvisò che l'auto sarebbe arrivata maledettamente in fretta. Girai lo schermo per mostrarglielo. «Quattro minuti.»

«Okay. Grazie.»

Stella trascorse un minuto a raccogliere le sue cose e diede la buonanotte a Charlie, che la strinse forte in un abbraccio.

«Torno tra un momento», dissi a mia figlia. «Tu finisci il gelato mentre accompagno Stella all'uscita.»

«Okay, papino.»

Arrivati all'ingresso, uscii con Stella e mi socchiusi la porta alle spalle. «Sei sicura di stare bene?»

«Sì, sicurissima.» Abbassò lo sguardo. «A volte il mal di testa mi fa venire anche la nausea, quindi penso sia solo meglio che torni a casa.»

Di nuovo non me la bevevo, ma annuii. «Okay.»

Il taxi accostò, perciò presi il viso di Stella tra le mani e la baciai dolcemente sulle labbra. «Controlla il numero della licenza prima di salire. Dovrebbe finire con 6-F-E. Scrivimi appena arrivi a casa.»

Annuì. «Buonanotte.»

La guardai camminare intorno all'auto per leggere il numero della licenza, e poi salire sul sedile posteriore. Disse qualcosa al tassista, e aspettai che si voltasse e mi salutasse un'ultima volta. Ma non lo fece. La macchina semplicemente iniziò a muoversi.

C'era senza dubbio qualcosa che non andava, e il mio istinto mi disse che non aveva nulla a che fare con il mal di testa.

27
Hudson

STELLA non era al lavoro quando arrivai lunedì mattina. Passai davanti al suo ufficio tre volte prima della mia riunione delle nove. Dato che non si era ancora fatta viva, le inviai un messaggio.

HUDSON: *È tutto okay?*

Il fatto che il mio cellulare non squillasse mi fece distrarre di più che se avesse squillato a tutto volume durante la presentazione che avrei dovuto seguire. Non riuscivo a concentrarmi. Sabato sera, dopo che Stella se n'era andata, avevo cercato di convincermi che era davvero solo un mal di testa, e che sarebbe tornato tutto alla normalità domenica mattina. Ma ovviamente non era successo.

La mia riunione terminò verso le undici, e non avevo ancora avuto notizie di Stella. La porta del suo ufficio era chiusa, e la receptionist mi aveva detto di non averla ancora vista, quindi andai a parlare con mia sorella.

«Ehi. Hai sentito Stella oggi? Non è ancora arrivata.»

Olivia smise di scrivere e alzò lo sguardo. «Ciao, Hudson. È bello vedere anche te in questa piacevole mattinata. Sto bene, grazie di averlo chiesto.»

«Non sono dell'umore...»

«Che cavolo ti prende?»

«Puoi solo dirmi se hai parlato con Stella, oggi?»

Lei sospirò. «Sì, le ho parlato due volte. Lavora da casa. Non te l'ha detto?»

Scossi la testa. «Sta bene?»

Mia sorella assunse un'espressione preoccupata. «Ha detto di avere avuto un mal di testa che l'ha tenuta sveglia per due giorni, ma adesso sta meglio. È tutto a posto fra voi?»

Mi passai una mano tra i capelli. «Sì. Credo di sì.»

Mi lanciò una rapida occhiata, e le sue labbra formarono una smorfia. «Credi di sì? Ma non sei sicuro. Che cosa hai fatto?»

«Io? Cosa ti fa pensare che io abbia fatto qualcosa?»

«Di solito quando un uomo si chiede se ha fatto qualcosa di sbagliato, è così.»

Alzai le spalle. «Come dici tu.»

Tornai in ufficio e il mio cellulare ricevette finalmente una notifica dopo più di due ore d'attesa.

STELLA: *Sì, è tutto okay. Lavoro da casa oggi.*

Provai un po' di sollievo perché non mi stava completamente ignorando, ma non abbastanza da far andare via l'inquietudine che sentivo alla bocca dello stomaco. Perciò le risposi.

HUDSON: *Il mal di testa è passato?*

Sembrava una domanda abbastanza semplice, eppure guardai i tre puntini iniziare a muoversi, poi fermarsi e poi ricominciare prima di fermarsi completamente. Dieci minuti dopo, finalmente una risposta.

STELLA: *Sì, il mal di testa è passato. Grazie per avermelo chiesto.*

Grazie per avermelo chiesto suonava dannatamente simile a *Adesso lasciami in pace*.

Pazienza. Avevo del lavoro da fare. Perciò, piuttosto che sprecare più ore di quante non ne avessi già sprecate ad analizzare la situazione, gettai il telefono sulla scrivania. Forse non capivo le donne e basta.

Il giorno seguente, fui contento di vedere la luce filtrare da sotto la porta dell'ufficio di Stella quando arrivai alle sette.

«Ehi. Sei...»

Stella aveva il naso affondato nel portatile. Alzò lo sguardo e sorrise, ma non con gli occhi. «Sì. Scusa se non sono venuta in ufficio ieri.»

«Non hai niente di cui scusarti. Non lavori per me. Puoi usare questo spazio quando ti serve. Ero solo preoccupato che ci potesse essere qualcos'altro oltre al mal di testa...»

Stella sistemò delle carte sulla scrivania ed evitò di incrociare il mio sguardo. «No, non c'è nient'altro. Solo il mal di testa. A volte mi capita.»

Qualche giorno prima, sarei entrato nel suo ufficio, mi sarei chiuso la porta alle spalle, e avrei preso la sua bocca in un bacio che mi avrebbe lasciato con un'erezione potente. Eppure, in quel momento, ebbi la sensazione di dover rimanere sulla porta. In altre parole, non era solo il mal di testa. Ma stava lavorando, e dovevo prepararmi per una riunione, quindi non l'avrei forzata in quel momento.

Indicando il mio ufficio con un cenno del capo, le dissi: «Ho una riunione che mi prenderà la maggior parte della mattinata. Vuoi che ci incontriamo nel pomeriggio per rivedere le consegne che non sono ancora arrivate? Possiamo parlare di quali altre priorità vorresti che mi occupassi».

«In realtà ho rivisto le consegne ieri. Per il momento siamo nei tempi. Credo di avere tutto sotto controllo. Io e Olivia rivedremo gli ultimi dettagli del marketing tra poco.»

«Oh... okay.» Alzai le spalle. «Magari pranziamo insieme, allora?»

«Io e Olivia lavoreremo fino al pranzo. E ho una riunione nel pomeriggio nei quartieri residenziali, nell'ufficio di Fisher.»

«Nell'ufficio di Fisher?»

«Non c'entra con Signature Scent.»

Era chiaro che stava cercando di evitarmi, ma ero duro di comprendonio...

«Cena stasera?»

«Probabilmente mangerò un boccone con Fisher dopo.»

Non riuscii a sorridere e a far finta che andasse tutto bene, per quanto ci provassi. Il meglio che potei fare fu fingere comprensione con un cenno del capo. «Fammi sapere se posso fare qualcos'altro per te.»

«Grazie, Hudson.»

28
Stella

Tre notti prima

Doveva essere una coincidenza.

Sapevo che non era vero, ma avevo continuato a ripetermelo mentre il taxi si allontanava. Se non l'avessi fatto, ero abbastanza sicura che avrei vomitato sul sedile posteriore di quel povero malcapitato. Ero completamente nel panico.

Nell'istante in cui arrivammo a casa mia, uscii di corsa dall'auto e mi diressi all'ascensore. Quando non arrivò nel giro di due secondi, decisi che avrei preferito tenermi occupata salendo di corsa otto piani di scale piuttosto che aspettare mentre nel mio petto sembrava esserci una bomba a orologeria.

Nel mio appartamento, corsi direttamente verso la camera da letto e mi inginocchiai per terra per tirare fuori i contenitori di plastica che tenevo sotto il letto. In preda al panico, non riuscivo a ricordare che aspetto avesse il diario che stavo cercando, né quale scatola contenesse quelli più recenti. Perciò presi il primo e iniziai a tirarli fuori uno per uno.

Nel primo contenitore c'erano almeno trenta diari diversi che avevo raccolto negli anni, ma nessuno era recente. Non mi premurai di rimetterli a posto prima di scoperchiare il successivo. In quello ce n'era solo qualcuno; ne sollevai uno in pelle rossa che mandò al mio corpo una scarica elettrica. Dieci secondi prima, non l'avrei saputo riconoscere, ma nell'istante in cui lo tenni in mano, lo seppi. Seppi subito che era quello.

Al contrario di ogni altro diario che avevo preso, non lo aprii immediatamente precipitandomi a leggere. Feci un respiro profondo e mi tranquillizzai mentre la serietà della situazione mi colpiva di nuovo. Se i miei sospetti fossero stati giusti... *Oh, Dio, so che sono giusti.*

Un'ondata di nausea mi invase, e le mani si misero a tremare mentre aprivo il diario e iniziavo a leggere.

Caro diario,

è la prima pagina di un nuovo libro, il che sembra molto appropriato mentre sono seduta qui a scrivere oggi. So che è passato un bel po' dall'ultima volta che l'ho fatto, ma tutte le pagine del mio vecchio diario erano piene, e finora non avevo avuto niente di interessante da scrivere per iniziarne uno nuovo.

Fortunatamente, di recente le cose sono cambiate. L'estate è stata tutto fuorché noiosa. Anzi, credo che quest'estate sia stata una di quelle su cui i musicisti scrivono le loro canzoni. Vedi, ho incontrato l'amore della mia vita. È dolce e gentile, ma anche un po' malinconico e duro. A maggio, quando sono tornata dal college, i miei genitori mi hanno trascinata a una festa noiosa di una coppia di loro amici. Non volevo andarci, ma sono maledettamente felice di averlo fatto, perché ho incontrato l'uomo che un giorno sposerò!

Racconterò altro presto!

A

Mi soffermai ad analizzare ogni parola. Hudson non aveva detto come lui e l'ex moglie si fossero conosciuti nello specifico, ma mi aveva detto che i loro genitori erano amici e che frequentavano la stessa cerchia. Avevo immaginato che H stesse per *husband* – marito –, ma in quel momento ipotizzai che potesse anche stare per Hudson.

Mentre mettevo insieme i pezzi del puzzle, tutto si fece chiaro. La mia ex coinquilina Evelyn mi aveva regalato questo diario per il mio compleanno. Evelyn e l'ex moglie di Hudson erano amiche. Forse Alexandria le aveva dato il diario perché lo conservasse, o chissà, magari Evelyn glielo aveva rubato. Dio solo sapeva che aveva la tendenza a rubare le cose agli amici.

Alexandria si era sposata alla New York Public Library – di quello ero certa. Avevo letto ogni dettaglio della sua organizzazione. Anche Hudson si era sposato lì, proprio come i suoi genitori prima di lui.

Ero anche sicura che la figlia di Alexandria si chiamasse Laken Charlotte. Me lo ricordavo perché era l'unica volta in cui l'autrice del diario aveva usato un nome che non fosse il suo. In tutte le altre pagine si riferiva alla gente con le iniziali, ma il giorno della nascita della figlia aveva scritto il suo nome: Laken Charlotte.

Non era un nome comune, ma volevo esserne sicura al cento per cento, e avevo bisogno di saperlo. Non avrei mai potuto mettermi a leggere dall'inizio fino a quel punto. Perciò mi misi a sfogliare freneticamente finché non trovai la sezione che ricordavo.

Caro Diario,

oggi sono diventata madre.

Madre.

Dovevo scriverlo di nuovo perché non riesco ancora a crederci. Il parto è stato come tutte quelle orribili storie di dolore che avevo sentito, e anche peggio. Ma nel momento in cui mi hanno dato tra le braccia la mia piccolina, ho dimenticato completamente l'agonia del parto. È assolutamente perfetta.

Alle 2.42 di oggi, la mia vita è cambiata. Ho guardato la mia bambina negli occhi e ho sentito nel profondo del cuore che dovevo essere una persona migliore. Una persona più forte. Una persona più altruista. Una persona onesta. Sono così fiera di essere la madre della mia dolce bambina, e oggi prometto di diventare una persona di cui anche lei potrà essere fiera, un giorno.

Benvenuta al mondo, Laken Charlotte.

A

Lasciai cadere il diario sulle mie gambe e chiusi gli occhi.

L'ex moglie di Hudson era la madre di Laken Charlotte, la madre di Charlie. Purtroppo, quella era l'unica cosa che potevo dire con certezza. Perché secondo le altre annotazioni nel suo diario, quella era l'unica cosa che Alexandria poteva dire con certezza. Aveva tenuto nascosto un segreto a suo marito, un grande segreto.

Non riuscii a trattenere la nausea. Corsi in bagno e liberai lo stomaco.

29
Stella

Quindici mesi prima

«SAI di profumo da donna, Aiden.» Mi allontanai da lui dopo il nostro abbraccio.

Sospirò. «Basta con questa storia. Hai campioni in giro per entrambi i nostri appartamenti, è normale che un po' mi resti sui vestiti.»

Si voltò e andò in camera da letto. Lo seguii.

«Sai di gelsomino. Non lo tengo né qui né da me.»

«Be', allora probabilmente è una combinazione della roba che lasci in giro. Proprio tu dovresti sapere che quando si combinano tanti odori se ne crea uno nuovo. Qualsiasi cosa sia rimasta sul mio cappotto di lana, dev'essere una combinazione.»

«Dove sei stato stasera?»

«Nel mio ufficio, a correggere gli esami di metà semestre. Vorresti che d'ora in poi mi facessi scrivere un biglietto dalla guardia di sicurezza che mi vede uscire? La vera domanda è: dove sei stata tu? Hai ancora le scarpe, e hai le guance rosse per il freddo. Quindi immagino abbia lavorato fino a tardi anche tu.»

«Ero in laboratorio a lavorare all'algoritmo.»

Aiden alzò gli occhi al cielo. «All'algoritmo… certo. Credevo che ci avessimo messo una pietra sopra. Compreremo una casa con quei soldi.»

«Solo perché ho accettato di usare i nostri risparmi per comprare una casa, non significa che debba smettere di lavorare al mio prodotto.»

«No, ma come faccio a sapere che eri davvero lì?»

«Non puoi. Comunque non sono io quella che sa di profumo e ha addebiti di hotel sulla carta di credito.»

«Non ho intenzione di riaprire questo discorso, Stella.» Aiden si mise le mani sui fianchi. «L'hotel era una prenotazione per i miei che sarebbero venuti in città. L'avevo fatta molto tempo prima e ho dimenticato di cancellarla dopo che hanno annullato il viaggio a New York. Me n'ero completamente dimenticato quando me l'hai chiesto. Una settimana dopo me ne sono ricordato, quindi ho pagato la fattura. Non pensavo di dovertelo riferire.»

La storia che mi aveva raccontato aveva senso, solo che non mi aveva mai detto che i suoi genitori sarebbero venuti, e quando lo avevano fatto in passato avevano sempre alloggiato in un hotel vicino al suo appartamento, non dall'altra parte della città.

Ultimamente aveva una spiegazione per tutto: l'addebito dell'hotel, il fatto che sapesse di profumo, quando una mia collega lo aveva visto al ristorante con una bruna in atteggiamento piuttosto intimo, un messaggio sospetto. Non era solo una cosa, ma un insieme di piccole cose che si sommavano.

«Ascolta.» Aiden si avvicinò e mi mise le mani sulle spalle. «Quegli stupidi diari ti stanno mettendo in testa cose che non esistono.»

Volevo così tanto credergli. Ma non riuscivo a non pensare a tutte le somiglianze tra il modo in cui Alexandria trattava il marito e la situazione fra me e Aiden ultimamente. Alexandria tornava a casa e andava direttamente a fare la doccia per lavare via l'odore del suo amante – proprio come Aiden aveva iniziato a fare negli ultimi mesi se io ero da lui quando rientrava. Alexandria era attentissima con il cellulare. Aiden da un po' di tempo se lo portava persino in bagno mentre faceva la doccia – tranne quella volta in cui era in doccia quando ero arrivata nel suo appartamento. Avevo trovato il suo telefono in carica sul suo comodino e avevo cercato di dare una sbirciata ai suoi messaggi mentre l'acqua stava ancora scorrendo, solo per scoprire che aveva cambiato il codice.

Guardai Aiden negli occhi. «Me lo prometti? Promettimi che non c'è niente tra te e un'altra donna. Non riesco a togliermelo dalla testa, Aiden.»

«Devi fidarti di me», rispose guardandomi dritto negli occhi.

Annuii, anche se non mi sentii rassicurata.

Quella notte, andammo a letto come facevamo la maggior parte delle notti ultimamente: con un veloce bacetto sulle labbra e niente sesso. Era un'altra cosa che era cambiata negli ultimi sei mesi e non aveva fatto che aumentare i miei sospetti.

La settimana seguente tutto era quasi tornato alla normalità: finché Fisher non mi aveva chiamata una mattina mentre preparavo un toast.

«Ehi. Mi hai detto che Aiden sarebbe andato fuori città oggi, giusto? È uno dei motivi per cui hai spostato la nostra serata film mensile da domenica a venerdì.»

«Sì. Va a una conferenza su come incorporare nuove tecnologie alle lezioni universitarie. Perché?»

«Ho incontrato quel ragazzo strano con cui lavora, Simon, quello con la riga in mezzo e i capelli perfettamente lisci ai lati. Sono rimasto bloccato a parlare con lui alla festa di Natale qualche anno fa, e ha passato mezz'ora a spiegarmi perché i palloncini a elio sono dannosi per il nostro ambiente marino.»

«Mi ricordo di Simon.»

«Be', andiamo nella stessa palestra. Lo vedo ogni tanto e cerco di evitarlo. Ma stamattina l'unico tapis roulant libero era quello accanto a lui. Quindi ho dovuto corrergli accanto. Ha notato la mia bottiglietta d'acqua e ha iniziato a farmi la predica sugli effetti della plastica su madre natura. Ho cercato di cambiare argomento, così gli ho chiesto se sarebbe andato alla conferenza.»

«Okay…»

«Ha detto che è stata lo scorso weekend.»

«Cosa?» Mi interruppi mentre stavo ancora spalmando il burro, dimenticandomi del mio toast. «Magari dura più weekend?»

«L'avevo pensato anch'io. So che hai avuto difficoltà a fidarti di Aiden ultimamente, quindi non te l'avrei detto, ma il pensiero mi assillava, così ho cercato la conferenza su Google. Era lo scorso weekend: soltanto lo scorso weekend, Stella.»

Dopo essere rimasta in silenzio a lungo, sentii la preoccupazione nella voce di Fisher.

«Stai bene?»

Stranamente ero come insensibile, non agitata e nel panico come quando avevo iniziato ad avere dei sospetti. Forse nel profondo avevo saputo la verità per tutto il tempo. Ma ero certa che Aiden non avrebbe mai ammesso niente.

«Sì, sto bene.»

«Che intendi fare?»

«Pensi di poterti far prestare di nuovo la macchina dal tuo amico?»

«Probabilmente sì. Perché?»

«Potresti chiedergliela ed essere qui per le quattro?»

«Credevo che la serata film iniziasse alle sei.»

«È così. Ma facciamo cambio di programma. Aiden va via alle quattro, e voglio seguirlo.»

«Eccolo lì.» Indicai Aiden mentre usciva dal suo palazzo, con il trolley in mano. Io e Fisher eravamo parcheggiati a quattro auto di distanza, in attesa.

Scivolai sul sedile anche se Aiden aveva girato a sinistra, la direzione opposta alla nostra. Teneva la sua Prius in un garage a circa due isolati da casa.

«Dovrei seguirlo?» disse Fisher.

Scossi la testa. «Gli ci vorrà qualche minuto a scendere in garage, e poi almeno dieci minuti perché gli diano la macchina. Sarà meglio aspettare finché non sarà entrato per non farci vedere.»

«Okay.»

Pedinare qualcuno non era così facile come sembra in TV, specialmente a New York. Quando uscì dal garage, nonostante i semafori riuscimmo a non perderlo. Restammo indietro di qualche auto mentre proseguivamo sull'autostrada FDR – la Franklin Delano Roosevelt –, e poi lo seguimmo fino all'interstatale 87.

«Sembra che stia andando fuori città», disse Fisher. «Comunque ho chiamato il posto in cui tenevano la conferenza. Era proprio il weekend scorso.»

«Non so cosa pensare. Forse ha un appuntamento con una donna nello stesso posto in cui hanno tenuto la conferenza? In modo che il nuovo addebito di un hotel abbia senso?»

«Forse. Le spiegazioni che gli hai chiesto sono sufficienti per fargli capire che hai dei sospetti.»

Guidammo per un po', finché ci avvicinammo all'uscita che portava alla zona in cui io e Fisher eravamo cresciuti. Aiden mise la freccia e si spostò sulla corsia di destra.

«Conosce la zona, quindi probabilmente deve fare una pausa bagno o benzina e ha pensato di fermarsi qui.»

Fisher si tenne un po' più indietro, facendo passare tra noi qualche altra auto.

«Sei stranamente bravo a pedinare, Fisher.»

Sorrise. «Non è la mia prima volta, tesoro. Gli uomini gay fanno fatica a tenerlo nei pantaloni. Purtroppo, l'ho già fatto in passato.»

«Senza di me?»

Alzò le spalle. «Temevo che mi avresti fatto la predica perché volevo seguire qualcuno.»

Probabilmente aveva ragione. Un anno prima gli avrei detto che se sentiva il bisogno di seguire qualcuno, quella persona non aveva la sua fiducia, e la relazione era condannata. Eppure eccomi qui… Era un duro monito che non bisogna giudicare gli altri a meno di non essersi trovati nei loro panni.

«Dove diavolo sta andando?» chiese Fisher.

Aiden aveva superato tutti i negozietti e le stazioni di servizio lungo la strada. Si stava dirigendo verso il quartiere dove io e Fisher avevamo abitato, dove i miei genitori e i suoi vivevano ancora.

Quando Aiden svoltò a destra proprio nel complesso dove stavano i miei, dovemmo restare molto indietro, visto che non c'erano macchine tra noi. Scivolai di nuovo sul sedile.

«Sta andando a casa dei miei? Perché diavolo dovrebbe andare lì?»

Fisher mosse le sopracciglia con fare allusivo. «Magari è uno degli ospiti del piano di sotto di tua mamma.»

«Che schifo, dai.»

Stavamo scherzando, ma Aiden svoltò a sinistra ed entrò proprio nell'isolato dei miei.

«Non svoltare», dissi. «Se sta andando dai miei, dovremmo riuscire a vederlo da qui. Puoi semplicemente accostare all'angolo abbastanza da poter sbirciare?»

Lui parcheggiò proprio all'altezza dello STOP, e ci chinammo in avanti per scrutare in fondo all'isolato. La Prius rallentò e si immise nel vialetto di casa dei miei.

«Che diavolo sta facendo? Perché non avrebbe dovuto dirmi che sarebbe venuto qui? Ho sentito mia madre l'altro giorno e non mi ha detto nulla.»

Fisher alzò le spalle. «Magari stanno organizzando una festa a sorpresa per te o qualcosa del genere?»

«Il mio compleanno è tra nove mesi.»

Quando Aiden entrò in casa, io e Fisher decidemmo di andare in fondo all'isolato. Parcheggiammo a qualche casa di distanza e scivolammo nei sedili.

Nell'ora successiva, continuai a pensare a tutto quello che mi aveva insospettita. Alla fine, sospirai. «Forse Aiden ha ragione e il diario che sto leggendo mi ha resa paranoica, facendomi vedere cose che non ci sono.»

«Avevi già i tuoi sospetti prima di iniziare a leggerlo», mi ricordò Fisher.

«Sì… ma…» Scossi la testa. «Non lo so. Ormai sono decisamente ossessionata dall'idea che mi potrebbe tradire, e penso che molto possa essere dovuto a quello che sto leggendo. Voglio dire, è la terza volta che leggo quel maledetto diario, e mi siedo sulla scalinata della biblioteca chiedendomi se le persone intorno a me possano essere Alexandria e suo marito. Non capisco come possa tradirlo, e poi non dirgli che la bambina che ha messo al mondo potrebbe anche non essere sua.»

«E il tizio con cui va a letto è l'amico di suo marito, giusto?»

Annuii. «È terribile. È il massimo del tradimento: tua moglie e il tuo migliore amico.»

«Sì, è una merda», disse Fisher. «Non c'è molto di peggio di questo.»

La porta di casa dei miei genitori si aprì, e il cuore per poco non mi saltò fuori dal petto. «Arriva qualcuno.»

Scivolammo il più possibile per riuscire comunque a guardare fuori dal finestrino. I miei genitori e mia sorella uscirono e restarono sul primo gradino degli scalini, parlando con Aiden per qualche minuto. Alla fine, i miei lo salutarono e tornarono in casa, mia sorella invece accompagnò Aiden alla macchina. Arrivati alla Prius, Aiden aprì la portiera per far entrare Cecelia. Quando lei fece per salire, lui le prese la mano. Il resto sembrò accadere al rallentatore.

Aiden la tirò a sé e la spinse contro l'auto. Una brezza le fece andare i lunghi capelli neri sul viso, e lui glieli scostò... subito prima di avvicinarsi per baciarla. Sconvolta e ancora in una sorta di strana fase di negazione, in qualche modo mi aspettavo che mia sorella lo allontanasse, come se fosse stata la prima volta che lo lui faceva. Lo avrebbe schiaffeggiato e lo avrebbe spinto via.

Invece non lo fece. Cecelia passò le braccia intorno al collo del mio fidanzato e ricambiò il bacio – due partecipanti consenzienti coinvolti in un bacio appassionato... nel vialetto dei miei genitori.

Non riuscivo a dire una parola. Ero a bocca aperta, completamente sotto choc. Avevo dimenticato che Fisher era seduto accanto a me finché non parlò.

«Mi correggo. Ci sono cose peggiori di tua moglie che si scopa il tuo amico come nel diario che stai leggendo.» Scosse la testa incredulo mentre li fissava insieme a me. «È quello il tradimento massimo, cazzo.»

30
Stella

«Mi stai prendendo per il culo?» esclamò Fisher. «Ti pare possibile?»

Non avevo programmato di dire niente al mio amico – figuriamoci l'intera storia – ma era esattamente quello che avevo fatto. Gli avevo raccontato che Hudson avrebbe potuto non essere il padre di Charlie prima di averlo detto a Hudson, e mi sentii davvero in colpa per aver violato la sua privacy. Ma Fisher aveva capito che da una settimana c'era qualcosa di strano in me. Quella sera, quando era entrato in casa mia e mi aveva trovato con addosso un pigiama spiegazzato, i capelli che non pettinavo da due giorni e gli occhi gonfi… non avevo avuto molta scelta.

«Sono abbastanza sicura di aver ragione. Tutti i fatti combaciano. E poi, ho avuto il diario da Evelyn.»

«Evelyn come ha fatto ad averlo?»

«Non ne ho idea. Una volta Olivia mi ha detto che Evelyn e la ex di Hudson avevano litigato perché Evelyn aveva preso qualcosa di suo. Forse le aveva rubato il diario.»

«D'accordo.» Si mise le mani sui fianchi e rifletté per un momento. «Ecco cosa faremo. Ti pettinerai i capelli e ti laverai la faccia, io andrò nel mio appartamento a prendere un blocco per gli appunti e due bottiglie di vino. Al mio ritorno mi dirai tutti i fatti, e vedremo se traggo la stessa conclusione. Se lo farò, cercheremo di capire che strategia adottare.»

Scivolai ancora di più sul divano. «Non voglio una strategia.»

Fisher mi prese entrambe le mani e mi tirò su. «Non mi importa. Quando hai iniziato a sospettare che Aiden ti tradisse, io non ci ho dato peso. Invece ti avrei dovuto ascoltare fin dall'inizio, e avrei dovuto elaborare una strategia per andare in fondo alla questione. Non l'ho fatto, e hai passato mesi a stressarti e a soffrire. Non succederà di nuovo. Dobbiamo trovare una soluzione.» A un tratto mi guardò la testa. «E poi, credo che potrebbero esserci un paio di ratti a fare il nido lì sopra. Quindi vai a pettinarti. Torno tra cinque minuti.»

Misi il broncio, perciò Fisher mi accompagnò in camera. Mi diede un bacio sulla fronte e mi spinse verso la porta del bagno. «Vai.»

Dieci minuti più tardi, ci incontrammo sul divano. Lui indicò un involucro vuoto con un cenno del capo. «Hai mangiato tutto quel coso di cioccolato che ti hanno mandato?»

La mattina dopo essere scappata da casa di Hudson, avevo ricevuto un meraviglioso bouquet di fiori esotici insieme a un'enorme barretta di cioccolato da due chili e mezzo. Il biglietto diceva: MI FAI SENTIRE MEGLIO DI QUALSIASI QUANTITÀ DI CIOCCOLATO. Negli ultimi giorni avevo mangiato l'intera barretta chiedendomi se la sua affermazione sarebbe mai più stata vera. Nessuna quantità di anandamide avrebbe potuto farmi sentire meglio.

«Non ricordarmelo», dissi. «Mi sento malissimo. Hudson starà impazzendo domandandosi perché sono sparita e continuo a evitare le sue chiamate e i suoi messaggi. Ma non posso guardarlo negli occhi sapendo quello che so. Non posso, Fisher. Sono pazza di lui. Lo sto facendo soffrire in questo momento, ma sarà molto peggio quando glielo dirò.»

Fisher mi strinse la mano. «D'accordo, tesoro. Ma hai fatto la cosa giusta. Non è il genere di rivelazione che si può semplicemente dire a qualcuno se non si è assolutamente sicuri. E una volta che lo sarai, dovrai trovare il modo per comunicarglielo gentilmente.»

«Fisher… Non c'è gentilezza che tenga. Stiamo parlando di sua figlia.»

«Okay. Ma devi rilassarti, così potremo discutere tutti i dettagli. Beviamo un po' di vino, almeno. Sembravi meno nervosa quando hai detto a quattrocento invitati come avevi conosciuto la sposa che in realtà non avevi mai visto prima.» Riempì due bicchieri di merlot e si mise a sedere dritto, con la penna pronta. Aveva proprio un'aria da avvocato. «Cominciamo. Evelyn quando ti ha dato questo diario?»

«È stato un regalo di compleanno, circa diciotto mesi fa. Ricordo di essere stata sorpresa che mi avesse fatto un regalo, perché non credevo neanche sapesse che era il mio compleanno. Tu mi avevi mandato dei fiori. Quando Evelyn li ha visti, mi ha chiesto il motivo, e allora è andata in camera sua ed è tornata con il diario. Non era incartato né niente.»

«Ci sono delle indicazioni temporali nel diario, da programmi televisivi o cose del genere?»

Scossi la testa. «L'ho letto almeno una decina di volte dall'inizio alla fine negli ultimi giorni. Non ho trovato niente.»

«Okay.» Fisher scrisse diciotto mesi sul suo blocco per gli appunti e lo sottolineò due volte. «E quando hanno divorziato Hudson e la sua ex?»

«Ha detto che Charlie aveva circa due anni. Quindi quattro anni fa.»

«Perciò il diario potrebbe essere stato scritto in qualsiasi momento tra un anno e mezzo e cent'anni fa?»

Alzai le spalle. «Immagino di sì. Ma le pagine non sono ingiallite, quindi non penso sia troppo vecchio.»

«Okay… Allora con la sequenza temporale ci siamo, ma potrebbe funzionare probabilmente anche per un milione di altri scenari. Passiamo ai nomi. Il nome della tua autrice era Alexandria. Sappiamo per certo che è il nome dell'ex moglie di Hudson?»

Annuii. «Hudson l'aveva sempre chiamata solo Lexi, ma l'altra sera, quando Charlie mi ha detto il suo nome completo, gli ho chiesto quello della madre. È Alexandria. E, tra parentesi, anche lei teneva un diario. Hudson me l'ha confidato una volta.»

«Okay. Sono due nomi in comune. Che mi dici di Hudson? Nel diario viene mai nominato?»

Scossi la testa. «Si riferisce a lui soltanto con la lettera H, che all'inizio avevo pensato stesse per *husband*, marito. Ma ovviamente potrebbe anche stare per Hudson. E il tizio con cui aveva una tresca era il migliore amico del marito, e lo chiama J. Il nome del migliore amico di Hudson è Jack.»

Fisher prese altri appunti. «Ci sono migliaia di Jack nel mondo. È un nome comune. Scommetto che lo è anche Alexandria. Ripeto, sono tutte prove indiziarie.»

«Ma ha scritto il nome di sua figlia il giorno in cui è nata: Laken Charlotte.»

Fisher mi guardò perplesso. «E il nome della figlia di Hudson è sicuramente Laken Charlotte?»

«Be', questa non è una combinazione così comune, ovviamente. Non ho mai conosciuto nessuno di nome Laken, ma sono certo che ce ne saranno un po' a New York. Ha più di otto milioni di abitanti.»

«Ci sono milleseicentosessantadue persone di nome Laken negli Stati Uniti al di sotto dei tredici anni, secondo l'Ufficio del censimento. L'ho cercato.»

«Merda. Okay. Be', sono sempre più di milleseicento.»

«Ma quando ho messo il nome e il cognome – Laken Rothschild – stimano che ce ne sia solo una.»

«Stimano? All'Ufficio del censimento non sono sicuri?»

«Lo dicono in base a vecchi dati. È più una statistica che un conteggio esatto. Ma in buona sostanza non è una combinazione popolare.»

«Bene, che altro?»

«Alexandria si è sposata alla New York Public Library. Anche Hudson e Lexi.»

«Uff. Non promette bene.»

«E poi, Alexandria e H vivevano nell'Upper West Side, proprio come Lexi e Hudson.»

Fisher fece un respiro profondo. «Quindi ci sono decisamente molte coincidenze. Ma una volta ho letto di due gemelli separati alla nascita. Entrambi erano stati chiamati James dai loro genitori adottivi, ed entrambi erano diventati poliziotti e avevano sposato donne con lo stesso nome. Avevano anche dato lo stesso nome ai loro figli, e poi avevano divorziato e sposato in seconde nozze donne con lo stesso nome. Non lo hanno scoperto finché non si sono conosciuti in età avanzata. Quindi esistono anche situazioni molto strane.»

Sospirai. «Suppongo di sì. Ma cosa devo fare? Dire: 'Ehi, comunque, credo ci sia la possibilità che tua figlia non sia tua. Oh, e potrebbe essere del tuo migliore amico di una vita, Jack, perché si scopava in segreto la tua ex moglie'?»

«Gesù.» Si scolò quel che restava del suo bicchiere di vino. «Non credo però che tu abbia altra scelta.»

«Potrei bruciare il diario e fingere di non averlo mai letto.»

«E poi, cosa? Non dirgli mai che sua figlia potrebbe non essere sua? Ti conosco, Stella. Ti consumerebbe.»

Lo guardai negli occhi. «È la luce della sua vita. Credo che preferirei consumarmi piuttosto che spezzare il cuore a Hudson.»

«Ma non sei neppure in grado di comportarti normalmente. Non hai avuto una vera conversazione con lui da quando hai messo insieme i pezzi. Non puoi tenertelo per te a meno che tu non abbia intenzione di uscire dalla sua vita definitivamente.» Fisher si accigliò. «Cristo, se è vero... Pensa a quante vite ha rovinato questo diario. Potresti non aver mai scoperto quello che Aiden stava facendo se tu non l'avessi letto. E adesso questo. È davvero folle.» Fece una pausa, scuotendo la testa. «Ma devi dirglielo, tesoro. Ha il diritto di saperlo.»

Mi sentii come se avessi una pallina da golf conficcata in gola. Deglutii. «Lo so.»

Dopo la nostra conversazione, procedemmo a scolarci entrambe le bottiglie di vino. Stavo cercando di annegare il cervello, sperando di riuscire a smettere di pensare a cosa dovevo fare almeno per qualche minuto. Ma tutto quell'alcol sembrò solo rendermi più triste.

Sentii che stavo per mettermi a piangere. «Non voglio perderlo, Fisher. Mi manca da morire, ed è passata meno di una settimana dall'ultima volta che l'ho incontrato.»

Fisher mi accarezzò i capelli. «Ho visto il modo in cui Hudson ti guarda. Anche lui è pazzo di te. Non lo perderai, ma devi parlargli. Non puoi più evitarlo.»

Sospirai. «Lo so. È solo che mi sono sentita davvero paralizzata in questi ultimi giorni.»

Accompagnai Fisher alla porta intorno alle dieci. «Prenderò

la colazione per entrambi domattina quando sarai sobria, così potremo parlare di come glielo dirai», disse.

«Okay. Grazie.»

Mi sollevò il mento. «Starai bene?»

«Sì. Starò bene. A domani.»

Dopo aver chiuso la porta, misi via i bicchieri di vino e gettai le bottiglie vuote. Quando andai per spegnere la luce in cucina, vidi che Fisher aveva lasciato la sua chiave del mio appartamento sul ripiano. Immaginai che se ne sarebbe accorto la mattina seguente, arrivando con la colazione, perciò spensi la luce e decisi di non poter più rimandare la doccia.

In bagno, mi spogliai mentre lasciavo che l'acqua calda facesse diffondere il vapore nella stanza. Appena misi un piede nella doccia, suonò il campanello.

Fisher si è accorto di aver dimenticato la chiave.

Avvolta in un telo, presi la chiave prima di andare ad aprire. Forse l'alcol mi aveva fatto agire in modo incosciente, ma non mi era neanche venuto in mente che potesse essere qualcun altro invece di Fisher. Perciò, senza guardare dallo spioncino, spalancai la porta.

«Lo so, lo so. Hai dimenticato la tua chia...» Rimasi paralizzata, vedendo un uomo che decisamente non era Fisher di fronte a me.

Hudson si accigliò. «Aspettavi qualcun altro?»

«Ehm... Fisher ha dimenticato la sua chiave... Pensavo che fosse lui.»

Io e Hudson restammo lì in piedi a guardarci. Mi sentii così scossa dopo aver parlato di lui per ore che non sapevo cosa dire o cosa fare. Diavolo, ormai era una settimana che non sapevo cosa dire o cosa fare.

Alla fine, sospirò. «Va bene se entro?»

«Oh... sì, certo. Scusa.»

Chiusi la porta dietro di lui e cercai di schiarirmi le idee, ma ero talmente nervosa che non riuscivo a capire come comportarmi. Di nuovo, ci fissammo nell'imbarazzo.

Dovette rompere lui il silenzio. «Scusa se non ho chiamato prima.»

Mi strinsi la spugna addosso. «Non è un problema.»

«Non lo è? Non ho chiamato perché ho immaginato che mi

avresti detto di no se l'avessi fatto, e in questo momento mi sembra che sia un problema che io sia qui.»

Odiavo che il mio comportamento lo stesse facendo sentire sgradito. «Mi dispiace. È solo che non ti aspettavo. Fisher è stato qui e abbiamo bevuto del vino, e ora stavo per farmi una doccia veloce e andare a letto.»

Mi guardò accigliato. «Posso andarmene...»

«No, no...» Scossi la testa. «Non devi andartene.»

Hudson incrociò il mio sguardo. «Speravo potessimo parlare.»

Annuii e indicai la porta della mia camera da letto. «Certo, sì. Lasciami solo chiudere l'acqua e vestirmi.»

«Perché non fai la doccia? Aspetterò.»

Effettivamente avevo bisogno di qualche minuto per raccogliere i pensieri. Avevo programmato di riflettere per almeno qualche giorno su come dirgli ciò che sapevo. Adesso avevo soltanto il tempo di una doccia. «Se non ti dispiace, sarebbe fantastico. Grazie.» Indicai il divano. «Accomodati.»

Sotto la doccia, la mia testa era un caos e mi sentivo un po' stordita. Ma non avevo tempo per una vera crisi di nervi, perciò rimasi in piedi sotto il getto d'acqua, chiusi gli occhi, e feci qualche respiro profondo finché non mi sembrò che il mondo avesse smesso di girare così velocemente.

Non c'era un modo facile per iniziare quella conversazione, e non potevo più nascondermi dietro i dubbi che avevo imbastito. Coincideva tutto, persino Fisher ne era convinto. Perciò immaginai che avrei dovuto cominciare dall'inizio. Hudson sapeva già che leggevo i diari, ed ero abbastanza sicura di avergli parlato di quello della donna che si era sposata alla New York Public Library. Avrei potuto cominciare con qualcosa del tipo: «Ho letto questo diario un po' di tempo fa...» Ma poi, come continuare? Potevo dire: «Ehi, hai mai sospettato che tua moglie avesse una tresca?» L'idea di dovergli rivelare quella notizia mi fece andare in iperventilazione.

E se mi sbagliassi?

E se avessi ragione?

E se dirglielo gli portasse via la cosa più preziosa della sua vita?

Sto rovinando la vita di una bambina?

Vorrei sapere se mio padre non fosse davvero mio padre?

Oh, Dio. Quel pensiero non fece altro che aumentare il mio sgomento. Considerate tutte le persone con cui i miei andavano a letto, era decisamente possibile che mio padre non fosse davvero mio padre.

Oh, Signore. *Chi se ne frega della mia famiglia?* Desiderai che stesse succedendo a me, non a Hudson e alla sua bellissima bambina.

Per il resto della doccia, mi vennero in mente i pensieri più disparati, ma cercai di calmarmi respirando lentamente. *Morirei se mi arrampicassi fuori dalla finestra della mia camera per scappare?* Poi le mani iniziarono a raggrinzirsi, e a quel punto capii di dovermi dare una calmata.

Perciò chiusi l'acqua, mi asciugai, mi pettinai, tirai fuori pantaloni da ginnastica e una maglietta e mi feci un piccolo discorsetto d'incoraggiamento.

Andrà tutto bene. Comunque vada, alla fine le cose andranno come devono andare. Potresti trovare qualche ostacolo, ma se un diario su un uomo di cui sono pazza è arrivato tra le mie mani prima che lo conoscessi c'è una ragione. In qualche modo Dio l'ha messo nelle mie mani... Alla fine, tutto andrà per il verso giusto.

Feci un ultimo respiro profondo e sussurrai a me stessa: «Adesso è tutto nelle mani del destino». Poi aprii la porta della mia stanza.

Solo per vedere che non era nelle mani del destino.

Era in quelle di Hudson.

Perché avevo lasciato il diario sul tavolino, e in quel momento lui lo stava leggendo.

Alzò lo sguardo. «Perché diavolo hai il diario della mia ex moglie?»

31
Hudson

«NON capisco. Perché Lexi avrebbe venduto il suo diario su eBay, e come diavolo è arrivato a te?»

Stella scosse la testa. «Non ho comprato quel diario su eBay. Me lo ha dato Evelyn per il mio compleanno.»

«Evelyn? Evelyn Whitley?»

«Sì.»

«Evelyn come l'ha avuto?»

«Non ne ho assolutamente idea.»

«Quando te l'ha dato?»

«Per il mio compleanno, circa diciotto mesi fa.»

Non ero sicuro di cosa diavolo stesse succedendo, ma sapevo che Evelyn e Lexi non si parlavano più. Ricordavo un giorno di un paio di anni prima in cui ero andato a prendere Charlie, e la mia ex moglie era di umore pessimo. Mi aveva chiesto se avessi contatti con Evelyn. Ovviamente non ne avevo. Evelyn era un'amica di mia sorella, e non mi era mai piaciuta, tanto per cominciare.

«Ho letto solo la prima pagina. Inizia con il giorno in cui ci siamo conosciuti.»

Stella sembrava pallida. «Lo so.»

Mi massaggiai la nuca, sentendomi tra il raggirato e l'arrabbiato, però cercai di stare calmo. «Hai ricevuto il diario della mia ex moglie così, per caso? Dalla donna che fingevi di essere la notte in cui ci siamo conosciuti?»

«Sembra assurdo, me ne rendo conto. Ma sì, è così che è

andata. Non avevo idea che appartenesse alla tua ex moglie fino all'altra sera.»

«L'altra sera? A casa mia, quando hai detto di avere mal di testa e sei scappata?»

Annuì. «È allora che ho capito.»

Avevo ripensato a quella serata un milione di volte, cercando di comprendere cosa diavolo fosse successo. Un attimo prima era tutto a posto e stavamo ridendo, e l'attimo dopo se n'era andata. Scossi la testa. «Non capisco, Stella.»

Sospirò. «Credi che potremmo sederci a parlarne?»

Mi passai una mano tra i capelli. «Tu siediti. Io ho bisogno di stare in piedi.»

Esitante, si avvicinò alla poltrona e si sedette. Io iniziai a camminare avanti e indietro per il salotto. «Cos'è successo l'altra sera a casa mia?»

Stella abbassò lo sguardo e parlò guardandosi le mani. «Charlie ha detto il suo nome completo, e ho ricordato di averlo letto in un diario tempo prima. Ricordi che ti ho raccontato di aver letto il diario di una donna che si era sposata alla biblioteca? Che mi sedevo sulla scalinata e mi guardavo intorno cercando le persone di cui leggevo?»

Ero così confuso. «Stavi cercando me e Lexi?»

Stella annuì. «Non lo sapevo all'epoca, ma sì... immagino di sì.»

Sembrava impossibile che il diario della mia ex moglie potesse finire tra le mani della mia nuova ragazza per una coincidenza. Ma anche se fosse stato così, non capivo comunque perché Stella si fosse agitata tanto l'altra sera.

Sollevai il diario. «Quindi è per questo che mi stai evitando? Perché ti sei resa conto di avere il diario della mia ex moglie?»

Continuò a evitare il mio sguardo. «Sì.»

Camminai ancora un po', cercando di comporre nella mia mente l'intero puzzle, ma mi mancavano dei pezzi. «Perché? Se è stata soltanto un'enorme coincidenza, perché non me l'hai detto e basta?»

Stella restò a lungo in silenzio. E quel silenzio mi stava agitando. «Rispondimi, Stella.»

Alzò lo sguardo per la prima volta. Aveva gli occhi pieni di lacrime, e sembrava completamente stravolta. Mi sentii combattuto tra il desiderio di stringerla a me e quello di urlarle contro, qualunque fosse il motivo di quella follia.

Purtroppo, vinse l'ultimo, e ringhiai: «Dannazione, Stella. Rispondimi!»

Sussultò e le lacrime iniziarono a scorrerle sulle guance. «Perché... ci sono delle cose... nel diario.»

«Che genere di cose?»

Io e Lexi non avevamo un ottimo rapporto, specialmente alla fine. Ma non ero mai stato crudele con lei. Non le avevo dato motivo di scrivere niente che potesse far andare Stella nel panico.

Iniziò a piangere più forte. «Non voglio ferirti.»

Non sopportavo di vederla così turbata, perciò mi avvicinai e mi inginocchiai davanti a lei. Scostando dal suo viso ciocche di capelli bagnate, mormorai:«Rilassati. Smetti di piangere. Niente che Lexi possa aver scritto in un diario mi ferirà. Questo mi ferisce, vederti così turbata. Che succede, tesoro?»

Cercare di calmarla sembrò soltanto agitarla di più. Singhiozzò, con le spalle che le tremavano. Perciò la tirai a me per abbracciarla e la strinsi finché non si calmò un po'. Poi le sollevai il mento per incrociare il suo sguardo. «Parlami. Cos'è che ti turba tanto?»

I suoi occhi saettarono avanti e indietro tra i miei, e mi sentii come se stessi guardando il suo cuore spezzarsi.

«Lexi...» Tirò su col naso. «Racconta di aver avuto una tresca.»

La guardai sorpreso. «D'accordo... Be', non sapevo che avesse avuto una tresca. Ma immagino di non poter dire di essere sconvolto. L'ho beccata a mentire su cose prive di significato negli anni, e a un certo punto avevo sospettato che stesse frequentando qualcuno, anche se lo aveva sempre negato. Lexi è piuttosto egoista e ha tenuto comportamenti sospetti, come nascondere dei soldi e sparire fino a tarda notte. È questo che ti ha tormentata? Hai pensato che sarei stato ferito scoprendolo? Non è piacevole, ma quella parte della mia vita è conclusa.»

Stella chiuse gli occhi e scosse la testa. «C'è di più.»

«Okay... cosa? Cosa c'è?»

«L'uomo con cui andava a letto, ha scritto che era il tuo migliore amico.»

Aggrottai la fronte. «Jack?»

«Non dice mai il suo nome, ma si riferisce a lui con la lettera J... E...» Stella deglutì di nuovo e fece un respiro profondo. «Lexi non sa chi sia il padre.»

Non avevo idea di cosa diavolo stesse parlando. «Il padre di chi? Che vuoi dire?»

Il labbro di Stella si mise a tremare. «Di Charlie. Non sa chi sia il padre di Charlie. Andava a letto con entrambi nel periodo in cui è stata concepita.»

Fino a una settimana prima, sentivo di tenere il mondo per le palle. Ricordo di aver guardato la mia bambina preparare la cena con la donna di cui ero pazzo – mentre si divertivano – e di aver pensato quanto andasse finalmente tutto per il verso giusto dopo tanto tempo. E adesso... mi sentivo come se il mondo stesse tenendo per le palle me.

All'inizio, non ci avevo creduto. Non che Lexi non fosse in grado di fare una cosa del genere, ma non riuscivo a credere che ne fosse capace il mio migliore amico. Come minimo, quella parte doveva essere sbagliata. Migliaia di nomi iniziavano con la J; Jack non mi avrebbe mai fatto una cosa del genere.

Ma quando arrivai al mio terzo scotch, seduto in un bar dove avevo incontrato il mio amico infinite volte, mi ricordai di un San Valentino di anni prima. Ero stato a Boston per lavoro per qualche giorno. Il mio volo di ritorno era programmato per quella sera. Avevo detto a Lexi che l'avrei portata fuori a cena una volta arrivato, ma avevo finito presto e avevo deciso di prendere un volo a mezzogiorno per farle una sorpresa. Una volta a casa, scoprii che Jack era nel nostro appartamento. Ricordo di aver avuto una breve sensazione di disagio, ma poi lui aveva detto di aver chiesto a Lexi di accompagnarlo a comprare un regalo per San Valentino alla sua nuova ragazza – la sua attuale moglie. Aveva spiegato che lei adorava gli smeraldi, e che ricordando che Lexi aveva una collana con uno smeraldo, aveva pensato che avrebbe potuto aiutarlo a scegliere una pietra di qualità per un anello. Onestamente non ci avevo dato importanza – erano mia moglie e il mio migliore amico, cazzo.

Qualche anno dopo, ero seduto di fronte a Lexi nell'ufficio del mio avvocato. Aveva le mani incrociate sul tavolo, e avevo notato un enorme smeraldo brillare al suo dito. Le nostre contrattazioni si erano fatte litigiose ormai, quindi avevo fatto un commento sulle sue ridicole spese e avevo citato l'anello. Aveva sfoderato un sorriso perverso e aveva detto che l'aveva da anni: un regalo di un uomo che l'apprezzava davvero. Non avevo mai visto quell'anello prima, ma Lexi aveva una quantità di gioielli, perciò, ancora una volta, immaginai che per lei fosse soltanto un modo di irritarmi.

Facendo tintinnare i cubetti di ghiaccio che avevano avuto a malapena l'opportunità di sciogliersi nel mio bicchiere, decisi di fare una telefonata. Non me ne fotteva nulla se erano le due e mezzo del mattino.

Un'intontita voce femminile rispose al terzo squillo. «Pronto?»

«Hai un anello con uno smeraldo?»

«Hudson? Sei tu?»

Sentii la voce di un uomo borbottare in sottofondo, ma non riuscii a capire cosa avesse detto.

«Sì, Alana, sono Hudson.»

«È notte fonda.»

«Puoi solo dirmi se hai un anello con uno smeraldo?»

«Non capisco...»

La mia voce tuonò. «Rispondi alla domanda, cazzo. Hai o non hai un anello con uno smeraldo regalato da tuo marito?»

«No, non ce l'ho. Ma che succede, Hudson? Va tutto bene?»

Alana doveva aver coperto il microfono, perché sentii delle voci attutite, e poi, qualche secondo dopo, il mio presunto miglior amico prese il telefono. «Hudson? Che diavolo succede?»

«Tua moglie non ha un anello con uno smeraldo, cazzo.»

«Sei ubriaco?»

Lo ignorai. Che fossi ubriaco o meno non cambiava i fatti. «Sai invece chi ce l'ha un fottuto anello con uno smeraldo?»

«Di che cosa stai parlando?»

«La mia ex moglie. Ecco chi ha il cazzo di anello con lo smeraldo. Quello che mi hai detto di aver comprato con lei per la tua nuova ragazza quando sono tornato prima da Boston.»

Ci fu un attimo di silenzio. Alla fine, Jack si schiarì la voce. «Dove sei?»

«Al bar in fondo all'isolato di casa tua. Porta quel tuo culo rinsecchito qui, o sarò io da te tra dieci minuti.» Senza aspettare una risposta, riattaccai e gettai il cellulare sul bancone. Poi sollevai il bicchiere vuoto verso il barista. «Fammene un altro.»

Jack non disse nulla mentre si sistemava sullo sgabello accanto a me.

Non riuscivo neppure a guardarlo. Avevo la voce stranamente calma mentre fissavo il mio bicchiere. «Come hai potuto?»

Non rispose subito. Per un momento, pensavo che avrebbe negato, invece mi rispettò abbastanza per non farlo.

«Vorrei poter avere una risposta a questa domanda», disse, «a parte che sono un fottuto pezzo di merda.»

Sbuffai e mi portai il drink alle labbra. «Probabilmente è la prima cosa onesta che ti sento dire da anni.»

Jack alzò una mano verso il barista e ordinò uno scotch doppio. Aspettò che il suo bicchiere fosse pieno prima di continuare.

«Per quanto?» chiesi.

Si scolò metà bicchiere e lo posò sul bancone. «Circa un anno.»

«L'amavi, almeno?»

Scosse la testa. «No, era solo sesso.»

«Fantastico», esclamai sarcastico. «Venticinque anni di amicizia per solo sesso. Lexi non era neanche brava con i bocchini. Era tutta denti.»

Con la coda dell'occhio, vidi Jack abbassare la testa. La scosse a lungo. «Credo che volessi vincere in qualcosa», disse. «Eri sempre il più intelligente, il più forte, il più popolare, e ottenevi tutte le ragazze che volevi. Dopo essere usciti per qualche settimana, Alana aveva ammesso che la sera in cui ci eravamo conosciuti in quel bar lei e la sua amica si erano avvicinate a noi solo dopo che lei aveva prenotato te. Persino mia moglie avrebbe scelto te al posto mio, se avesse potuto.» Scosse di nuovo la testa. «Lexi e io eravamo ubriachi quando è successo la prima volta, se ti può consolare.»

«Non mi consola.»

Restammo seduti per dieci minuti buoni senza dire un'altra parola. Mi scolai il mio quarto scotch mentre il mio leale amico si scolò il suo, doppio. Non ero un grande bevitore, perciò l'alcol mi andò dritto alla testa. Avevo la vista offuscata, e mi resi conto che la stanza stava iniziando a girare.

Facendo un respiro profondo, mi voltai per guardare Jack per la prima volta. Lui fece lo stesso, incrociando il mio sguardo mentre emetteva un sospiro spezzato.

«È tua?» Fare quella domanda causò un dolore fisico nel mio petto, e la mia voce si ruppe quando proseguii: «Mia figlia è tua?»

Jack deglutì. «Lexi non ne è mai stata sicura. Per quanto ne so, non lo è ancora.»

Tirai fuori il mio portafogli. Gettando duecento dollari sul bancone, alzai una mano per chiamare il barista. «Cento per i drink. Gli altri cento sono per aiutarlo ad alzarsi.»

Il barista fece un'espressione confusa, perciò mentre mi alzavo e mi stabilizzavo puntai quel pezzo di merda che avevo chiamato il mio migliore amico per più di due decenni. «Si scopava mia moglie mentre ero ancora sposato con lei.»

Il barista rimase di sasso, e ci fissò.

«Voltati», dissi al mio più vecchio amico.

Jack si voltò sullo sgabello per guardarmi. Avevo un occhio chiuso per evitare di vederci doppio, ma lui non alzò le mani vedendomi prendere la rincorsa e dargli un pugno dritto in faccia. Era il minimo che potesse fare: comportarsi da uomo.

«Non dire a quel pezzo di merda della mia ex moglie che lo so», lo avvertii prima di andare verso la porta. Non mi preoccupai di controllare se il barista lo avesse aiutato a rialzarsi.

32
Stella

Era passata quasi una settimana, e non avevo ancora visto Hudson. Anche se immaginavo che avesse più diritto di sparire di quanto ne avessi avuto io quando lo avevo evitato.

Sospettavo che avesse raccontato qualcosa alla sorella, dato che Olivia non lo aveva nominato neanche una volta. Gli ultimi campioni di Signature Scent erano arrivati, le fotografie scattate in California per le confezioni dei prodotti erano state approvate, e quel giorno, giovedì, il magazzino aveva iniziato a spedire gli ordini arrivati attraverso Home Shopping Channel. Era una giornata memorabile: finalmente il mio sogno si era realizzato. Eppure non desideravo altro che andare a casa e mettermi a letto.

Ma Fisher non voleva che non festeggiassi l'occasione, a prescindere da quante volte gli avessi detto di non essere dell'umore. Perciò finii per incontrarlo per cena dopo aver lasciato il magazzino.

Al mio arrivo era già seduto su un divanetto, con un portaghiaccio accanto al tavolo. Mi sedetti di fronte a lui.

«D'accordo, adesso so che la situazione è grave. Ti ho osservata entrare: la direttrice di sala ha un gigantesco vaso di fiori sul suo banco, e non hai neanche provato ad annusarli.»

Cercai di sorridere. «Non sono in vena di annusare fiori oggi.»

«Ed è qui che ti sbagli. Oggi è esattamente il giorno in cui dovresti essere così felice da fermarti ad annusare i fiori, Stella Bella mia. Hai messo il cuore in quest'attività, e oggi i tuoi primi ordini sono stati spediti.» Tirò fuori la bottiglia dal portaghiaccio e riempì i nostri bicchieri. «Ho persino comprato quello buono.»

Anche se ovviamente era guidato dalle migliori intenzioni, vedere l'etichetta dorata sulla bottiglia di champagne – l'etichetta che c'era su quello che avevamo rubato al matrimonio di Olivia mesi prima – mi sembrò come un cerchio che si chiudeva. Tra me e Hudson era iniziata e finita con quelle bottiglie. Sentii un peso sul petto.

Fisher alzò il calice per brindare. «Alla mia secchioncella. Hai lavorato sotto la pioggia per anni, e hai finalmente ottenuto il tuo arcobaleno.»

Sorrisi. «Grazie, Fisher.»

Il cameriere venne a prendere le ordinazioni. Non ero dell'umore per mangiare, ma sentivo di dovermi sforzare per il mio amico, che si stava impegnando tanto.

«Quindi immagino che Hudson non si sia fatto sentire.»

«Non è venuto in ufficio. Ogni tanto ricevo delle e-mail di lavoro, ma arrivano sempre al mattino molto presto, tipo le quattro. Sta ancora lavorando, ma da casa, e non mi parla sul piano personale.»

Fisher sorseggiò il suo champagne. «Quindi non sai neanche se ha affrontato l'ex moglie? Se le ha detto che sa del diario e di tutto quello che c'è scritto?»

«Ha preso il diario quando se n'è andato da casa mia, ma non ho idea di cosa ne abbia fatto o con chi abbia parlato.»

«Non può avercela con te per sempre. Niente di tutto questo è colpa tua.»

«Non sono neanche sicura che creda che è una coincidenza che avessi io il diario.»

«Come poteva non essere una coincidenza?»

«Pensaci. Mi presento al matrimonio di sua sorella – una donna che non ho mai conosciuto – dopo aver letto il diario della sua ex moglie?»

«Ma non sapevi che fosse la sua ex moglie.»

«Lo so… ma può sembrare una strana coincidenza.»

«Allora cosa pensa? Che sei una stalker o qualcosa del genere? Che hai letto il diario della sua ex, che in qualche maniera hai capito chi era, e hai fatto in modo di farlo innamorare di te? Manca soltanto che tu abbia bollito un coniglio, e saresti Glenn Close in *Attrazione fatale*.»

Lo guardai rassegnata. «Non so cosa pensi.»

«Be', vuoi sapere cosa penso io?»

«Ho scelta?»

«Certo che no, sciocchina.» Fisher mi prese la mano da sopra il tavolo, e la strinse. «Penso che niente di tutto quello che è accaduto sia una coincidenza. Penso che la vita sia una serie di passi che portano in direzioni diverse. Non abbiamo idea di quale percorso siamo destinati a seguire, quindi tendiamo a camminare in linea retta e a seguire la via più facile. Le coincidenze invece ti conducono a un percorso con delle deviazioni. Se sei abbastanza coraggiosa, segui quel percorso e arrivi esattamente dove dovresti essere.»

Feci un sorriso triste. «È bellissimo. Quando sei diventato così saggio?»

«Circa dieci minuti fa, ero seduto a questo tavolo e il cameriere si è avvicinato. La direttrice di sala mi aveva domandato se volessi un tavolo o un divanetto. Avevo detto un tavolo, invece mi ha accompagnato qui al divanetto. Le avrei potuto dire che non era quello che avevo chiesto, invece ho seguito il percorso con delle deviazioni e guarda cosa mi ha portato.»

Lo guardai perplessa. «Mi sono persa. Cosa ti ha portato?»

Il cameriere si avvicinò,con il vassoio del nostro antipasto. Posò il piatto in mezzo al tavolo e rivolse un sorriso smagliante a Fisher. «Posso portarvi qualcos'altro?»

«Non al momento. Ma magari dopo?...»

Gli occhi del cameriere si illuminarono. «Puoi contarci.»

Quando si allontanò, Fisher prese una mozzarella in carrozza e mi fece l'occhiolino. «Lui. Il percorso mi ha portato lui, e credo sia esattamente dove dovrei essere tra qualche ora.»

Venerdì sera lasciai l'ufficio intorno alle sette. Le spedizioni di Signature Scent procedevano senza intoppi, e la settimana successiva il sito web sarebbe stato reso pubblico, pronto a ricevere ordini. Olivia mi aveva trovato uno spazio in alcuni programmi locali del mattino che promuovevano l'imprenditoria femminile, e qualche rivista che aveva accettato di intervistarmi. Tutto ciò che avevo sognato per così tanto tempo si stava avverando, eppure non ero in grado di godermi il momento.

Quella mattina ero crollata e avevo scritto ad Hudson MI MANCHI. Aveva letto il messaggio, ma non aveva risposto. Avevo il cuore spezzato. Una volta, da piccola, stavo saltando le onde sulla spiaggia e una mi aveva colpito forte. Mi aveva risucchiato sott'acqua, e avevo cominciato a rotolare come una bambola di pezza, senza più riuscire a distinguere il sopra dal sotto. Ecco come mi ero sentita quella settimana senza parlare con Hudson. Avevo dovuto perfino costringermi a uscire dalle coperte per andare al lavoro.

Stava per iniziare il weekend, ma per qualche ragione non ero pronta a tornare a casa. In treno, mi imbambolai andando verso le zone residenziali. A un certo punto, alzando per caso lo sguardo intanto che ci avvicinavamo a una stazione, il nome della fermata dipinto sulla parete attirò la mia attenzione mentre rallentavamo.

BRYANT PARK - QUARANTADUESIMA STRADA.

Mi alzai. Il treno era affollato, perciò mi feci strada a spintoni tra una decina di persone per arrivare alle porte e scesi. La New York Public Library era proprio dietro l'angolo. L'ultima cosa che avrei dovuto fare era sedermi su quella scalinata, a ripensare alla notte in cui io e Hudson avevamo ballato per la prima volta, eppure sapevo che non sarei riuscita a fermarmi neppure se avessi voluto.

Era autunno, quindi le giornate si stavano facendo più corte, e dopo poco che mi ero seduta nello stesso punto in cui mi ero seduta centinaia di volte, il sole iniziò a tramontare. Davanti al cielo illuminato di arancione violaceo feci un respiro profondo e chiusi gli occhi per un momento, cercando di risollevare il mio spirito con la bellezza della natura. Quando li riaprii, il mio sguardo seguì i gradini e si imbatté su un uomo fermo alla base della scalinata, che mi fissava.

Battei le palpebre più volte, pensando che la mia immaginazione mi stesse giocando degli scherzi.

Ma non era così.

Il mio cuore sembrò saltare alcuni battiti mentre Hudson saliva le scale fino a raggiungermi.

«Ti dispiace se mi siedo con te?» La sua espressione era indecifrabile.

«No, certo che no.»

Mi si sistemò accanto. Aveva le gambe aperte e le mani intrecciate tra le ginocchia, e guardò in basso molto a lungo. Era passata soltanto una settimana dall'ultima volta che l'avevo visto, eppure si vedeva che aveva perso peso. Aveva il viso contratto, le occhiaie gli segnavano gli occhi e la pelle – normalmente abbronzata e luminosa – sembrava giallastra e opaca.

Mi vennero in mente tante domande. Era venuto a cercarmi? O era venuto lì anche lui per pensare? Stava bene? Cos'era emerso nell'ultima settimana? A giudicare dalla sua espressione, sembrava fosse accaduto il peggio. Ma anche che avesse qualcosa da dire, e che non fosse una cosa facile. Perciò frugai nella mia borsa per trovare una barretta di cioccolato e gliela offrii.

Sorrise triste. «Hai tutta l'aria di averne bisogno tanto quanto me. Vuoi dividerla?»

Nei successivi dieci minuti, restammo seduti uno accanto all'altra in silenzio sulla scalinata della New York Public Library – il posto in cui si era sposato, il posto in cui ci eravamo conosciuti, il posto in cui i suoi genitori, il cui rapporto lui rispettava tanto, si erano scambiati i loro voti nuziali – a condividere una barretta di cioccolato guardando il tramonto.

Alla fine, si schiarì la voce. «Stai bene?»

«Sono stata meglio. Tu?»

«Idem», ribatté malinconico.

Di nuovo, restammo in silenzio per lunghi istanti.

«Mi dispiace di essere sparito», disse finalmente. «Mi serviva un po' di tempo per chiarire le cose.»

Mi voltai per guardarlo, anche se lui continuava a fissare davanti a sé. «Lo hai fatto?» chiesi. «Chiarire le cose, voglio dire.»

Alzò le spalle. «Per quanto possibile, credo.»

Annuii.

Mentre Hudson fissava il tramonto i suoi occhi si riempirono di lacrime. Deglutì prima di parlare. «Jack lo ha ammesso.»

Mi si strinse il cuore. Non sapevo più che cosa fossimo l'uno per l'altra, ma ciò non mi impediva di mostrare compassione. Gli presi una mano e la strinsi forte. «Mi dispiace, Hudson. Mi dispiace davvero, davvero tanto.»

«Ho deciso di non parlarne a Lexi.»

Wow. Avrei pensato che sarebbe stato il primo posto in cui sarebbe andato. «Okay...»

«L'unica cosa che otterrei dicendoglielo sarebbe la soddisfazione di urlarle contro. Non mi farebbe bene, e neanche a Charlie. Non sono abbastanza calmo da affrontarla. Per quanto mi riguarda, Lexi è il nemico, e non è mai una buona idea far conoscere al nemico i tuoi piani. Ho bisogno di sapere esattamente qual è la mia situazione e, se necessario, quali sono i miei diritti, prima di affrontarla.» Deglutì ancora, poi continuò con voce roca: «Charlie è mia figlia. Questo non cambierà se... se...» Non riusciva nemmeno a pronunciare quelle parole.

I miei occhi si riempirono di lacrime. «Hai assolutamente ragione. E sei un padre fantastico, un uomo fantastico che ha messo al primo posto i sentimenti di Charlie in un momento in cui sarebbe facile essere irrazionale.»

«Ho fatto un test del DNA, però. Le ho fatto un tampone mentre stava dormendo e ieri l'ho portato al laboratorio, insieme a un campione mio. Non voglio davvero conoscere i risultati, ma sarebbe irresponsabile non farlo. Dio non voglia, potrebbe succedere qualcosa e Charlie potrebbe avere bisogno di sangue o qualcos'altro.» Fece una pausa, ma non riuscì a trattenere le emozioni. «Lo saprò tra circa una settimana», concluse con voce rotta.

Non mi aveva dato alcuna indicazione che tra noi andasse tutto bene. Ma non mi importava. Hudson era un uomo distrutto, e non potevo restare lì a guardarlo crollare. Lo strinsi tra le braccia. «Mi dispiace. Mi dispiace tanto che tu stia passando tutto questo, Hudson.»

Le sue spalle tremavano mentre lo stringevo. Non emise alcun suono, però sapevo che stava piangendo perché sentii il collo umido dove aveva affondato la faccia. Pensai che potesse sentirsi meglio se si fosse sfogato, il pianto è un modo per lasciar andare fisicamente il dolore. Ma sapevo anche che tipo d'uomo fosse Hudson. Avrebbe trattenuto un po' del suo dolore per torturare se stesso – perché nel profondo, probabilmente sentiva che in parte fosse colpa sua. Si sarebbe rimproverato per aver lavorato troppo e non essersi occupato abbastanza della moglie, o per non aver portato a casa dei fiori senza un motivo. Era senso di colpa fuori luogo, naturalmente, tuttavia ero certa che un uomo così corretto com'era lui non l'avrebbe vista in quel modo.

Alla fine, si staccò dall'abbraccio. Mi guardò dritta negli occhi per la prima volta. «Mi dispiace di aver avuto bisogno di un po' di tempo lontani.»

«Non hai alcun motivo di scusarti. Lo capisco. Anch'io mi sono nascosta da te per un po'. Sappi solo che non è mai stata mia intenzione nasconderti nulla. Non avevo proprio fatto il collegamento fino a quella sera nel tuo appartamento. E poi... non sapevo come dirtelo. Non volevo.»

«Adesso lo so. Sono state soltanto molte coincidenze da accettare in una volta sola. Avevo bisogno di tempo per assorbire ogni cosa, e per rendermi conto che nulla di tutto questo è stata una coincidenza.»

«Che vuoi dire?»

Hudson mi scostò una ciocca di capelli dal viso. «Perché sei qui adesso?»

«Intendi alla biblioteca?»

Annuì.

«Non lo so. Stavo tornando a casa dal lavoro in treno, ho alzato lo sguardo e ho visto la fermata. Qualcosa mi ha spinta a scendere.»

«Sai perché sono qui?»

«Perché?»

«Anch'io ero sul treno, diretto verso casa tua. Ho alzato lo sguardo per un attimo, e nella marea di persone ammassate nella carrozza durante l'ora di punta, ti ho vista scendere a Bryant Park. Il mio treno si era fermato sul binario di fianco al tuo. Ho provato a scendere, ma abbiamo cominciato a muoverci prima che potessi farlo. Perciò sono sceso alla fermata successiva e sono corso fin qui.»

«Hai alzato lo sguardo per caso e mi hai vista scendere da un treno da cui sono scesa per caso quando non era neppure la mia fermata?»

«Se fino a quel momento non fossi stato sicuro di cosa stesse succedendo, adesso lo sono.» Mi prese il viso tra le mani fissandomi. «Niente di tutto questo è una coincidenza, tesoro. È l'universo che cospira per farci stare insieme. Lo ha fatto dall'inizio, anche da prima che ci conoscessimo.»

Le lacrime ricominciarono a riempirmi gli occhi. Il vuoto che avevo sentito nel petto nell'ultima settimana iniziò a inondarsi di speranza. Pensai a quanto fossimo stati entrambi feriti – Hudson, naturalmente, molto più di me. Quel maledetto diario era stato la fonte di tutto, ma aveva ragione. Era più che una semplice serie di coincidenze. Una forza superiore aveva lavorato per noi fin dal principio.

Sorrisi e mi chinai in avanti per accarezzare il suo naso con il mio. «Sai, credo che probabilmente dovremmo cedere. Non abbiamo speranze se il mondo intero sta cospirando.»

«Tesoro, non ho avuto speranza fin dal primo momento in cui ti ho vista.»

33
Hudson

L'ULTIMA settimana era stata estenuante.

Anche se il peggio era arrivato la mattina precedente. Avrei dovuto ricevere i risultati del mio test del DNA alle nove, ma il laboratorio era in ritardo. Stella era rimasta per trovarsi con me nel momento fatidico, ma aveva un pranzo di lavoro con un fornitore a cui non poteva mancare. Alla fine era stato meglio così, perché avevo pianto come un dannato bambino quando finalmente avevano chiamato, intorno a mezzogiorno, e mi avevano confermato che la mia piccolina… non era davvero mia.

Quando Stella era arrivata, la sera, ero stordito, e ubriaco fradicio. Per le nove avevo perso i sensi, motivo per cui probabilmente mi ritrovavo sveglio dalle tre del mattino, a fissare il soffitto.

Come diavolo avrei fatto a guardare Charlie negli occhi sapendo che non era mia? Mi sarei sentito un fottuto impostore se le avessi mentito. Aveva solo sei anni, ma ero sempre stato onesto con lei. Volevo che potesse fidarsi di me, come io mi fidavo di mio padre. E adesso era tutto rovinato. Continuavo a pensare a una conversazione che avevamo avuto qualche mese prima. Mi aveva detto di non aver rotto la maniglia di un armadietto della cucina, uno che l'avevo beccata spesso a usare come scaletta per raggiungere il ripiano.

Per il modo in cui la vite era piegata, sapevo che mi aveva mentito. Perciò l'avevo messa a sedere e le avevo spiegato che per quanto una situazione potesse essere grave, mentire era sempre peggio di qualunque cosa si stesse cercando di coprire. Quella notte, mi aveva raccontato la verità e mi aveva detto che le faceva male lo stomaco. Ero piuttosto sicuro che il senso di colpa glielo avesse stretto in un nodo. Io stavo per avere un'ulcera perforata per la bugia che le avrei propinato.

Intorno alle sei del mattino la luce iniziò a filtrare attraverso la finestra della camera da letto. Un raggio di sole tracciò una linea sottile sul bellissimo viso di Stella, e mi misi su un fianco per guardarla dormire. Aveva un'aria serena, il che mi confortò un po', dal momento che sapevo che le ultime settimane erano state stressanti per lei quanto lo erano state per me. Non riuscivo a immaginare come doveva essersi sentita nel momento in cui aveva messo insieme i pezzi di quel folle puzzle. Doveva essere stata una sensazione simile a come mi sentivo io adesso, come se mi fosse stato portato via il terreno da sotto i piedi, e non avessi più un punto d'appoggio.

Come se avesse percepito il mio sguardo, aprì gli occhi.

«Che stai facendo?» chiese intontita.

«Mi godo la vista. Torna a dormire.»

Le sue labbra si piegarono in un sorriso assonnato. «Da quanto tempo sei sveglio?»

«Non da molto.»

Fece un sorrisetto. «Quindi da ore?»

Ridacchiai. La difficoltà con le anime gemelle era che, quando si condivideva un legame diverso da qualunque altro mai provato con un essere umano, erano abbastanza brave a capire se stavi cercando di nascondere la tua sofferenza.

Le scostai una ciocca di capelli dal viso. «Non so cos'avrei fatto senza di te questa settimana.»

«Senza di me, non avresti avuto la settimana peggiore della tua vita.»

Scossi la testa. «Sarebbe venuto fuori prima o poi. Puoi anche scappare dalle bugie, ma la verità ti raggiunge sempre.»

Sospirò. «Suppongo di sì.»

«Penso di aver deciso come gestire la situazione con la mia ex moglie.»

«Ah, sì?»

«Credo sia meglio continuare a non dire niente a Lexi.»

«Oh... wow. Okay. Come sei arrivato a questa decisione?»

«La cosa più importante è che Charlie non soffra. Sono l'unico padre che abbia mai conosciuto, e in questo momento è troppo piccola per affrontare la scoperta che la sua vita è una menzogna. Ha bisogno di stabilità, di routine e prevedibilità, non che io le stravolga la vita solo per rovinare la mia ex moglie. Lexi vuole gli alimenti da me. Jack naviga in buone acque per ora, ma non può permettersi la vita di agi che le pago: fidati. Quindi penso sia meglio che lei creda di custodire un grande segreto. Se sapesse che io so, si sentirebbe minacciata dal punto di vista economico, e non mi stupirei se per dispetto dicesse a una bambina di sei anni che suo padre non è davvero suo padre.»

Accarezzai il braccio di Stella. «Ho scritto a Jack poco fa per farglielo sapere. Mi sembrava la cosa giusta da fare. Ha risposto che non è la biologia a renderci una famiglia, e che Charlie è mia. Non sembra interessato a inserirsi forzatamente nella vita della bambina. Lo disprezzo, ma ha ragione. Charlie è mia figlia, qualunque cosa dica la biologia. Non avere il mio DNA non cambia la realtà. Un giorno, quando sarà più grande e pronta...» Iniziai a commuovermi. «Le dirò che non è mia.»

Stella sorrise triste. «Mi sembra molto sensato. Anche se non sarà facile per te avere a che fare con la tua ex moglie, sapendo ciò che sai.»

«Decisamente no. Ma va bene così. Farò la cosa migliore per mia figlia... per Charlie.»

Stella mi prese il viso tra le mani. «Non correggerti quando dici 'mia figlia'. Sei il genitore di Charlie. Perché un genitore mette i bisogni dei figli prima dei propri, e sono piuttosto sicura che tu sia l'unico dei tre adulti in questa vicenda ad averlo sempre fatto.»

Annuii.

Mi accarezzò il braccio in silenzio per qualche minuto. Restammo sdraiati sul fianco uno di fronte all'altra, e la mia mano era appoggiata sul letto tra noi due. Anche se, nel momento in cui Stella tentò di intrecciare le dita con le mie, mi resi conto che non era davvero appoggiata sul letto. Era stretta in un pugno.

Me lo fece sciogliere. «Sei teso.»

«Sì. Probabilmente dovrei andare a fare una corsa per scaricare un po' la tensione.»

«Devi andare da qualche parte o fare qualcosa oggi?»

Scossi la testa. «Non ho intenzione di andare in ufficio per la solita mezza giornata di sabato.»

Sollevò la mia mano e se la portò alle labbra. «Sai, mi viene in mente un modo molto più piacevole di scaricare un po' la tensione di martellare l'asfalto.»

Anche dopo una notte insonne e la conversazione che avevamo appena avuto, la sensazione delle labbra di Stella sulla mia mano e l'idea del *martellare* mi avevano già migliorato l'umore. «Ah, sì? Cos'avevi in mente?»

Mi diede un colpetto per farmi voltare sulla schiena e si mise su di me. Mettendosi a cavalcioni sui miei fianchi, sollevò la maglietta che aveva indossato a letto e se la sfilò. I suoi seni pieni si muovevano in modo deliziosamente naturale. Quando mi misi a sedere per toccarli, Stella fece cenno di no con l'indice. «Nossignore. Devi alleviare lo stress. Sdraiati e lasciami fare tutto il lavoro.»

Piegai le braccia dietro la testa, immaginando che sarebbe stata sopra. Invece scivolò più indietro sedendosi sulle mie cosce. La sua mano esile tirò fuori il mio cazzo dai pantaloni della tuta e lo avvolse. Strinse forte e si leccò le labbra, poi si chinò e passò la lingua sulla punta.

Il suo sguardo si illuminò diabolicamente mentre me la leccava e mi guardava. «Mostramelo. Mostrami come vuoi che te lo succhi.»

Gemetti e le misi le dita tra i capelli. Stella chiuse gli occhi. Abbassò la mascella e mi prese in bocca quasi l'intera lunghezza in un movimento fluido.

Cazzo.

Molto meglio che correre.

Sarebbe finita con una rapidità imbarazzante, ma ne avevo davvero un dannato bisogno. Come se avesse percepito esattamente cosa fare, Stella ci diede dentro. Presto tutto il mio cazzo fu ricoperto dalla sua saliva: quel tipo di bagnato che ogni volta che andava su e giù emetteva un gorgoglio fottutamente sexy. Mi prese dentro di lei finché non arrivai in fondo alla gola e poi scivolò indietro, ancora e ancora. Era una sensazione meravigliosa, eppure al contempo anche una tortura. Desideravo così tanto alzare i fianchi e spingere il resto del mio sesso nella sua gola, ma non volevo farle male. Dopo qualche minuto, mi lasciò andare e alzò lo sguardo. Stella mise una mano sulla mia, ancora infilata tra i suoi capelli, e la fece andare ancora più a fondo. «Mostramelo. *Mostramelo.*»

Cazzo.

Mi prese di nuovo in bocca, e dopo che ebbe fatto su e giù per due volte, non riuscii più a trattenermi. Feci esattamente quello che mi aveva chiesto, e quando arrivò al punto di non ritorno – quel punto in fondo alla gola dove avrebbe iniziato a farsi indietro, spinsi delicatamente la sua testa ancora più in giù. E lei aprì la sua fottuta gola, la aprì ancora e mi ingoiò fino alla fine.

«Caaazzo.»

Sarebbe stata in grado di farlo per tutto il tempo, e aveva aspettato che glielo chiedessi io.

Gesù Cristo.

Era già perfetta. Ma adesso…

Stella si fece indietro, con le guance che si stringevano mentre mi succhiava fino alla punta. Fece un dolce verso di approvazione appena le avvolsi i capelli nel pugno e le spinsi di nuovo la testa in basso. Durai soltanto altri due movimenti prima che l'orgasmo si facesse improvvisamente strada nel mio corpo.

«Sto venendo…» gemetti, e allentai la presa sui suoi capelli.

Ma non si fermò.

«Stella… tesoro…» Usai i capelli che erano ancora nella mia mano per tirarla un po' indietro, incerto di quanto alta fosse la mia voce. Ma lei non fece che prendermi più in profondità.

Cazzo. Vuole che le venga in gola.

Stella non dovette aspettare molto. Un ultimo movimento a ritmo e scaturì un flusso pulsante che sembrò non finire mai. In effetti, iniziai un po' a preoccuparmi di quanto durava, ma la mia ragazza ingoiò fino all'ultima goccia.

Anche se aveva fatto lei tutto il lavoro, lasciai andare la testa sul cuscino, completamente senza fiato. Stella si asciugò le labbra e mi salì addosso. Aveva un sorriso buffissimo.

«Gesù… è stato… Credo che potrei aver bisogno di imparare di nuovo a camminare.»

Ridacchiò. «Significa che il tuo stress è stato alleviato?»

«Sì. Basta che non mi metta a pensare a come diavolo hai imparato a farlo.»

«In realtà, ironia della sorte, l'autrice di uno dei miei diari aveva difficoltà a provarci, perciò ha comprato una specie di video tutorial. L'ho preso anch'io perché ero curiosa.»

Chiusi gli occhi e ridacchiai. «Quei diari. Saranno la mia rovina, vero?»

Epilogo
Stella

Otto mesi e mezzo dopo

Caro diario,

oggi Stella si è addormentata prima di me, e l'ho guardata dormire. Ogni tanto le si contraevano gli angoli delle labbra, e la sua bocca si piegava verso l'alto. Non durava molto, uno o due secondi, ma l'ho trovato ipnotico. Spero stesse sognando me, perché voglio far diventare tutti i suoi sogni realtà, proprio come ha fatto lei con i miei.

Hudson

Mi strinsi al petto il mio nuovo diario. Sul serio? Come avevo fatto a essere così fortunata? Io e Hudson eravamo andati a vivere insieme qualche mese dopo il lancio ufficiale di Signature Scent – non che mi servisse più un coinquilino. Per la prima volta nella mia vita, potevo permettermi un posto tutto mio a New York. Avrei potuto sborsare una bella caparra per una casa in arenaria solo per me, dal momento che la mia attività aveva avuto un successo maggiore di quanto avessi mai immaginato. Persino Oprah aveva apprezzato, e aveva inserito il risultato del mio ingegno nella lista dei suoi regali preferiti da fare quell'anno. Adesso avevamo anche un'edizione di San Valentino della scatola di Signature Scent, e una versione per uomo sarebbe presto stata pronta per il lancio. Avevo lavorato moltissimo per elaborare i nuovi algoritmi, e da quando potevo contare sull'esperienza e l'aiuto dello staff della Rothschild Investments sentivo finalmente di aver trovato quell'equilibrio tra lavoro e vita privata che avevo sempre desiderato.

Hudson Rothschild aveva fatto diventare tutti i miei sogni realtà, e anche di più. Mi aveva persino sorpresa con un viaggio in Grecia per festeggiare la nostra prima spedizione internazionale. Avevamo alloggiato in un hotel incredibile a Mykonos. Una volta arrivati, mi era sembrato vagamente familiare. Ma solo dopo essere entrata nella nostra suite mi ero resa conto del perché. L'hotel che aveva prenotato era quello che avevo scelto quasi un anno prima, quando avevo sognato a occhi aperti quella vacanza mentre aspettavo di parlare con lui nella hall del suo ufficio. Se n'era ricordato solo dando una rapida occhiata allo schermo del mio portatile.

Quanto al mio hobby di leggere i diari altrui... be', non ne avevo più comprati. Avevo paura che avere dei diari in giro potesse far tornare in mente a Hudson dei brutti ricordi. Qualche mese prima l'aveva notato, e mi aveva chiesto perché avessi smesso. Gli avevo detto di non avere più bisogno di leggere le vite degli altri, perché la mia storia d'amore aveva superato qualunque cosa che chiunque potesse scrivere. Non era una bugia, naturalmente, ma Hudson mi conosceva bene. Sapeva che mi sarebbe mancato leggerli e probabilmente conosceva il motivo per cui avevo rinunciato. Ecco perché mi aveva sorpresa regalandomi un diario la settimana prima, uno su cui aveva lui stesso scritto in segreto per mesi. Era la cosa più dolce e romantica che qualcuno avesse fatto per me. Be', la maggior parte delle pagine era dolce, alcune invece erano solo sconce.

Giusto per citarne una... Tornai indietro di una decina di pagine per rileggere una delle mie preferite.

Caro diario,

oggi è stata una giornata particolarmente dura – la battuta non era voluta, ma eccome se era vero. La mia ragazza è sulla Costa occidentale da quasi una settimana. Stamattina, quando mi sono svegliato, ero sdraiato sul suo cuscino. Inspirare il suo odore ha reso il mio solito alzabandiera impossibile da contenere senza un aiutino. Piuttosto che oppormi, ho chiuso gli occhi e ho preso il suo cuscino da sotto la testa e me lo sono messo sulla faccia. Facendo respiri profondi, mi sono accarezzato il cazzo, immaginando che il mio pugno stretto fosse il suo bellissimo sesso. Non c'era sostituto che tenesse, ma l'ho immaginata seduta su di me, andare su e giù con forza per prendersi fino all'ultimo centimetro. L'ho immaginata portare la testa all'indietro avvicinandosi all'orgasmo, con le sue bellissime tette che rimbalzavano e desideravano la mia bocca su di loro. Ho immaginato di aspettare che venisse e poi di spingere così in profondità che un po' del mio miele sarebbe stato ancora dentro di lei la prossima volta che sarebbe dovuta partire.

Hudson

Un'altra delle mie preferite era qualche pagina prima. Era una storia che non mi aveva mai raccontato, ma che mi aveva scaldato il cuore.

Caro diario,

oggi ho portato Charlie a fare colazione insieme e le ho detto che Stella si sarebbe trasferita da me. Più tardi, stavamo tornando a casa e siamo passati davanti a un parco. C'erano due bambine di un annetto meno di lei. Stavano saltando felici, illuminate da ampi sorrisi. Ho indicato le bambine e le ho chiesto: «Perché credi che siano così contente?» E la risposta di Charlie è stata: «Forse anche la ragazza del loro papà si sta trasferendo da lui».

Hudson

L'uomo a cui morivo dietro uscì in giardino. Ero seduta su una sedia a dondolo accanto al caminetto, con Hendricks ai piedi.

Hudson guardò la scena divertito. «Il mio fedele amico sembra aver dimenticato chi è il suo padrone.»

Sorrisi. Il cane da pastore che avevo regalato a Hudson per Natale ultimamente era diventato la mia ombra. Non sapevo bene perché, visto che non facevo altro che rimproverarlo perché mordeva le mie scarpe e i nostri mobili. Ci aveva messo un sacco ad abituarsi a vivere in casa, solo per prendere l'incantevole nuova abitudine di rosicchiare le gambe dei tavolini da mille dollari. A essere onesta, Hendricks era una rottura di palle, per lo più. Ma dopo aver visto l'espressione di Hudson la mattina di Natale – quando si era reso conto di avere finalmente ricevuto il cane che aveva desiderato da piccolo –, tutto quel caos ne valeva la pena.

Adesso avevo sul mio comodino una copia della fotografia che Olivia teneva incorniciata sulla mensola del suo salotto – quella in cui Hudson spegneva le candeline esprimendo il desiderio di ricevere un cane da pastore e coprendole la bocca. E sì, avevamo chiamato il nostro cane come il gin che ci aveva fatti incontrare.

«È solo perché sono io a dargli da mangiare di solito», dissi.

Lo sguardo di Hudson si posò sul volume che avevo in mano. «Ricorda il nostro accordo: puoi leggerne soltanto una al giorno.»

«Lo so. Stavo solo rileggendo alcune delle mie preferite. Devo ancora leggere quella di oggi.»

«Okay. Esco a comprare una bottiglia di vino da portare da Olivia stasera. Porto Hendricks con me per la sua passeggiata. Serve che prenda qualcos'altro, già che ci sono?»

Era il primo anniversario di matrimonio di Mason e Olivia, quindi saremmo andati da loro per cena. Si erano appena trasferiti da Manhattan in una casa a pochi isolati dalla nostra. Mi chiesi se Hudson si fosse reso conto che non era soltanto il loro anniversario, ma anche il nostro. Esattamente un anno prima, avevo annusato del gin e incontrato l'amore della mia vita. Anche se amore non era esattamente il sentimento che quella sera avevo provato quando ero saltata sul taxi per fuggire dalla scena del crimine. Gli avevo preso un regalino per commemorare l'anniversario del nostro incontro, e avevo pensato di darglielo una volta tornati a casa più tardi.

«No, non credo serva altro oltre al vino. Ho già preparato una torta per dessert.»

«D'accordo. Torno tra venti minuti.»

«Okay. Potremmo guardare il tramonto prima di andare da Olivia.»

Hudson stava per entrare in casa, ma si fermò e si voltò puntando un dito nella mia direzione in segno di ammonimento. «Ricorda, una sola giornata. Non andare avanti a leggere.»

«Non lo farò.»

Sentendo i suoi passi allontanarsi, sospirai e riaprii il mio diario. Mi mancava soltanto un'altra ventina di pagine. E la giornata successiva era così maledettamente corta. Probabilmente avrei potuto leggerlo tutto prima del suo ritorno, e non l'avrebbe mai saputo. Invece avrei assaporato le pagine come voleva che facessi.

Almeno... era quello che avevo intenzione di fare.

Finché non lessi la pagina successiva, così breve...

Caro diario,

oggi sono andato a fare shopping. Non so molto di gioielli, quindi ho portato mia sorella con me. È stata una rompiballe di prim'ordine.

Sorrisi, immaginando Hudson e Olivia che facevano shopping. La sua idea di shopping era entrare in un negozio per comprare tre completi e uscire entro mezz'ora. Olivia, al contrario, non faceva acquisti, ma piuttosto man bassa. Usciva per acquistare un paio di scarpe da abbinare a un vestito e tornava con tavolo e sedie da pranzo nuovi, un cappotto per Mason, un giocattolo per Charlie e un gadget elettronico all'ultima moda per l'ufficio. Le scarpe che era uscita a comprare non erano più necessarie, perché aveva acquistato anche un abito nuovo.

Ero con lei una volta che era andata in cerca delle scarpe per un outfit ed era tornata con un outfit completamente nuovo, soltanto per rendersi conto che aveva comunque bisogno di un paio di scarpe da abbinare ai capi che aveva acquistato. Olivia era una donna che usciva da un centro commerciale con quattordici buste diverse. Hudson era un uomo che richiedeva la consegna a domicilio dei suoi completi su misura, in modo da non dover tornare al negozio per ritirarli.

Ma appena ricominciai a leggere, mi resi conto che Hudson non mi aveva detto di essere andato a fare compere con la sorella. Non era neanche rincasato con dei gioielli nuovi di recente... Perciò tornai curiosa al diario.

Siamo andati in sei negozi. Qualunque cosa mi piacesse, a Olivia non piaceva per niente. Qualunque cosa piacesse a lei, la bocciavo. Dopo un'intera giornata, sono tornato a casa esasperato e a mani vuote. La mia bellissima ragazza è rientrata circa dieci minuti dopo, profumando di foresta. Era stata in laboratorio fin dalla mattina presto a lavorare al suo nuovo Signature Scent per uomo. Ma quando mi ha buttato le braccia intorno al collo, la mia pessima giornata è svanita. È stato allora che mi sono reso conto che il problema di comprare un gioiello alla mia amata era che non c'era niente che trovassi speciale anche solo la metà di lei. Mi ci erano voluti trent'anni per trovarla, e non le avrei dimostrato niente di meno di ciò che significava per me.

Hudson

Oh, mio Dio. A quel punto non avrei mai potuto smettere di leggere. Hudson era andato a cercare un gioiello speciale per me? Poteva forse essere... Guardandomi alle spalle, ho dato un'occhiata in casa. Era tutto tranquillo. Hudson ci avrebbe messo almeno venti minuti ad andare e tornare dal negozio a piedi con il cane. Dovevo leggere ancora un po'... un'altra giornata, perlomeno.

Naturalmente, una erano diventate due, e due tre, e improvvisamente ero arrivata all'ultima pagina. Hudson era uscito almeno cinque volte per fare shopping, aveva scritto un'altra vivida descrizione spinta di ciò che mi voleva fare, e qualche pagina profonda sulla sera in cui i miei genitori erano venuti a cena da noi. Mi ci era voluto molto tempo, ma sì, io e i miei ci eravamo finalmente visti di persona. Ci avevo dovuto lavorare su a piccoli passi, ed ero stata un fascio di nervi, ma, alla fine, la serata era stata piacevole. Non avevo ancora riallacciato i rapporti con mia sorella, anche se avevo finalmente raccontato a Hudson tutta la storia e avevo ammesso con chi Aiden mi avesse tradita. Continuavo ad augurarmi che forse un giorno avrei trovato il modo di perdonare anche Cecelia.

Da quanto avevo saputo, lei e il mio ex si erano lasciati; dopo che l'aveva beccato a tradirla con una delle sue amiche. Probabilmente mi avrebbe dovuto far sentire bene, invece non era stato così. Mi dispiaceva per Cecelia, cosa che aveva riacceso in me la speranza che avessimo una possibilità, dopotutto.

Nessuna delle pagine del diario di Hudson diceva quale tipo di gioiello stesse cercando, ma era abbastanza ovvio che si trattasse di un anello. Che altro tipo di gioiello avrebbe dovuto essere così perfetto e richiedere così tante uscite?

Il mio battito accelerò mentre leggevo le ultime pagine.

Oh, mio Dio! Ha comprato qualcosa.

E l'ha nascosta dove aveva nascosto il mio regalo di Natale nella nostra stanza l'anno scorso!

E non intende darmelo prima del suo compleanno.

Al compleanno di Hudson mancavano ancora due mesi! Non avrei mai potuto aspettare tanto per scoprirlo.

Lui non aveva idea che avessi scovato il suo piccolo nascondiglio in fondo all'armadio l'anno prima. Perciò avrei potuto... No, non avrei dovuto.

Mi sentii scorrere il sangue fino alle orecchie, e cominciarono a sudarmi le mani.

Magari avrei solo potuto vedere se era un cofanetto per anelli?

Però non avrei dovuto aprirlo.

Immaginate l'aspettativa che si creerebbe nei prossimi due mesi... Adesso immaginate che cosa succederebbe all'arrivo del grande giorno, se mi desse un cofanetto... con degli orecchini?

Non sarei mai riuscita a nascondere la delusione dopo aver atteso per mesi. Mi sentivo quasi in dovere di andare a vedere subito. Qualunque cosa mi avesse comprato, gli ci era voluto davvero un sacco di tempo. Ci sarebbe rimasto malissimo se fossi scoppiata in lacrime, incapace di nascondere la delusione. Perciò, controllando adesso, in un certo senso gli avrei fatto un favore.

Certo, come no.

Lanciai un'occhiata all'orologio e un'altra ancora dentro casa.

Forse avrei dovuto aspettare un momento in cui sarebbe stato fuori più a lungo…

No. Scossi la testa, anche se stavo rispondendo ai miei stessi pensieri.

Non potevo assolutamente aspettare.

Perciò entrai in casa correndo, dirigendomi verso la porta principale. Aprendola, guardai a destra e poi a sinistra per assicurarmi che Hudson non fosse già arrivato in fondo all'isolato. Trovando via libera, corsi in camera da letto. La porta era chiusa, ed ero un tale fascio di nervi che dovetti prendermi un momento per calmarmi. La mano mi tremava, ma feci un respiro profondo per poi girare la maniglia.

Il mio cuore si fermò quando entrai.

«Cerchi qualcosa?» Hudson inarcò un sopracciglio. Era seduto sul bordo del letto con Charlie sulle ginocchia. Hendricks era ai suoi piedi.

Lo guardai sorpresa. «Che ci fai qui? Credevo fossi uscito.»

Fece cenno alla figlia di saltare giù e si alzò. «Cosa ci faccio qui? Potrei farti la stessa domanda. Cosa ci fai in camera da letto adesso, Stella?»

«Ehm…»

Mi venne incontro, mentre io ero paralizzata. Con un sorrisetto, mi prese la mano. «Non sei andata avanti con la lettura, vero?»

Ero confusa. Quando era tornato dal negozio? E da dove era sbucata Charlie? Cosa diavolo stava succedendo?

Ma non dovetti aspettare molto per conoscere le risposte. Hudson porse la mano alla figlia. Charlie la prese con un sorriso che le andava da un orecchio all'altro. Se avevo creduto di essere nervosa fino a un istante prima, quello era niente rispetto a come mi sentii guardando l'uomo che amavo inginocchiarsi davanti a me.

Si portò la mia mano tremante alle labbra.

Vedere un po' di nervosismo nella sua espressione mentre mi guardava mi aiutò a calmarmi.

«Esattamente un anno fa, ho conosciuto una donna bellissima e intelligente», iniziò. «Quando ti ho sentito raccontare la storia di come ci siamo conosciuti, hai detto che sei entrata senza permesso al matrimonio di mia sorella. Ma la verità è che sei entrata senza permesso nel mio cuore. Sei la persona più gentile, più premurosa, più strana e meravigliosa che abbia mai conosciuto.»

Mi portai le mani alla bocca, e lacrime di gioia mi riempirono gli occhi mentre ridevo. «La più strana? La fai sembrare una cosa positiva.»

Hudson sorrise. «Lo è. E ti amo proprio perché a volte sei un po' strana, non nonostante questo. Hai trascorso anni a leggere le storie d'amore degli altri, e stasera hai letto l'ultimo capitolo della mia...» mi strizzò l'occhio «...anche se non avresti dovuto. Ma il mio ultimo capitolo è solo l'inizio, tesoro.» Guardò Charlie, che tirò fuori un cofanetto nero da dietro la schiena e lo porse al padre. «Stella Rose Bardot, fa' che sia io il tuo lieto fine. Diventa mia moglie, e ti prometto che farò di tutto per rendere la tua vita migliore di qualunque cosa tu abbia mai letto.»

Aprì il cofanetto nero, e dentro c'era qualcosa che non avevo mai visto. Il cofanetto di velluto conteneva due anelli. Sulla destra c'era un meraviglioso diamante taglio smeraldo incastonato in oro bianco con piccole baguette intorno alla fascia. Sulla sinistra c'era una piccola copia dell'anello di fidanzamento. Estrasse il primo dal cofanetto e me lo porse. «Non ti sto soltanto chiedendo di sposarmi, ti sto chiedendo di essere la mia famiglia insieme a Charlie. Quindi ho fatto realizzare il tuo, e poi una copia in miniatura in zirconia cubica per lei: le mie due signore. Che ne dici, tesoro? Vuoi essere nostra?»

Guardai Charlie. Aveva un enorme sorriso sul viso mentre prendeva ancora qualcosa da dietro la schiena e la tirava su.

Una banana con una scritta sopra.

DI' DI SÌ, E STAREMO SEMPRE INSIEME: COME BANANA E GELATO NEL BANANA SPLIT.

Per quanto fosse sciocco, fu la banana a farmi crollare. Lacrime di gioia iniziarono a scorrermi lungo le guance. Asciugandole, dissi «Ti voglio bene» a Charlie con il labiale, per poi appoggiare la fronte a quella di Hudson. «Sì! Sì! Il mio cuore è già vostro, quindi questa non è che la ciliegina sulla torta.»

Hudson mi infilò l'anello al dito, e poi aiutammo Charlie a mettere il suo. Ci abbracciammo a lungo prima che il mio promesso sposo le dicesse di andare a prepararsi per andare a casa della zia.

«Finalmente… un momento da soli.» Hudson mi prese il viso tra le mani e tirò a sé la mia bocca. «Adesso baciami come si deve.»

Come al solito, mi lasciò senza fiato. «Lo sa, tra il diario e quella proposta, credo che possa essere davvero romantico in fondo in fondo, Mr. Rothschild.»

«Ah, sì?» Sorrise. «Lo negherò, se qualcuno dovesse chiedermelo.»

Risi. «Va bene lo stesso. Io so la verità. Sotto quella tua apparenza da duro, sei un vero tenerone.»

Hudson mi prese la mano e la fece scivolare sul suo rigonfiamento. Strinse le mie dita intorno a un'erezione a dir poco di ferro. «Più tardi ti mostrerò altre parti dure di me.»

Sorrisi. «Non vedo l'ora.»

Mi baciò dolcemente. «Ti è piaciuto il diario?»

«L'ho adorato. È stata la storia d'amore migliore che abbia mai letto. Ma la mia parte preferita è stata la fine.»

Hudson scosse la testa. «Non era la fine, tesoro. Era solo il nostro inizio. Perché una vera storia d'amore come la nostra non ha fine.»

Ringraziamenti

A voi. I Lettori. Grazie per il vostro sostegno e per l'entusiasmo. La vita ci ha lanciato delle sfide ultimamente, e sono davvero grata di potervi distrarre un po'. Spero vi sia piaciuta la storia d'amore di Hudson e Stella, e che tornerete per conoscere i prossimi protagonisti!

A Penelope. Gli ultimi anni sono stati come montagne russe, e non c'è nessun altro con cui preferirei affrontare alti e bassi.

A Cheri. Grazie per la tua amicizia e per il tuo sostegno. Le amiche di libri sono le migliori!

A Julie. Grazie per la tua amicizia e per la tua saggezza.

A Luna. La vita è come un libro: non è mai troppo tardi per scrivere una nuova storia, ed è stato bellissimo vedere svolgersi ognuno dei tuoi nuovi capitoli. Grazie per la tua amicizia.

Al mio meraviglioso gruppo di lettori su Facebook, Vi's Violet: 20.000 donne intelligenti che amano parlare di libri insieme in un unico posto? Sono una ragazza fortunata! Ciascuna di voi è un regalo. Grazie di far parte di questo folle viaggio.

A Sommer. Grazie per aver dato alla storia di Hudson e Stella un volto con la tua bellissima copertina.

Alla mia agente e amica, Kimberly Brower. Grazie di esserci sempre. Ogni giorno mi offri un'opportunità unica. Non vedo l'ora di vedere cosa ti inventerai la prossima volta!

A Jessica, Elaine e Julia. Grazie perché smussate ogni angolo e mi fate brillare!

A tutti i blogger. Grazie perché ispirate gli altri a darmi un'occasione. Senza di voi, non ci sarebbero neanche loro.

Con tanto amore
Vi

Certificato PEFC

Questo prodotto è realizzato con materia prima da foreste gestite in maniera sostenibile e da fonti controllate

PEFC/18-31-226

www.pefc.it

Sperling & Kupfer usa carta certificata PEFC
che garantisce la gestione sostenibile delle risorse forestali

Finito di stampare presso Grafica Veneta S.p.A.
Via Malcanton, 2 – Trebaseleghe (PD)
Printed in Italy